יפה תורגמן / **בעולם החצוויים**

יפה תורגמן

בעולם החצויים

הספר מוקדש באהבה לרפי חנונה, חברי, בן זוגי, ובעלי

תוכן העניינים

1

הצדעה לדגל

בעיניים דומעות ובקול רם ונרגש שר אוריאל את ההמנון האמריקאי עם הקהל הרב שהגיע לטקס סיום קורס קצינים בבסיס חיל הים "אושיאנה" שבווירג'יניה.

דניאל ולילך עמדו שם בשמש החמה, עם כל ההורים האחרים, נרגשים, שמחים ומחייכים. הם הביטו בהערצה בבנם הבכור, הקצין הטרי, כשהוא מצדיע לדגל הכוכבים והפסים הענק שהתנופף מולם בצבעי כחול, לבן ואדום.

למרות המעמד והמיקום, מחשבותיו של דניאל נסחפו הרחק משם, אל טקס סיום קורס הקצינים שלו בבה"ד 1 בישראל, שנים רבות קודם לכן. גם הוא, כמו אוריאל, עמד אז נרעד ונרגש בהמתינו לקבל את דרגות הקצונה שלו, והדמעות חנקו את גרונו. הוא נזכר שניסה להתאפק ולא הצליח. השמחה וההתרגשות גברו על מאמציו, והוא הניח לדמעות לגלוש. הן זלגו ושטפו את פניו, הרטיבו והכתימו את צווארון חולצת החאקי המגוהץ שלבש. הוא הפנה מבט אל שאר החיילים שעמדו בשורה שלו, מציץ לראות אם גם אצלם העיניים דומעות, אבל מייד הפנה את פניו בחזרה, כדי להיראות טוב ויציב, והחזיק מעמד כשניצב שם, גבוה ואיתן, מביט ישר לפנים, עד תום הטקס.

כמו אוריאל בנו, כבר בילדותו ידע דניאל שהוא רוצה להיות קצין בצבא ההגנה לישראל, וכל תוכנית שהייתה לו בשנים שלפני הגיוס כללה את המשפט: "כשאהיה קצין בצה"ל".

כשהגיע הרגע המיוחל של עיטור הכתפיים בדרגות הנכספות לא היה מאושר ממנו. הוא הרגיש כאילו כבש את העולם כולו. משב של רוח חדשה זרם באוויר ופעם בו, והוא התמלא בתחושה שהגיע סוף-סוף להישג שהילד שבו חלם להגשים, למטרה שהעמיד לעצמו. החלום שהיה חלק בלתי נפרד מכל החלומות האחרים שלו במשך עשרים וארבע השנים הראשונות של חייו, התגשם. הוריו הגיעו לשמוח איתו בגאווה, בשמחה ובסיפוק והקניטו אותו בצחוק על הבעת פניו, כמו של ילד קטן, שאמרה: "עשיתי זאת, כמו שהבטחתי לעצמי, לכם ולכל העולם."

"דניאל," אמר לו אז אביו בתום הטקס, בקול רועד ונרגש, "יצרת תקדים במשפחה שלנו. כמה אנחנו גאים בך, הקצין הראשון למשפחת לוגסי. יישר כוח, עלה והצלח, בני," וכל הדרך חזרה הביתה הם שרו במקהלה קולנית באוטו את השיר "לא תנצחו אותי" של יהורם גאון.

"הנה הגיע הקצין לוגסי," קיפצה וצרחה בקולה הדק אחותו הצעירה לבנה, כשנכנסו הביתה. "יאללה, תתחיל לפקד על העוגיות שהכנתי לך. תנו לו כבוד, לקצין לוגסי!" צחקקה והצדיעה לו בעמידת דום, "ולפני שתתחזור לבסיס תזכור שאתה עדיין שופך את הזבל בכל יום, וכשאתה מגיע לסוף שבוע תרים את הבלגן שלך מהרצפה כדי שתהיה לי רצפה לשטוף. שלא תחשוב שמעכשיו אתה מחוסן מהעקיצות שלי, שמעת? מתה עליך, אחי," היא צחקה וחיבקה אותו חזק.

קבלת הפנים שעליה פיקדה אחותו הקטנה שבה וצפה בראשו של דניאל: דגל ישראל כחול-לבן עמד בכניסה לחצר הבית והתנופף ברוח, דלת הכניסה הראשית הייתה מקושטת בבלונים בכחול-לבן, וסרטים מבריקים בכחול-ולבן קישטו את קירות הסלון. הכיבוד היה מדהים, שם לבנה כבר עלתה לליגה אחרת. היא העמידה קערת עוגיות

בכחול־לבן שקרצו לו מייד כשנכנס, ועוגת "היער השחור" שהכי אהב
עמדה במרכז השולחן ופיתתה אותו לטבול אצבע ולגנוב טיפת ציפוי
קרמי, בכחול ולבן כמובן.

הטקס המרשים הסתיים, ואוריאל ליווה את הוריו למכונית. הוא חיבק
את אימו בחום ואמר, "טוב, אבא ואימא'לה, המון תודה שבאתם.
כמובן נחגוג בכיף כשאגיע לקולורדו בסוף השבוע הבא."
הוא חיבק שוב את שניהם, ואז עמד שם בגאווה רצינית עם כובע
הקצין החדש והצדיע להם בחיוך בזמן שדניאל הניע את האוטו
השכור. הם נופפו לו לשלום, ולילך שלחה עוד נשיקות דרך החלון
כשהתחילו את הנסיעה לנמל התעופה בנורפולק וירג'יניה, משם
יטוסו חזרה הביתה, לדנוור קולורדו. אבל להבדיל מנסיעות אחרות,
זו הייתה נסיעה שייחלו לה, לנסוע בשמחה אחרי ארבע שנות
לימודים מאתגרות ואימונים מפרכים שאוריאל עבר באקדמיית
"ווסט פוינט".
דניאל הציץ לרגע בלילך וראה שהיא מנגבת דמעה שזלגה בזווית
העין. היא שלפה מתיקה ממחטת נייר וקינחה את אפה בשקט כשהיא
מטה את ראשה.

"עדיין מתרגשת, לילך?" הוא חייך כשהגניב אליה מבט, "זה
בסדר, אלו דמעות שמחה. תשמחי. תמיד ידענו שהילד יגיע רחוק
והנה, הרגע הגיע. מאז שהוא היה ילד קטן הוא דיבר בלי סוף על הרצון
שלו להיות קצין. את זוכרת כמה הוא אהב ללבוש את מדי הקצונה
שלי שהבאנו איתנו מהארץ? ואת ההצגות שהיה מציג אחרי ארוחת
שישי עם חברים שהזמנו לקבלת שבת? שירה הייתה רק בת חמש
וכבר שיתפה פעולה בדמות הנסיכה במצוקה, מחכה לקצין אוריאל
בכבודו ובעצמו שיושיע אותה בזמן שהוא 'מפקד' על ה'חיילים' שלו.
זכינו לראות הצגה והתקפלנו מרוב צחוק – הקצין האמיץ אוריאל
כובש את הטירה ומשחרר את הנסיכה השבויה. וכולנו מחאנו כפיים
ושרקנו שריקות עידוד."

"אוי, אילו זיכרונות אתה מעלה בי," חייכה לילך מבעד לדמעות. "זוכר את הפרס שנתנו להם על ההצגה? עוגת האפרסקים והדובדבנים שהכנתי לקינוח ארוחת השבת. איך אוכל לשכוח? ואיך צחקנו בכל פעם מחדש כשראינו איך כובע הקצין הגדול שלך נופל לו לצד אחד ומכסה לו חצי מהפנים והוא מנסה בכל פעם מחדש לחבוש אותו כמו שצריך, וברצינות תהומית. יש אפילו תמונה שצילמתי, איזה מתוקי הוא היה.

"ואז זה סוף־סוף קרה באמת," המשיכה לילך להיסחף בזיכרונותיה. "אני זוכרת איך נבהלתי מהצעקה שלו כשהוא פתח את מכתב הקבלה שהגיע מ'ווסט פוינט'. אתה היית בעבודה והוא ניסה לחייג אליך. שלוש פעמים הוא ניסה לחייג ולא הצליח, כי הידיים שלו רעדו מרוב התרגשות. ובסוף אני לקחתי את הטלפון וחייגתי אליך, והוא חטף לי את הטלפון מהיד כי הוא רצה להודיע לך בעצמו את החדשות המרעישות. אבל אתה חשבת שמשהו קרה, כי דרך הטלפון שמעת את סופת הגשם והרעמים שהשתוללו בחוץ."

"רגע, כן," צחק דניאל, "נכון. זה קרה ביום שהייתה סופת טורנדו בעיר ליימון, מזרחית לדנוור. איך אפשר לשכוח? ברגע הראשון שהוא דיבר אליי נבהלתי, כי לא הצלחתי להבין כלום ממה שהוא אמר ושאלתי אותו, מה קרה? מה הגיע? מכתב מ'ווסט פוינט'? וכשהגעתי הביתה המכתב המיוחל כבר היה מקומט מרוב ידיים שליטפו ונישקו אותו. את זוכרת שהוא שם את המכתב במסגרת של תמונה?"

"איך לא? זה לא היה מובן מאליו, להתקבל," אמרה לילך. "כמה דאגנו כשהודיעו לנו שמתוך חמשת אלפים בקשות שמגיעות ל'ווסט פוינט' בכל שנה מקבלים רק ארבע מאות סטודנטים חדשים, ולזה תוסיף את חוק השוויון וחוק האינטגרציה, שעל פיהם גם אם אתה מתאים מבחינת כל הקריטריונים, עדיין לא בטוח שתתקבל, משום שהם חייבים לקבל אחוז מסוים של סטודנטים השייכים למיעוט

וסטודנטים מהגירה, וכמובן אחוז מסוים של נשים, בשם המאמץ לשוויון בין שני המינים."

"ודאי שאני זוכר," דניאל הסיר את משקפי השמש מעיניו. השמים החלו להתכסות עננים והשמש כבר לא סנוורה אותו כמו קודם. "האמת, מזה הכי דאגתי. הניפוי הרציני ש'ווסט פוינט' עושה מונע מהרבה תלמידים טובים להתקבל, שלא לדבר על זה שהם דרשו שהוא יציג מכתב המלצה מסנטור, שיצהיר שהוא מאמין שאוריאל יתרום לקצונה ולייוקרה של האקדמיה."

"מזל שדן מילר מהפדרציה היהודית מכיר את סנטור קופרמן באופן אישי וקישר בינינו", אמרה לילך, "אבל כאמור, 'ווסט פוינט' זו לא סתם אוניברסיטה. זו גם אקדמיה לקצונה, ועוד בדרג הכי גבוה שיש באמריקה."

על הכביש התנועה הייתה דלילה, מה שאפשר להם להתקדם במהירות. לילך הוציאה שקית אוכל מתיקה, שלפה מתוכה חטיף בריאות עשוי שיבולת שועל וצימוקים וטבול בדבש והסירה ממנו את העטיפה.

"רוצה חטיף אנרגיה?" הציעה בפה מלא.

"לא, לא בא לי," השיב דניאל. "חכי עד שנגיע לשדה התעופה, ניכנס שם לאחת המסעדות ונאכל כמו שצריך. החטיפים האלה מלאים בסוכר, את יודעת שאני מנסה לשמור."

הם נסעו שותקים עוד דקות אחדות, שקועים כל אחד במחשבותיו, רק קול כרסום החטיף נשמע מדי פעם.

"תקשיבי לילך," פתח דניאל שוב, "כשזה מגיע ל'ווסט פוינט', אני מוריד את הכובע. אפשר להשוות את הרמה שלהם לארץ, כמו הטובים לטיס, המוצלחים לשייטת, הנועזים ליחידות העילית של צה"ל... לא פחות מזה. וכמו שאנחנו מכירים את אוריאל שלנו, גם הוא מציב לעצמו סטנדרטים גבוהים ויעשה הכול כדי לעמוד בהם."

לילך הנהנה בפיזור נפש ולא אמרה דבר.

מחשבותיו של דניאל נדדו שוב אל מגרש המסדרים ב"ווסט

פוינט". בגאווה אינסופית נזכר בתמונה של אוריאל עומד שם, קצין טרי במדים היפים. גם הוא פעם הרגיש שכבש את העולם, על אף כל הקשיים וכל המכשולים שעמדו בדרכו.

לילך, כמו קוראת את מחשבותיו, אמרה פתאום, "אבל אתה זוכר כמה פעמים הוא כמעט נשבר? ואיך נשבר גם לנו את הלב לראות אותו עייף ומותש בכל פעם שהגיע לביקור בבית? אני זוכרת שהיית בא הביתה מהעבודה בערב ומסתכל עליו ישן על הספה. העייפות השתלטה עליו והוא לא יכול היה לחכות לך שתגיע בלי לחטוף עוד קצת שינה. אני התאפקתי שלא להעיר אותו, כי ידעתי אילו אימונים קשים הוא עובר וכמה שהוא זקוק לשינה הזו, אבל גם לא יכולתי כבר לחכות שהוא יקום, רק כדי להגיד לו שהכנתי את עוגת 'היער השחור' שהוא ירש ממך את האהבה אליה."

"אני מרגיש קצת לא בסדר שלא יכולנו להישאר לקבלת הפנים עם כל ההורים של הקצינים האחרים," אמר דניאל, "אחרי כל ההשקעה הזו שלו. נו טוב, לפחות הגענו לטקס עצמו."

"זה לא שהייתה לנו ברירה, דני," הרגיעה לילך בעדינות. "אנחנו צריכים להיות בבית מחר. לכל אחד יש דברים שהוא לא יכול לדחות וכך גם ל'ווסט פוינט'. הכול בסדר. בטקס העיקרי היינו וזה מה שחשוב."

דניאל חזר להתרכז בנהיגה. הם נסעו על הכביש המהיר הישר כסרגל, והוא יכול היה לשוב ולהפליג בזיכרונות מטקס קבלת דרגות הקצונה שלו. העמידה ליד הקצין הטרי צ'יקו, שהיה אדום והזיע המון, ואיך פלדמן וקסלסי הביטו זה בזה כי חששו שהוא עומד להתעלף לידם, ושנים אחר כך שמעו על התעוזה ועל אומץ הלב שהוא הפגין במבצע מסוכן בלבנון שהוא פיקד עליו ושתודה לאל עבר בהצלחה.

ואיך אפשר לשכוח את הרגע שבו כל הצוערים העיפו את הכובעים לאוויר, ובעצם דניאל דאג שלא יצליח למצוא את כובעו, שהיה במידה גדולה במיוחד והוכן בהזמנה מיוחדת עבורו?

חיוך עלה על פניו של דניאל כשנזכר שאחרי הטקס הצוערים היו ערים כל הלילה ושרו שירים לתוך הבוקר בקול הכי צרוד והכי מצחיק שאפשר, והמפקדים לא הפריעו להם כי הבינו כמה קשה להם להשתלט על ההתרגשות ועל הרגשות, ומי היה מאמין שעוד יהיה להם כוח... אחרי לילה שלם ללא שינה הם טפטפו טיפות לתוך העיניים, הלכו למטבח של הבסיס בחמש בבוקר והכינו פנקייקים וסלט פירות לכל הצוות שטרטר אותם שנה וחצי. וואו, כמה שהם היו מופתעים.

דניאל חייך לעצמו בגעגועים. אלה היו זיכרונות שאהב, אלה היו חוויות שחלק עם אנשים שהאמינו כמוהו שהם צריכים להילחם על הארץ שלנו, שזו מלחמה צודקת ושהמאמץ הלאומי שכולם משקיעים בהגנה על הארץ המובטחת הוא חלק מהמאמץ להמשיך לחיות בארץ ישראל.

ואז זה הכה בו. איפה הוא בכל זה?

הוא פה, באמריקה, במרחק 7,300 מייל מאותו מגרש מסדרים שבו עמד ונשבע אמונים למדינתו. איפה הוא ואיפה המשהו המצפוני שנולד וגדל איתו בארץ הולדתו, המשהו המיוחד שמקשר בין כל הישראלים והיהודים, הריגוש שחש כל יהודי באשר הוא כשהוא מגיע לכותל המערבי ונוגע באבנים העניקות שמספרות את ההיסטוריה של אבותיו, תוחב פתק בקשה בין הסדקים ולוחש תפילה שתיענה בקשתו.

דניאל חש רחוק מזה מרחק שמיים וארץ, בארץ הרחוקה שאליה עבר לפני רבע מאה. כאן, מעבר לאוקיינוס, חש שהוא חווה הרבה רגעים שבהם ייתכן שהמחיר ששילם על עזיבתו יקר מדי.

הכביש התחיל להיות עמוס במכוניות ככל שהתקרבו לנמל התעופה, ודניאל האט את הנסיעה כדי לאפשר למכוניות שהגיעו מצד ימין להיכנס למסלול שלו. לילך כבר אכלה את חטיף הגרנולה השני, והלעיסות שלה השמיעו פצפוצים מרגיזים. היה לה קשה להתאפק ולא ללעוס משהו, בעיקר כשהייתה חסרת מעשה או לחוצה, ודניאל התאפק ולא אמר דבר.

המחשבות על הארץ שעזב עדיין שטפו אותו. הוא הרגיש שטקס הסיום של אוריאל סימל עבורו הרבה יותר מסיום קורס קצונה ומהתואר האקדמי שאוריאל השלים ב"ווסט פוינט". מצד אחד הוא כל כך התגאה בבנו, ומצד שני משהו בו לא היה שלם. תחילה היסס אם לומר משהו, ואז החליט לשתף את לילך. אולי יהיה נכון יותר להגיד ולפרוק מאשר לשמור בבטן.

"תראי, לילך," הוא פתח, "אנחנו לא יכולים להתעלם מהעובדה שאוריאל ושירה לא מרגישים שייכות לארץ ישראל כמוני וכמוך, נכון?"

"נכון," השיבה לילך תוך כדי לעיסה, "אבל איך אפשר לדרוש מהם להרגיש קשר חזק לישראל כמונו, כשכל הזיכרונות שיש להם משם הם רק מביקורים בחופשות אצל סבתא וסבא?"

"כן, ברור... אני יודע," השיב דניאל, "אבל תביני, לא קל לי למחוק ככה סתם בקלי־קלות עשר שנות שירות בצבא קבע, בעיקר לאור האחריות הגדולה שהייתה לי. אל תשכחי שניסיון והידע שלי ממה שעשיתי ותרמתי לצה"ל משמשים אותי היום בעסק שלנו. אני רק חושב שהנה, כמו כלום עברו עשרים וחמש שנה, הבן שלנו גם מתגייס וגם הופך להיות קצין, אבל לא בצבא ההגנה לישראל! הוא קצין בצבא האמריקאי! ואני צריך לקבל את זה משום שהוא נולד פה וגדל פה והלך לתיכון פה וחוויות הילדות שלו הן טיולים בהרי הרוקי, לא טיולי גדנ"ע כמו שעשינו את ואני בארץ."

"נכון דניאל, אבל נתנו להם ילדות טובה בסך הכול..." החלה לילך להגיד.

"כן, תודה לאל, נתנו להם מה שכל ילד צריך," דניאל נפנף בידו, "אבל אולי היינו צריכים לדחוף את אוריאל שיתגייס בישראל, לצה"ל? את לא חושבת?"

"מה איתך, דני?" לילך נבהלה והרימה את קולה. "אתה מוכן שהוא יעזוב אותנו? אם הוא היה מתגייס בישראל, רוב הסיכויים שהוא היה נשאר בישראל אחרי הצבא ואז היית רואה אותו אולי פעם בשנה,

במקרה הטוב. סביר להניח שהוא היה מכיר איזו חיילת בצבא, והם היו מחליטים להתחתן והיא לא הייתה מוכנה לעזוב את הארץ. מה היית עושה אז? רואה את הנכדים פעם בשלוש שנים או במקרה הטוב רק פעם בשנה ומסתפק בזה?"

דניאל שתק.

"ואל תשכח גם את כל העניין של להיות 'חייל בודד'," המשיכה לילך בהתרגשות. "אתה יודע מה זה לעבור את כל האימונים והקשיים והאתגרים לבד, בלי הורים ואחים וחברי ילדות? עם קשיי השפה וההבדלי המנטליות, וחבר'ה שאולי יסתכלו עליו כמו על עוף מוזר ויתחילו להתבדח על המבטא שלו ועל השגיאות שהוא עושה בעברית? הרי אי אפשר להתעלם מהעובדה שהוא מדבר אנגלית-אמריקאית ושאוצר המילים שלו בעברית מוגבל מאוד, ויש עוד הרבה סיבות.

"אז לא, תודה. אני מעדיפה שהוא יהיה בוגר 'ווסט פוינט', ואז יהיה פה לידינו ונראה אותו, ובעתיד את הנכדים, כל הזמן."

לילך הייתה נסערת. המחשבה שאוריאל יהיה רחוק ממנה כל כך, בצד השני של העולם, הכעיסה אותה, הלחיצה אותה וגם הפחידה אותה, ודניאל חש את התסכול ואת החרדה שהדהדו בקולה ובהבעת הפנים שלה. היא יישרה את מסנן השמש שהיה תלוי מעליה בצידו הימני של הרכב והרכיבה את משקפי השמש שלה.

השתיקה שעמדה כעת ביניהם הייתה מטרידה ולא נעימה. דניאל בבירור לא הסכים איתה.

"לילך, אני מבין מה את אומרת," הוא פתח שוב, "אבל אלו שני דברים נפרדים. אני מתכוון לזה שאוריאל רצה לתרום מהיכולות שלו כקצין, ואם הוא היה מתגייס בישראל, היא הייתה זוכה בכל מה שהוא יכול לתת. את לא חושבת שאנחנו קצת אנוכיים בעניין הזה?

"תראי," הוא ניסה להרגיע אותה, אבל גם רצה להדגיש את הנקודה שלו. "זה לא פשוט לי. אני קצין בצה"ל ואני לא יכול להתעלם מהעובדה שהטקס היפה שראינו היום לא היה טקס לקבלת

קצונה בישראל. אוריאל לא התגייס לצה"ל, לא הלך לשרת כקצין בצה"ל כמוני ולא יתרום מהיכולות שלו לצה"ל ולמדינה שלנו כמוני. המדים שלו הם לא המדים שלי, ובשורה התחתונה, לילך, אוריאל התגייס לחיל הים האמריקאי ולא לחיל הים הישראלי. עם יד על הלב, לי כן מפריע שהוא לא הצדיע היום לדגל שאני הצדעתי לו ושאני עדיין מצדיע לו, אלא לדגל של מדינה זרה. נכון, היא טובה לנו ואנחנו משגשגים כאן, אבל היא לא נוגעת לנו בלב כמו ישראל. תביני, לילך," הוא ביקש להדגיש את הנקודה עוד יותר, "אנחנו גרים כאן, החיים שלנו כאן, אבל זה שהקמנו משפחה ועסק מוצלח באמריקה, עדיין לא אומר שמכרתי את הלב שלי לאמריקה. אני לא יודע לגבייך, אבל אצלי תמיד תהיה רגל אחת פה ורגל אחת בארץ שלנו. ואני יודע מה את עומדת להגיד לי," המשיך, "אלה דברים שהיינו צריכים לחשוב עליהם לפני שהחלטנו לעזוב את ישראל, נכון?"

צלצול הטלפון של לילך קטע את דבריו. מעבר לקו הייתה נציגה של חברת ביטוח כלשהי, ולילך, בטון חסר סבלנות שגבל בחוסר נימוס, ביקשה ממנה להסיר אותה מייד מרשימת הטלפונים של החברה.

לילך המשיכה לדפדף במצלמת הטלפון והראתה לדניאל תמונה יפה של אוריאל שצילמה בטקס הסיום. היה ברור שהיא רוצה להחליף את נושא השיחה.

"וואו, דני, תראה את התמונה הזו, תמונה ברורה וחדה. אני חושבת שזו התמונה הכי מוצלחת של אוריאל מהטקס, נכון? אמרו לי שאפשר לבקש מהעיתון של הקהילה היהודית שלנו, 'רוקי מאונטיין ג'ואיש ניוז', לפרסם שאוריאל סיים בהצלחה את האקדמיה של 'ווסט פוינט' ושעכשיו משמש קצין בחיל הים האמריקאי, והם יפרסמו כתבה קצרה ותמונה שלו מהטקס. הם תמיד שמחים להודיע על אנשים מהקהילה שלנו שקיבלו תארים מיוחדים מאקדמיות טובות."

"כן, התמונה יפה," ענה, ומייד הסב את ראשו הצידה. הוא חווה רגשות מעורבים. מצד אחד רצה להביט בתמונה, ומצד אחר גם קצת רצה להתכחש למה שעיניו רואות ואמר לעצמו שהלוואי שהתמונה הייתה קצת אחרת, למשל שאוריאל היה נראה בה כשהוא מצדיע לדגל הכחול־לבן.

2.

הגנרל קצירי

הטלפון צלצל בצלצול המקוטע שסימן לי כי מדובר בשיחה טרנס־אטלנטית.

"הלו?" עניתי במהירות, מקווה שהכול בסדר עם המשפחה בארץ.

"גלית?" צייצה אחותי הקטנה לילך בקולה הדק.

"הי לילך, מה קורה? שיחה שנייה השבוע. הכול בסדר?" התחלתי לדאוג.

"הכול טוב," צחקה לילך, "אין צורך לדאוג. הפעם אני צריכה טובה גדולה ממך."

"ממני?" תמהתי, "במה אני יכולה לעזור לך מהצד השני של העולם?"

"בדיוק בגלל זה," צחקה לילך, "תקשיבי, אחותי, את יודעת שהתפקיד שלי בבנק זה להביא עוד לקוחות — כמו שכבר סיפרתי לך, שמנו לעצמנו למטרה להיות הבנק הכי גדול במדינה, ובימים אלו אני קובעת פגישות עם ארגונים גדולים כדי להחתים את העובדים שלהם כלקוחות שלנו. גם התחלנו מבצע פרסום ענק והצענו תנאים והטבות לכל מי שבוחר לעבור לבנק שלנו..."

"אוקיי, ו...? התקשרת לנסות לשכנע אותי להיות לקוחה שלכם?" חייכתי לטלפון.

"גיליתי, את יודעת שאני עובדת בכל יום מצאת החמה עד צאת הנשמה כדי לקבל את התואר 'עובד מצטיין' השנה," המשיכה לילך בקולה הצייצני, בלי להתייחס להערה שלי. "אם תעזרי לי, אצליח להחתים את כל האזרחים שהם עובדי צה"ל לעבור לבנק שלנו. זה ישנה את כל התמונה מבחינתי."

"נו, אז איך אני יכולה לעזור לך בזה?" שאלתי.

עכשיו לילך הצליחה לסקרן אותי עוד יותר. איך אני, ביבשת אמריקה הרחוקה, יכולה לעזור לה להביא לקוחות חדשים לבנק הישראלי?

ברור שבינתיים הבנתי שאני צריכה לשבת עם כוס קפה, כי זו הולכת להיות שיחה של יותר משתי דקות. הדלקתי את מכונת הקפה והוספתי בה מים, שאפתי עמוק לתוכי את הארומה של פולי קפה טריים שנטחנו באותו רגע והזכרתי לעצמי שקפה טחון טרי חייב להיות אחת מהנאות החיים. הוצאתי קנקן חלב מהמקרר, התיישבתי עם הכוס ליד שולחן המטבח העגול והעברתי את הטלפון לרמקול.

"היום נסעתי לפגישה עם האלוף קצירי," פתחה לילך. "הוא האיש הממונה על כל האזרחים שהם עובדי צה"ל בישראל. אולי גם שמעת עליו, הוא מפורסם בעולם בזכות ההמצאה שלו, איזה פיתוח של משהו שמקשר בין המטוסים באוויר לטנקים... לא משנה. הסברתי לו על ההטבות החדשות שהבנק מציע לאזרחים עובדי צה"ל אם הם יקבלו את המשכורות שלהם דרכנו, ואחרי שנתתי לו הרצאה במשך שעה שלמה, דיברנו קצת באופן כללי. בין היתר הוא סיפר לי שיש לו בן שגר בדנוור ולומד שם מדעי המחשב! את מאמינה? מייד סיפרתי לו שאחותי גרה בדנוור כבר הרבה שנים ואולי אפילו מכירה את הבן שלו. הוא ממש שמח לשמוע שיש לי קשר למישהו שגר קרוב לבן שלו בצד השני של העולם."

"נו, עולם קטן," הגבתי בחיוך.

אבל קצירי? שאלתי את עצמי, אני לא חושבת שאני מכירה מישהו

בשם הזה. אבל מה אני מתפלאת? כשלא גרים בארץ כל כך הרבה שנים מפסיקים לעקוב או להיות מעודכנים בהרבה דברים, וזה אחד מהם.

"לבחור הזה קוראים מתן," המשיכה לילך כמו קוראת את המחשבות שלי, "מתן קצירי. מכירה?"

"לא..." השבתי בהיסוס. "את בטוחה שזה השם?"

"כן. כן," היא נשפה בקוצר רוח. "תקשיבי, האלוף סיפר לי שמתן נורא בודד בדנוור. הוא אמר שאין לו כמעט מכרים או חברים ישראלים בקולורדו ושקשה לו ועצוב, הוא מרגיש בודד, בעיקר בחגים. מזל שהוא עסוק בלימודים ובעבודה כי אחרת הוא היה חוזר לארץ מרוב געגועים ובדידות. הרגשתי עצובה בשבילו," הוסיפה אחותי. "יכולתי לשמוע את התסכול בקול שלו כשדיבר. באותו רגע כל מה שראיתי מולי היה אבא מודאג שמבקש עזרה מכל מי שנמצא קרוב לבן שלו."

הקשבתי ללילך המומה. קודם כול, זה לא נכון שאין ישראלים בקולורדו, אבל אין הרבה כמו בחוף המזרחי או בחוף המערבי. לקולורדו מגיעים ישראלים בעיקר ללימודים, בעקבות חוזה עבודה או בגלל איחוד משפחות. נכון, הם די מפוזרים באזורים שונים בעיר בת מיליון התושבים, מה שמקשה אולי להכיר, אבל כולם מנסים ליצור קשרים, כמו בכל מקום בעולם.

"זה מוזר," שיתפתי את לילך במחשבתי. "איך זה שלא שמענו עליו כאן בדנוור? אני יכולה לבדוק עם חבר שלנו, אביאל צורן. הוא הדיקן ללימודי מחשב באוניברסיטת דנוור. אם מתן לומד שם, אביאל מכיר אותו. תני לי לבדוק ואחזור אלייך בעניין."

מבדיקה שעשיתי עם אביאל עלה שהוא לא מכיר את מתן קצירי וגם לא שמע עליו. זה היה קצת תמוה גם בעיניו, כי גם הוא, כמו כולנו, ידע שישראלים בגולה נמשכים זה לזה כמו דבורים לכוורת, כדי ליצור קצת מההווי החברתי הישראלי שחסר להם. בימים הבאים שאלתי עוד חברים ומכרים אם שמעו על מישהו בשם מתן קצירי,

אבל לא דובים ולא יער. לא הצלחתי למצוא אף אדם כזה ותחושת המסתורין רק גברה.

כעבור שבוע צלצלתי ללילך שוב, סיפרתי לה על ניסיונותיי לאתר את הבחור ושאלתי אילו עוד פרטים היא תוכל לתת לי עליו.

"כמו שאמרתי לך," צייצה לילך, "הוא סיפר להורים שלו שהתחיל ללמוד באוניברסיטת דנוור ושהכול טוב מלבד זה שהוא לא ממש פגש פה ישראלים. האלוף ממש התלהב כשאמרתי לו שאת גרה בדנוור וביקש, אם זה בסדר, שתיצרי קשר עם מתן. אולי דרכך הוא יוכל להכיר חבר'ה בני גילו. אולי תזמיני אותו לפעמים, לפחות בחגים, כדי שהבחור לא ירגיש מנותק כל כך מהעולם."

להגיד שהלב שלי נשבר? ועוד איך. זה הדבר האחרון שרציתי לשמוע. הרי אני גלית, זו שכל מסיבה אצלה מדוברת בכל הקהילה, זו שכולם רוצים להגיע לאירועים הגדולים שהיא מפיקה בבית או מארגנת עבור הקהילה הישראלית בדנוור. הבית שלי הוא מרכז העניינים של כל מה שקורה בקהילה בדנוור, והכול יודעים שאני הכתובת לכל מי שמגיע חדש לכאן. אני היא זו שמקבלת את הטלפונים הטרנס־אטלנטיים מכל משפחה שהתקבלה כאן לעבודה או ללימודים, ויש להם לא פחות מאלף שאלות לפני המעבר. אז איך זה שאני לא מצליחה למצוא את הבחור הזה שקוראים לו מתן ושאבא שלו הוא האלוף קצירי המפורסם? ואיך זה שהבן אומר שהוא מרגיש בודד כל כך כי אין כאן ישראלים? משהו לא הסתדר לי בכל הסיפור הזה, והייתי נחושה למצוא את מתן ולפתור את התעלומה סביב העניין.

אחרי חמישה ימים של חיפושים במרשם התושבים הציבורי, ברישום בפדרציה היהודית, בכל הארגונים היהודיים בדנוור ובכל בתי הכנסת וטלפונים לכל האוניברסיטאות בדנוור - אפילו שקלתי לברר בבתי חולים - החלטתי לבדוק שוב עם לילך.

"לילך, תשיגי לי טלפון אחר של הבחור." צריך לזכור שמדובר בשנת 1990, שבה לרוב האנשים עדיין לא היו טלפון סלולרי ואינטרנט.

"אממם... יכול להיות שנתתי לך מספר לא נכון?" מלמלה אחותי. "תרשמי עוד מספר," היא הכתיבה לי. "ותעשי לי טובה, אל תרדי מהעניין עד שתאתרי אותו. תזכרי איזה קידום אקבל בבנק אם אצליח לעזור לאלוף קצירי לעזור לבן שלו. אני כבר רואה את תעודת העובד המצטיין! אז יאללה, לעבודה," התלהבה.

ניתקתי את השיחה איתה וחייגתי למספר החדש שנתנה לי.

כמה צלצולים קצרים ו...

"הלו," קול גברי ענה לי.

"שלום," אמרתי באנגלית, "עם מי אני מדברת?"

"את מי את מחפשת?" שאל הקול הגברי באנגלית מהוססת.

"אני מבקשת לדבר עם מתן קצירי, בבקשה," אמרתי.

לרגע השתררה דממה בקו השני ואז...

"מי זאת? מי את?" הקול היה שקט, מבוהל משהו.

"אתה מתן?" שאלתי בנימה חברותית בעברית.

"מי מדברת? ואיך השגת את המספר הזה?" הבחור חזר ושאל בקול מתוח.

"שלום, מתן," המשכתי בחביבות, "קוראים לי גלית. אחותי לילך מכירה את אבא שלך האלוף קצירי ו....."

"אוקיי, מה אני יכול לעשות בשבילך?" הוא קטע את הסברייי.

אף על פי שהוא עדיין לא הודה בכך, כבר הייתי בטוחה שאני מדברת עם מתן קצירי, ואף שיכולתי לחוש נימת אי שביעות רצון לא מוסברת בקולו, המשכתי והסברתי כיצד הגעתי אליו ואמרתי שאשמח לסייע לו למצוא ישראלים אחרים בעיר. "רציתי לוודא שאתה בסדר וקצת להכיר אותך. נשמח להזמין אותך אלינו לקבלת שבת בכל סוף שבוע שמתאים לך," סיימתי את דברייי.

"הו, איזו נחמדה את, תודה רבה, באמת תודה," אמר הבחור בקול רך יותר. הוא שתק לרגע ואז הוסיף, "אוקיי, אשמח להיות בקשר."

סוף־סוף הרגשתי שהקרח נשבר. סיפרתי לו שאנחנו טסים

לפלורידה לחג הפסח אבל חוזרים הביתה לדנוור כדי לחגוג את חג המימונה המסורתי אצלנו.

"הזמנתי את כל חברי הקהילה היהודית לבית פתוח באותו ערב," אמרתי. "אם תבוא, תוכל להכיר המון ישראלים וליצור קשרים עם אנשים שימצאו חן בעיניך. אני מכירה כמה שכדאי לך להכיר. באמת, אשמח שתבוא. מה אתה אומר?"

"תודה על ההזמנה, אני גם עובד וגם לומד ולכן אראה איך זה מסתדר לי ואודיע לך."

בתום השיחה נאנחתי בהקלה. צלצלתי לאחותי, בישרתי לה שאיתרתי את מתן ותיארתי לה את השיחה בינינו. היא התרגשה ואמרה שהיא תתקשר לאלוף קצירי לספר לו ולעודד אותו שמתן בסדר ושיצרתי איתו קשר בדנוור.

למוחרת בבוקר התעוררתי ליום עמוס וגדוש: בבוקר הייתי אמורה ללמד עברית בבית הספר היהודי בעיר ולאחר מכן להיפגש עם שני תלמידים בבית הספר לשיעור פרטי בעברית. אחר הצוהריים נקבעה לי פגישה עם הוועדה לאירועים בקהילה היהודית, כדי להכין את העלון שיפרסם לקהילה את אירוע המימונה, ובערב היינו מוזמנים ליום הולדת של חברים.

ארגנתי דפים חשובים בתיקיית הלימודים העמוסה שלי כשהטלפון צלצל במטבח. עודי מתלבטת אם לענות או לא, אבי, בעלי, כבר ענה לטלפון והגיש לי את השפופרת.

"מישהו בשם מתן רוצה לדבר איתך."

מתן? בשמונה בבוקר? התפלאתי.

"הי מתן, מה שלומך?" שאלתי בעודי ממשיכה לארגן את התיק שלי.

"בוקר טוב, גלית," נשמע קול מודאג מעבר לקו, "יש לך כמה דקות? אני מוכרח לדבר איתך לפני מסיבת המימונה אצלך בבית."

הסברתי לו שאני חייבת לצאת ליום העבודה והצעתי שאבדוק מתי אני פנויה ונוכל להיפגש.

"אני מבטיחה להתקשר עוד היום ולעדכן אותך," אמרתי. "פשוט היום יום עמוס וגדוש מהבוקר ועד הערב."

"אוקיי," השיב מתן. "אחכה בסבלנות לפגישה שלנו, אבל אני חייב לבקש ממך משהו. בינתיים בבקשה אל תספרי לאף אחד עליי, בסדר?"

"בטח, כמובן..." מלמלתי.

הנחתי את השפופרת והרגשה מוזרה חלחלה לתוכי. מה כבר יכול להיות כל כך סודי ובהול? אך לא היה לי זמן להתעכב על הדבר. ארגנתי את תיק הלימודים המסורבל והכבד ויצאתי החוצה. רוח אפריל קרירה העיפה עליי מחטי אורן יבשות וטלטלה את צמרות העצים הענקיים ברחוב. שמחתי שהתחזית הראתה שלא ירד גשם היום, אבל גם נזכרתי באמרה המפורסמת פה: "גשמי אפריל מצמיחים את הפרחים במאי". עטפתי את עצמי במעילי האפור וצעדתי לכיוון האוטו.

בסביבות ארבע כבר הייתי בחזרה בבית. אבי היה עדיין בעבודה. הנחתי את תיק הלימודים בצד ותליתי את המעיל בארון המעילים, ואז ראיתי שהאור האדום מהבהב במזכירה האלקטרונית, מסמן לי לבדוק הודעות חדשות.

ההודעה הראשונה הייתה מתקליט אוטומטי שמודיע שמחר לא יאספו את הזבל השבועי משום שזה חג נוצרי כלשהו. ההודעה השנייה הייתה מחברתי דלית, שאליה היינו מוזמנים בערב. דלית חטפה "פינק איי", כלומר וירוס שגורם לעין להיות נפוחה ואדומה, לכן ארוחת יום ההולדת מבוטלת. התחלתי לפרוק את הדברים מתיק העבודה הענק שלי ולמיין מסמכים חשובים, ולפתע נזכרתי בשיחה שלי הבוקר עם מתן. הנה יש לי ערב חופשי, למה שלא אזמין את מתן אלינו? חשוב לו לדבר איתי על משהו, והנה ההזדמנות.

צלצלתי אליו והודעתי לו שהערב התפנה.

מתן הגיע בשמונה, וקיבלתי את פניו בחיבוק אימהי קל וחמים כדי להראות לו כמה אני שמחה שהגיע. היה לי חשוב לשדר לו ביטחון ואמינות.

כשעמד בכניסה סקרתי אותו במהירות. בחור צעיר שנראה לי בן
23-24, לא יותר, עורו בהיר ושערו מעוטר בפסים בלונדיניים בהירים
וקצוץ בקפידה. פניו נאים ועיניו בצבע הדבש, אולי בעצם כמעט
ירוקות, היה קשה להחליט. הוא לבש חולצה לבנה משובצת, מעליה
סוודר קשמיר אפור שרק צווארון החולצה הציץ ממנו ומכנסי ג׳ינס
שחורים. לרגליו נעל נעלי ספורט ממותגות, והשעון המוכסף שענד
על פרק ידו השמאלי היה עדיין להפליא והזכיר לי יותר צמיד מאשר
חגורת שעון. באוזנו הימנית נצנץ עגיל כסף קטן, ושמתי לב שהוא
עונד טבעת מוכספת חלקה, שהזכירה טבעת נישואים.

הובלתי אותו אל המטבח החמים והנחיתי אותו אל פינת האוכל
הקטנה. הנחתי כוסות תה מהבילות על השולחן, צירפתי תבנית
של בורקס פטריות חם ופריך והוספתי את עוגיות התה המרוקאיות
הריחניות של אימא שלי, הקרויות ״רייפת״, עם אניס ושומשום.

״רציתי שתדעי שאני מעריך את זה שיצרת איתי קשר,״ פתח מתן.
״את כבר נותנת לי הרגשה טובה שאני יכול לבטוח בך, ובאמת, אני
מרגיש בנוח לדבר איתך על הנושא שלשמו באתי.״

״אני שמחה שאתה מרגיש בנוח,״ חייכתי. ״אשמח לעזור אם
אוכל.״

הרגשתי עד כמה חשובים לו אוזן קשבת, זמן ומקום להוציא מה
שהיה צריך לצאת.

״לפני שלוש שנים,״ פתח מתן בקול קצת רועד ומהוסס, ידיו
לופתות את כוס התה כמבקשות לשאוב ממנה עוד חום, חיזוק
וביטחון, ״בזמן חופשת שחרור מהצבא נסעתי לאילת עם כמה חבר׳ה,
ושם הכרתי את אליוט.״

לרגע רציתי להפסיק את דבריו ולשאול מי זה אליוט, אבל הרגשתי
שהוא רוצה להמשיך לדבר ושתקתי.

״אליוט היה בדיוק בסוף התואר הראשון שלו ולפני תחילת התואר
השני במשפטים וחגג את סיום התואר בנסיעה למצרים, סיני וישראל.
הוא נולד וגדל כאן, בדנוור, וזו הייתה הפעם הראשונה שהוא ביקר

במזרח התיכון. הכימיה בינינו הייתה כמעט מיידית, מסוג הדברים שקורים לאנשים פעם בחיים, אין לי דרך אחרת להסביר את זה. הרגשתי משיכה מגנטית אליו, מחשמלת, משהו שלא יכולתי להסביר. בהתחלה לא הבנתי שזה מה שקורה לי, כי זה אף פעם לא קרה לי לפני כן..."

כאן מתן הפסיק לרגע והשפיל את ראשו. "אני ישנתי עם החבר'ה באכסניה זרוקה ואליוט התארח במלון לשלושה ימים, ולאחר מכן הצעתי לו להצטרף אלינו לקבינה הפשוטה ששכרנו. הוא הסכים ובילה איתנו עוד כמה ימים בכיף באילת.

"אליוט היה חברמן וקליל ומצא חן בעיני החבר'ה. בכל ערב ישבנו עם בירות, גיטרה ובדיחות, אנחנו סיפרנו בעברית מתורגמת לאנגלית מגומגמת ואליוט סיפר באנגלית מתורגמת לעברית מצחיקה, אל תשאלי, סלט של מילים. התגלגלנו מצחוק והיה כיף ממש.

"כשהסתיימה החופשה באילת כולם החליפו טלפונים וכתובות עם אליוט וכמובן גם אני. מאוחר יותר נודע לי שאליוט לא נשאר בקשר עם אף אחד מהחבורה ההיא, אבל לי הוא כתב מכתב בכל שבוע. בהתחלה אלה היו מכתבים כלליים, מה הוא עושה ביום־יום, איך הלימודים לתואר שני במשפטים, על הכלב שלו שחלה ונפטר וכו' וכו', אבל בכל שבוע הפכו המכתבים ליותר אישיים ורגשיים, ובכל שבוע גם אני, מצידי, הרגשתי שאני כותב לו בטון אישי יותר. אחרי כמה חודשים של מכתבים ארוכים ורבים, בערך מכתב לשבוע, התחלתי להרגיש שאני מתרגש ומצפה למכתבים של אליוט יותר מלכל דבר אחר. אחרי שלושה חודשי התכתבות בלתי פוסקת קיבלתי ממנו מכתב שהסתיים במשפט שאני זוכר בעל פה עד היום: 'אני לא יכול יותר לחכות לרגע שבו ניפגש שוב ונהיה ביחד. מתן שלי, אני רוצה לחבק אותך, להחזיק אותך צמוד אליי, כי הלב שלי בוער אליך. שלך, אליוט'."

מתן שאף אוויר, פניו הסמיקו.

"לא האמנתי למה שקראתי במכתב ההוא," אמר בשקט. "החזקתי

אותו המום, כשאני קורא בו שוב ושוב את המשפטים האחרונים. הרגשתי שכל הגוף שלי רועד. הקרביים שלי התהפכו בתוכי, ומשהו בי צעק, הלוואי שהייתי לידך!׳ אז ידעתי והבנתי שזה כל מה שחיכיתי לו! המילים הללו היו האישור, ה׳אוקיי׳ שהייתי צריך. אלף מחשבות התרוצצו בראשי וכל יום של מחשבות הסתיים תמיד באותה מסקנה — אני רוצה להיות עם אליוט, לדבר איתו מקרוב, לא דרך מכתבים וקשר טרנס־אטלנטי. אני רוצה לספר לו בכל ערב איך היה היום שלי, לשתף אותו בלבטים בקשר לאוניברסיטה, במה שחשוב לי וגם במה שלא חשוב, ללכת איתו לים, לחבק אותו... אני רוצה אותו, את אליוט. אני רוצה אותו כל כך. אני מתגעגע, ממש מתגעגע אליו. כן, זו המילה, אני מתגעגע אליו!״

הקול של מתן הצטרד ורעד, עד שהוא הפסיק לדבר. הוא שלף שתי ממחטות נייר מהקופסה שעמדה על השולחן וקינח את אפו. אחר כך סידר את צווארון החולצה שלו בעצבנות, כשהוא משחק עם אחד הכפתורים. עבר עוד רגע, הוא נשם נשימה עמוקה והמשיך לדבר.

״לאט ובהרבה היסוסים התחלתי לרקום תוכנית אחרת לגמרי מזו שהייתה לי לאחרי השחרור. סיפרתי להורים שאני מעוניין לבדוק לימודים של מדעי המחשב בחו״ל, בדנוור, ושאני מכיר משהו שלמד בתוכנית הזו. הבטחתי להם שאעבור לקולורדו רק לתקופת הלימודים ונשבעתי להם שאני לא עוזב את הארץ לצמיתות.

״אחרי אלף שיחות ומיליון הבטחות אבא שלי הסכים שאבדוק את הנושא. מובן שאליוט היה מעורב בסתר בכל הפרטים וב׳שלט רחוק׳ סידר לי את ההרשמה ושלח לי את הטפסים המתאימים.״

״ההורים עזרו לך בהתאקלמות הראשונה בקולורדו?״ התעניינתי בעדינות.

״כן...״ הוא היסס. ״לא יכולתי לעשות את זה בלי העזרה הכספית שלהם. אני אוהב אותם ומעריך את כל מה שהם עשו בשבילי, והם עשו המון. ידעתי שמה שאני הולך לעשות לא ימצא חן בעיניהם,

וגם ידעתי שאבן הנגף הגדולה ביותר תהיה אבא שלי. אחותי, מרב, היא אולי האדם היחיד שהיה יכול קצת להבין אותי, אבל אימא שלי? אין סיכוי, ובטח שלא אבא שלי," אמר מתן בקול החלטי ונענע את ראשו.

"אם לא הייתי מצליח לשכנע את אימא שלי שאני נוסע רק לתקופת הלימודים, היא הייתה הופכת עולמות כדי שאני לא אסע. ואבא שלי? קשה לי אפילו לדבר על זה. אני אפילו לא רוצה לדמיין איך הוא יגיב כשייוודע לו שאני חי פה עם בן זוג, לא יהודי, ושאני פעיל כאן בקהילת ההומוסקסואלים, תחת שם אחר ובזהות שונה."

אופס, בגלל זה לא מצאתי אותך... עברה מחשבה בראשי.

"את מתארת לעצמך מה יקרה אם בקהילה היהודית ידעו את שם המשפחה האמיתי שלי?" המשיך מתן. "השם קצירי ידוע לא רק בארץ, אלא גם בכל העולם. כמו שאת מכירה את השם אילון מאסק, מפתח הטסלה, או את הרופא ההוא מדרום אפריקה, דוקטור מוריסון, שעשה את השתלת הלב הראשונה, עד כדי כך אבא שלי מפורסם בזכות ההמצאה הצבאית שפיתח."

"אז כאן, בדנוור, מי אתה?" שאלתי.

"החלטתי לשמר את האות הראשונה משמי ומשם המשפחה," אמר מתן. "כאן מכירים אותי בשם מני קרן. אף אחד לא מכיר את השם מתן קצירי, ואני עובד קשה כדי לשמור על זה. אסור ששום דבר ממה שקורה איתי יגיע לארץ ובייחוד לא לאבא שלי. גם בקהילות ההומוסקסואלים שאני חלק ממנה השם קצירי ידוע." הוא חייך חיוך קטן. "פעם אליוט ואני ישבנו בפאב עם זוג חברים, ואחד מהם הזכיר גנרל בכיר בצבא הישראלי שהמציא את הדבר הזה שעוזר לקשר בין מטוסי הקרב לטנקים — אני לא באמת יודע יותר מזה — וכמובן השם קצירי עלה בשיחה. ישבתי שם בשקט, עשיתי את עצמי עסוק בלגרד את הגב כדי להסתיר את הבעת הפנים הנבוכה שלי, והרגשתי מתוסכל — איך אני יכול להזדהות עם השם המפורסם שלי ולהגיד

שאני הבן של הממציא הגאון הזה כשהוא לא יודע איך אני חי פה
בקולורדו?"

בשלב הזה מתן היה נרגש וזז בכיסא מצד לצד. פניו האדימו כאילו
יצא מחדר סאונה רותח, ומדי פעם קולו רטט והוא ניגב את פניו מזיעה
ומהתרגשות.

הגשתי לו עוד ממחטת נייר, החזקתי את ידו הימנית וניסיתי
להרגיע אותו בעדינות. ללא כל ספק, הגילוי הכן שלו הסעיר גם אותי.
השארתי אותו רגע שם והלכתי להכין עוד תה לשנינו. כשחזרתי
עם ספלי התה החמים ראיתי שהוא יושב בשקט, שקוע במחשבותיו.
רציתי להרגיע אותו, להגיד לו שהכול יהיה בסדר. הנפש העדינה
הזו שישבה מולי נראתה לי מיוסרת מהמאבק הכואב שהתחולל
בתוכה, ונראה לי שלא עמדה בכובד החששות וההתהפוכות בעקבות
הבחירה שעשתה.

"מתן, קודם כול אני שמחה שאתה משתף אותי," אמרתי והושטתי
לו את כוס התה. "אני מבינה שאתה עובר תקופה לא קלה ושאתה
בודד מאוד בעניין הזה. אבל האם בכלל ניסית לגשש? עצם זה שאבא
שלך כל כך מודאג זה חשוב. כאימא בעצמי אני יכולה להגיד לך
שהדאגה של הורה לא נגמרת כשהולכים לישון. זו דאגה שחיים
ונושמים אותה בכל רגע. יש לי שתי בנות ואני יודעת שאם אצטרך
לבחור בין דאגה אינסופית ובין ידיעה מה קורה איתן, לא משנה מה,
אעדיף לדעת. חוסר הידיעה של הורים על הילדים שלהם מייסר
ומטריף את המחשבות. אז נכון, יהיה להורים שלך קשה לקבל את מי
שאתה, אבל תהיה תגובתם אשר תהיה, לפחות הם ידעו שאתה בסדר,
שאתה מאושר ושטוב לך."

"גלית," מתן נאנח ונענע את ראשו בשלילה, "את לא מכירה את
אבא שלי. הוא איש צבא קשוח ושמרן שמציב לעצמו את הסטנדרטים
הכי גבוהים שאפשר. הוא בחיים לא יסלח לי אם הוא ידע איך אני
חי, ועוד יותר מזה — שאני כבר נשוי לאהבת חיי. לדעת אבא שלי,
הבגידה הכי גדולה בו היא הבגידה בכל מה שהוא מאמין בו. תסתכלי

עליי," הוא הרים מעט את קולו, "מבחינתו אני בוגד בדת היהודית,
בוגד במשפחה ואשם בנטישת ארץ ישראל. אני הפכתי להיות חלום
הבלהות של אבא שלי. בנו של אלוף מוכר ונערץ בארץ ובעולם בוגד
בכל הערכים שלו ובכל מה שהוא מאמין בו, ובצורה הכי מכוערת
שאפשר. אבא שלי לא יודע שאני הומוסקסואל, והוא לא יסלח לי עד
יומו האחרון אם ידע שזו הסיבה האמיתית לכך שעזבתי את הארץ.
אם רק היה יודע כמה אני מתגעגע אליהם ולישראל. אני חצוי ומרוסק
לחתיכות. פה יש לי את האהבה של אליוט, אבל אין לי הרגשה של
משפחה אוהבת ותומכת. חסרות לי השיחות הקרובות עם אחותי, מרב.
חסרה לי התמיכה שקיבלתי מאבא שלי כל חיי. בכל משבר ושאלה
הוא סיפר לי עוד סיפור מעורר השראה מהעבר ומהניסיון הצבאי שלו,
ומכל שיחה איתו תמיד יצאתי יותר חזק ומעודד. חסר לי הקשר עם
החברים הטובים מהארץ כי גם להם שיקרתי," המשיך מתן בשטף.
"הם חושבים שאני כועס עליהם כי אף אחד מהם לא בא לבקר אותי
באמריקה ושבגלל זה ניתקתי קשר, אבל זה לא נכון. אני יודע כמה
יקר להגיע הנה, שלא לדבר על זה שבכלל לא הזמנתי אף אחד מהם.
איך אני יכול? הרי זה יגיע בסוף להורים שלי!
"סליחה שאני ככה פורק הכול עלייך," הוא חייך חיוך עצוב, "אבל
חסרה לי כל כך השיחה בעברית. כיוון שאני פה בזהות אחרת, אני לא
מדבר עברית עם אף אחד. לאחרונה התחלתי להזמין עיתונים בעברית
מניו יורק, כדי שיהיה לי מה לקרוא. אליוט לא מעוניין ללמוד עברית
כרגע, הוא מתרכז בקריירה שלו כעורך דין ורוצה להתקדם, לכן כל
המאמצים והאנרגיה של שנינו מופנים לכיוון הזה."
"אבל מתן," הפסקתי אותו לרגע, "אתה אומר שיש ביניכם אהבה
גדולה. האם אתה מדבר עם אליוט על כל הדברים האלה שמטרידים
אותך?"
הוא שתק, ולרגע חשבתי שהוא לא ממש שמע את השאלה שלי,
אך הוא שמע ועוד איך.
"כן," הוא השיב בשקט, "אליוט יודע כמה אני מתגעגע, כמה חסרה

לי ההרגשה הנהדרת שיש בישראל ביום שישי אחר הצוהריים, לפני
כניסת השבת, וכמה חסרה לי ההרגשה של החגים שחגגנו בבית של
ההורים. אני מסביר לו על החגים שלנו ומנסה לשתף אותו בחוויה,
אבל זה לא עושה לו כלום וזה בסדר מצידי...״
לא בטוח שזה בסדר מצידך, חשבתי, יכול להיות שאתה פשוט
מעדיף להדחיק את זה.
״אבל אם לפחות הייתי יכול לחגוג עם חברים, או ללכת לאירועים
בקהילה היהודית כדי לחיות קצת את האני היהודי שלי...״ קולו הלך
ונחלש. ״יש בי ריקנות כזו, משהו גדול חסר לי בצד הזה של הזהות
האמיתית שלי, לא משנה כמה אני מתכחש לה בחיי היום-יום שלי.
חסרים לי דברים לכאורה שוליים, קטנים; התפוח בדבש בראש השנה,
הלביבות של אימא שלי בחנוכה, הקישוטים של הסוכה הענקית
שעזרתי לאבא שלי לבנות בכל שנה כי חצי מהארץ הגיעה להתארח
בסוכה של האלוף קצירי.
״חסרה לי גם המעורבות בקהילה היהודית. תמיד אהבתי לעזור,
להתנדב, ועכשיו אני עומד מהצד ולא יכול לעשות כלום כדי שלא
יגלו את הזהות האמיתית שלי. זה גורם לי להרגיש שאני מוגבל בעל
כורחי, עצור, כבול בכבלים שיצרתי לעצמי בבחירה שלי. קשה לי
בעיקר עם זה שאני לא אמיתי עם עצמי! אני חי בשני עולמות —
העולם שבו אני רוצה לחיות לצידו של אליוט, והעולם שהיה לי וכבר
אין לי ושאני מתגעגע אליו כל כך. אני מרגיש חצוי בעל כורחי...״
מתן כבר לא הצליח לעצור את מה שבא אחרי המילים האלו. הוא
כיסה את פניו בידיו וגופו רעד כשבכה בשקט.
הנחתי לו לבכות, ידעתי כמה חשוב שיפרוק את המשא הכבד שעל
כתפיו הצרות. הזזתי את כיסאי וקרבתי אליו, לפתי בחוזקה את ידו
וחיבקתי אותו בחום.
אוי, מה שהבחור הזה עובר, ועוד לבדו, חשבתי, וליבי פשוט יצא
אליו באותם רגעים.
מתן נרגע, קינח את אפו שוב והמשיך בשקט, ״אליוט ואני נשואים

כבר שנה. בנינו לנו בית חם ומלא אהבה. שנינו עובדים ולומדים, בסופי השבוע אנחנו יוצאים עם חברים למסעדות חמודות ובשבתות, תלוי במזג האוויר, אנחנו אוהבים לארוז סנדוויצ'ים ולנסוע להרים, לנשום עמוק את האוויר הצלול ולספוג קצת מהאווירה השלווה שמנתקת אותנו מכל העולם לכמה שעות. טוב לנו פה וטוב לנו יחד, אני מאושר כמו שלא הייתי כל חיי..."

הוא הרים את עיניו ונעץ בי מבט חודר, "אבל גלית, יש לי בקשה גדולה אלייך. בבקשה, אל תהרסי לי את מה שבניתי כאן."

הרמתי אליו מבט שואל.

"אם תספרי לאחותך לילך שפגשת אותי, היא מייד תספר הכול למשפחה שלי," הוא ענה לשאלתי שלא נשאלה. "ואני יודע שהם יגיעו לפה בטיסה הראשונה שיצליחו למצוא וינסו לשכנע אותי לחזור איתם לארץ. הם יזכירו לי כמה דברים אני 'מפסיד' בחיים, אימא שלי תבכה שלא תהיה לה כלה ושלא יהיו לה נכדים 'כמו שצריך' או 'כמו לכולם' במשפחות הנורמליות. והיא תאיים עליי ב'מה יגידו' ותשאל אם אני לא אוהב אותה ואיך עשיתי להם כזה דבר, ואבא שלי יגיד שיש לו חבר שימליץ על פסיכולוג מצוין שיהיה מוכן 'לטפל' בי ועוד ועוד, ואחרי שהכול יתגלה, גם הקהילה היהודית כאן בדנוור תכיר אותי ותרצה לתת לי יחס מיוחד — הרי אני הבן של קצירי — ואז כבר לא תהיה לי שום פרטיות בחיים. אז בבקשה, גלית, תביני אותי אם לא אגיע לחגיגת המימונה אצלך. נכון, יש לי עוד חודש לחשוב על כל זה, אבל מהרגע שצלצלת אתמול אני לא אוכל ולא ישן ורק חושב מה לעשות..."

שעה ארוכה ישבתי לבדי בסלון אחרי שמתן הודה לי שוב והלך לדרכו.

חשבתי על הבחור הצעיר ועל ההחלטה הלא־קלה שקיבל.

חשבתי על הקשיים שאדם נתקל בהם כשהוא בוחר להיות "חצוי", על הלחצים הנפשיים המייסרים שחווה אדם שחי בזהות כפולה ומה זה עושה לערך העצמי שלו. אילו עצבים של ברזל צריך

כדי לחיות בשלום עם ה"אני" הראשון, הקודם, ועם ה"אני" השני, החדש, העכשווי? כמה כוח יש לבחור הצעיר והשקט הזה? אילו תעצומות נפש עליו לגייס ואיזה כוח רצון יש בו כדי להתעורר בכל יום עם התשוקה שבוערת בו לחוות את "האני המרגיש" שלו, אך גם לא לוותר על "האני האמיתי" שבו, לקום על רגליו בנפש חצויה ולהגיד לעצמו שגם היום הוא יהיה מתן קצירי ומני קרן בעת ובעונה אחת?

3.

נקמת אחות

"סופיה, בחייך סופינקה, עשי טובה, תפתחי את המוח ואת הלב לאחותך! את אטומה כמו תא לחץ! את מקרקעת לי את התוכניות וזורקת לעזאזל את החלום של שתינו! תפתחי בשבילי ערוץ קשב באוזניים הקטנות שלך," רטנה אלינה בקול מתבכיין.

הבוקר אלינה שמה לעצמה למטרה לרכז את כל המאמצים, הצידוקים והקסמים שיש ביכולתה, כדי לשכנע את אחותה סופיה להמשיך בתוכנית המקורית. היא תבכה ותצעק, היא תצרח ותזיל דמעות תנין גדולות ותרקע ברגליה הדקות על הרצפה, גם אם זה ירגיז את השכנים בדירה שמתחתיהן. היא חייבת את העזרה של סופיה לשכנע את אריק המיליונר, שמאוהב בה עד מעל האוזניים, להשקיע כסף בעסק הבגדים שלה. אם לא קניתי את ליבו של אריק, לפחות שיפצה אותי בכסף, חשבה. ולמה לא? חשוב להוציא ממנו כמה שאפשר לפני שיגלה את התוכנית שלנו ויזרוק את שתינו לקיביני-שמיני. אומרים שאוכל צריך לחלק, ואני אומרת שגם כסף צריך לחלק.

אלינה הייתה נחושה בדעתה לדבוק במטרה שלה. לא עניין אותה מה יגידו אחרים — ושאף אחד לא יעז להגיד לה מה לעשות או ישאל איך תרגיש סופיה כשלא תוכל "להחזיר" לאריק את ההשקעה שלו.

אלינה האמינה בכל ליבה שהתוכנית שלה תעבוד מצוין, גם עבורה וגם עבור אחותה, אבל עכשיו, ברגע האמת, היא התחילה להבין שלסופיה יש שפן־משתפן שמסרב להירתם למזימה שלה. סופיה סירבה בתוקף אפילו לשקול את התוכנית שאלינה רקמה.

אלינה התהלכה בחדר כסהרורית ומדי פעם הפנתה אצבע מאשימה אל סופיה, שעמדה ליד החלון ושיחקה ברשת. מבטה העצוב היה נעוץ בחצר המשחקים הקטנה הסמוכה לבניין שבו התגוררו, ובקשיחות סירבה לשעות לתחנוניה של אלינה.

"סופיה, בחייאת, את רק צריכה לשכנע את אריק שישים את הכסף. למה התהפכת עליי פתאום? כבר הסכמנו על הכול. ומה אני אגיד לחברת הבגדים בניו יורק? כבר חתמתי איתם על חוזה. חברת 'קרנבל' תתבע אותי, זו לא בדיחה, את מבינה? את דורכת בלי רחמנות על כל מה שחלמנו עליו בישראל, את קולטת?!"

"לאאאא, אלינה!" סופיה הסתובבה אל אחותה בפנים זועמים, "הזהרתי אותך לא לעשות שום דבר על דעת עצמך. לא הכרחתי אותך לשלם את סכום הכסף האחרון שהבאנו מהארץ כמקדמה ל'קרנבל בגדי אופנה'. אני לא אעבוד על אריק. הבחור הזה מקסים וטוב ועדין. אנחנו ביחד רק חודשיים וחצי, אני לא בטוחה שאני אוהבת אותו וממילא הוא לא הציע לי נישואים, אבל בחייך, רדי מעץ האשליות הזדוני שאת מטפסת עליו. ההשקעה של מיליון וחצי דולר זה לא כסף קטן, גם לא למיליונר כמו אריק."

"סופיה!" צווחה אלינה בכעס. עיניה הצטמצמו ופניה הסמיקו כעגבנייה בשלה. סופיה הביטה בה בבעתה. לרגע לא זיהתה את פניה הארסיים של אחותה, שהיו עתה מעוותים ואדומים, ונרתעה לאחור בפחד.

"יא חתיכת שקרנית מניפולטיבית," נשפה אלינה בזעם, "כשהכרתי לך אותו בישראל אמרת לי שתסכימי להתחתן איתו כדי לקבל גרין קארד. מה קרה לזיכרון שלך? הצטמק לגרגר אפונה יבש?"

סופיה ההמומה לא הגיבה, ואחותה המשיכה, "דווקא עכשיו,

כשאנחנו סוף־סוף בקולורדו וגרות בדיוק מתחת לאף של אריק
וכשכולם יודעים עד כמה סובבת לו את הראש, עכשיו את מחליטה
להיות הבתולה הקדושה מריה ורוצה להיות כנה איתו? פתאום האהבה
והכנות חשובות לך?" אלינה תפסה מגבת מטבח מוכתמת שהייתה
קרובה אליה וזרקה אותה על פניה של סופיה בזעם.

"אינעל הנעל שלך, כמה שאני שונאת אותך עכשיו!" היא רתחה
מזעם כשנוכחה לדעת שכוח המחץ האגרסיבי והשכנועים שלה לא כל
כך עובדים על אחותה.

"אלינה, תנסי להבין אותי," סופיה כיסתה את פניה בידיה ולחשה
בקול שקט ומיואש. "זה לא פשוט. את מצפה שאעמיד פנים ואשקר
לאדם הנחמד הזה שכל כך בסדר איתי. אני לא מסוגלת לעשות את
זה. בבקשה, רדי ממני. אין לי לב להתחתן איתו ברמאות, לקחת לו
מיליונים ולזרוק אותו ברגע שאקבל גרין קארד. זה לרדת לזנות."

"תראו־תראו מי מדבר על לרדת לזנות," לגלגה אלינה, "חבל שלא
הקלטתי אותך במסעדה אז בחוף הים, כשידעת שהוא לא מבין עברית
ודיברת בחופשיות. הייתי צריכה להשמיע לך את עצמך בונה מגדלים
באוויר ואומרת, 'יאללה, לחיי הגרין קארד ואמריקה! הנה אנחנו
באות, האחיות החתיכות! נתחיל בדנוור, נבלה בכיף בלאס וגאס ונגיע
ליעד הנכסף לוס אנג'לס. משם רק יאכטות, סאן טרופז ומונקו! אף
אחד לא יעצור אותנו', ואיך רקדת, סופיה, אה? זוכרת?"

אלינה קינחה את אפה הקטן והאדום וניערה את תלתליה בעצבנות.
"אוי, כמה שאת מרגיזה אותי, סופיה. באמת יש לך מזל שלא הקלטתי
אותך אז. תדעי לך שהייתי משמיעה את ההקלטה הזו לאריק בלי
למצמץ לרגע."

"די, אלינה. כמה רוע שוחה לך בוורידים? איך את מסוגלת לסחוט
אותי? אני לא מרמה את הבחור הטוב הזה ולא הולכת להרוס לו את
החיים. לא מספיק שהוא איבד השנה את שני ההורים שלו בתאונה
הנוראה? לבן אדם הזה אין אפילו אח או אחות שיעזרו לו לעבור את
המשבר של שנת האבל. איך לא כואב לך?"

סופיה הייתה המומה מהנחישות של אחותה להמשיך בתוכנית הזדונית. ככל שהיא הכירה יותר את אריק, היא הרגישה שהוא בחור נחמד, ג'נטלמן אמיתי, ישיר וכן איתה, וכעת התקשתה לזדום עם התוכנית המקורית שלהן, זו שהגו כשהכירו את אריק במקרה באיזו מסעדה בתל אביב.

"וואלה, סופיה? ולך לא כואב, תגידי? לא היית צריכה להאמין לדיבורים שלך בארץ. ואם כבר, שכחת מי שילם עבור כרטיס הטיסה שלך לכאן? אם לא אני, לא היית יכולה לבוא לפה בכלל וכל החלומות שלך על אמריקה היו מתפוצצים באוויר. זוכרת איך התחננת שאשלם את הכרטיס שלך כי היית תפרנית? דברים טובים שוכחים מהר, מה, אחותי?"

"נכון, אלינה," הודתה סופיה ביובש, "רציתי לבוא לאמריקה ורציתי להכיר בחור עשיר שיעשה שיעשה ממני מלכה. אבל עכשיו, כשלמדתי להכיר את אריק לעומק וראיתי כמה הבחור רציני ורוצה להתחיל שלב חדש בחיים שלו אחרי ההלם של התאונה, כואב לי הלב עליו."

"בחיאת סופי, תפקחי עיניים," צחקה אלינה. "עם כאב לב לא קונים טיולים ביאכטות ולא גרים בארמון. זה קורה רק עם תוכניות חכמות. מצידי תשבי בפינה ותתייסרי כמה שאת רוצה, אבל תעמדי בהבטחה שלך ותשתפי איתי פעולה כדי שהתוכנית תצליח לשתינו. ולפי התוכנית את צריכה להתחתן עם אריק ואני אקבל ממנו כסף לפתוח עסק גדול, כדי להיות קרובה לכל העשירים בעיר. אז גם אני אוכל לתפוס לי עשיר מסריח מכסף שיעשה ממני מלכה."

סופיה לא הגיבה. פניה היו חיוורים ואטומים.

"אריק מיליונר!" צעקה אלינה בקול שבור, בעודה אוחזת בכתפיה הדקיקות של סופיה ומטלטלת אותה. "מ י ל י ו נ ר! מיליון וחצי דולר לא יזיזו לו! גם אם העסק של 'קרנבל בגדים' לא יצליח, עדיין יהיה לו המון כסף, יותר כסף ממה שהוא יכול לספור. איפה אני אמצא עכשיו מישהו שייתן לי מיליון וחצי דולר לשלם לזיכיון הבוטיק ועוד בדאון טאון דנוור, מקום שמשתווה לכיכר המדינה בתל אביב?

ומי יחזיר לי את אלפיים הדולרים האחרונים שהיו לי ושעכשיו נתתי כמקדמה ל׳קרנבל׳?"

אלינה אחזה בשערותיה כמו עומדת למרוט אותן, והתיישבה על הספה בכבדות כשהיא מנענעת את ראשה לכאן ולכאן.

"את חושבת שאם את יותר יפה ממני מותר לך לעבוד עליי? אני סמכתי עלייך ועל הקסם הנשי שאת יודעת להפעיל על מי שאת רוצה. את שמעת מה הוא אמר לנו בשבוע שעבר במסעדה? מאה ושבעים מיליון דולר! זו הירושה שלו! זה מה ששווה החברה שאבא שלו הוריש לו, ואת מדברת איתי על כסף קטן של מיליון וחצי דולר? זה כלום בשבילו. גם אם הוא לא יקבל את הכסף הזה בחזרה הוא עדיין מולטי־מיליונר. ומי שמגלה לך דברים כאלה אישיים מעוניין ביותר מסתם קשר חברות, את לא קולטת?"

"אלינה, את אדם בלי רגשות, את יודעת? את גנבת שלא ברא השטן ואני לא יורדת לרמה שלך, מספיק..." סופיה התפרקה לגמרי. גופה רעד והיא כיסתה את פניה בידיה ובכתה אל תוך החלון המרושת של הסלון הקטן.

צלצול טלפון נשמע בחלל הדירה. אלינה מיהרה לחטוף את הטלפון האלחוטי השחור וענתה. כשהבינה מי מעבר לקו התרכך קולה בבת אחת, ובחיוך מעושה התענג קולה לתוך השפופרת.

"היי ג׳ייק, כן, כמובן, אשמח מאוד לדבר על זה בהמשך. בוא נעבור את הפתיחה של הבוטיק... אני עדיין עסוקה במיון וסידור של הקולקציה הראשונה ובהדפסת ההזמנות לפתיחה. כן... שלח לי את שמות החברים שלך מקולורדו ואוסיף אותם לרשימה בשמחה. כן... אשמח בהחלט לכלול גם אותה בהזמנה. ודרך אגב, איזו שמפניה הגשת בפתיחה של החנות שלכם בלאס וגאס?

"הו, נשמע טוב, אני רושמת. כן, תראה, אני מבינה שיש כללים בחברה שלך, אבל כיוון שאנחנו בקולורדו, רציתי שהדקורציה לפתיחה תהיה בהתאם. כדאי להדגיש את הנוף של הרי הרוקי ולתלות תמונות של חיות מקומיות ופוסטר של גולש סקי

בתנועה, ואולי לשכור כמה אנשי הרים עטופים בפרוות חיות כדי ליצור אווירה שמתאימה למיקום שלנו כעיר במערב הפרוע. מה דעתך? מתאים? יופי, תודה. בהחלט. בהחלט, נדבר בהמשך. תודה, ג'ייק. בשמחה, ביי."

אלינה הניחה את הטלפון בצד ושוב לבשו פניה הבעה קשוחה. היא הייתה נחושה לשנות את דעתה של אחותה ויהי מה. אם סופיה לא תסכים להמשיך בתוכנית שגיבשו לעצמן שתי האחיות עוד בארץ, הכול יֵרד לטמיון – הכסף שאלינה הצליחה לחסוך כדי להגיע לאמריקה והסכום הגבוה ששילמה עבור כרטיס הטיסה של סופיה, שלא לדבר על הדולרים האחרונים שלה שאותם שילמה כמקדמה לקראת חתימת החוזה לרכישת הזכות לייצג את חברת הבגדים הניו יורקית "קרנבל" היוקרתית עם חנות משלה בדנוור.

היא שבה ופנתה אל אחותה, הפעם בטון רגיל.

"את זוכרת שאמרת לי שאת מקווה שאריק יציע לך נישואים מייד כשנגיע, כדי שתתחילי מהר את תהליך האזרחות? את רוצה להגיד לי שמה שתכננת את בעצמך זו לא רמאות? אני מזכירה לך שהבחור הישראלי החתיך שהכרנו אתמול שאל אותך אם את בזוגיות ואמרת לו שאת לא. מה קרה? המוח המצומק שלך לא זכר שאת יוצאת עם אריק?"

"לא שכחתי," לחשה סופיה בקול נואש, "אבל אמרתי לך, אני עדיין לא בטוחה מה הרגשות שלי לאריק, אז העדפתי להגיד לבחור הישראלי שאין לי חבר. ולמה זה בכלל עניינך?"

"ועוד איך זה ענייני, אחותי הבוגדת," אלינה הזדעפה שוב. "הבאתי אותך לכאן בעיקר כדי שתתהדקי את הקשר עם אריק, כך ששתינו ניהנה מזה, לא רק את."

אלינה צעדה בחוסר מנוחה מקיר לקיר כמו אריה בכלוב, מאגרפת את כפות ידיה בחוזקה ופורשת אותן לסירוגין. שערה הבלונדיני המתולתל גלש על פניה, והיא הסיטה אותו לאחור. ברגעים אלו כל דבר הכעיס אותה – שערה הדהוי שהיה זקוק בדחיפות לצבע חדש,

ציפורן האגודל שלה שהייתה סדוקה ושבורה לעומת כל הציפורניים האחרות הארוכות שקישטו את ידיה הקטנות, הכול!

ראשה נע מימין לשמאל. לעזאזל, חשבה, מה אם סופיה באמת תמשיך להתעקש ותסרב לבקש מאריק את הכסף? הרי כבר שילמתי את המקדמה כדי להראות להם כמה אני רצינית בעניין, והייתי בטוחה שזה יזרז אותה לפעול מהר. אוף, כמה נורא זה שאריק נדלק עליה ולא עליי!

אלינה נזכרה כמה אריק שמח כשהודיעה לו שהן מגיעות לביקור באמריקה, ועוד יותר שמח כשהן הודיעו לו שנחמד להן בדנוור ושהחליטו להישאר בעיר. היא התלהבה מכל ה"מי ומי" שהוא הכיר להן, במיוחד נצמדה לכל העשירים עם הקרחת והבטן המדושנת, שלא לדבר על המסעדות שאריק לקח אותן לאכול בהן מאכלים ששתיהן לא ראו מעולם. מסעדות מ ט ו ר פ ו ת, חשבה, כי לא מצאה מילה מתאימה יותר. והחברים שלו? ואלה, אחד-אחד. זה לבוש "ורסצ'ה" וההוא התקשט בחליפת "דיור". לא משנה שהיא השתעממה בהצגות התיאטרון שהוא וחבריו לקחו אותן לראות, האמת, היא כמעט נרדמה שם, אבל זה חלק מההצגה הגדולה, נכון? אמרה לעצמה, אז שיהיה. אין לה בעיה להציג תפקיד של אוהבת תיאטרון ולהראות שהיא מתלהבת מהגלריות היבשושיות, שם לא הבינה דבר וחצי דבר באומנות וכל הציורים שם נראו לה כמו צביעה של ילדים בגן טרום חובה. היא חייכה לעצמה כשחשבה על כל האידיוטים שעמדו שם והתפעלו ממה שלדעתה היה "זבל", שהיה תלוי על הקירות. היא ידעה להעמיד פנים ולהתפעל מהציורים שלא הבינה בהם דבר. רק תגידו לה מה צריך לעשות והיא תתלבש על התפקיד. הכול אפשרי למען השגת המטרה. הצגות היא יודעת לעשות טוב.

אלינה שתקה ובדקה שוב את הטלפון שלה בעצבנות, מחקה הודעות לא מעניינות ואז הרימה את עיניה והביטה בסופיה שעדיין עמדה ליד החלון בפנים חתומים.

"סופיה, יא סופינקה, תקשיבי לאחותך," היא ניסתה שוב בקול

רך יותר. "זה מה שעושים כדי להתקדם בחיים. אני רוצה לאכול טוב ולגור בטירת פאר כמו שיש לאריק ושיגישו לי ארוחות בוקר במיטה ובכל ערב אני אזמין אנשים למסיבת ריקודים עם משרתים וקוקטיילים ובכל יום אלבש שמלה שתוציא לכולם את העיניים, וכל זה יקרה לי ולך רק אם התוכנית שלנו תצליח..."

סופיה כבר לא הייתה מסוגלת לשמוע. היא אטמה את אוזניה בשתי ידיה והניעה את ראשה ימינה ושמאלה בייאוש.

"די אלינה," לחשה בקול עמום. "אוף, זה מאוס. חלומות לחוד ומציאות לחוד."

היא עיסתה את רקותיה באצבעותיה, הלחץ בראשה הלך וגבר. היא צעדה לכיוון המטבח והרתיחה מים בקומקום החשמלי כדי להכין לעצמה עוד כוס קפה.

אלינה לא התכוונה לוותר. היא צעדה במהירות למטבח ודפקה בחוזקה בידה על שולחן הפלסטיק הקטן. השולחן נסדק, התנדנד וקרס לרצפה.

"לעזאזל איתך, סופיה, את..."

צלצול הטלפון של סופיה גרם לה להשתתק והקפיץ את שתי האחיות.

"ששש... שתקי, זה אריק," לחשה סופיה.

"הי, אריק," הבעת פניה התרככה כשעָנתה. "אלינה פה... לא... שום דבר מיוחד. אנחנו מקפלות בגדים ומקשקשות... מה? המסעדה שהיינו בה ביום שני? או ב'סיזן'? כן, בשמחה. אשאל אותה אם היא רוצה להצטרף... תודה, לא היית צריך... כן, בסדר. הנהג יבוא בשש וחצי לאסוף אותנו? אנחנו נהיה מוכנות... גם אני, ביי."

"סופיה, תקשיבי לי," עכשיו אלינה באמת הייתה על קוצים. היא מצמצה בעיניה ללא הפסקה והתרגשה כשדיברה על בוטיק הבגדים העתידי שלה. "סופינושקה, זאת ההזדמנות שלנו! הערב! תהיי חכמה. בזמן הארוחה אציג את העסק החדש ואראה לאריק תמונות של הבגדים היפים שהזמנתי לבוטיק, וככה אצליח להלהיב אותו להיכנס לתמונה.

כל מה שאת צריכה לעשות זה להיות יפה ונחמדה ולהראות לו כמה את מתלהבת מהרעיון לעסק. כשהוא יראה שאת ממש בעניין תציעי לו שישקיע את הכסף שאני צריכה לזיכיון ותראי שהוא יסכים! ויותר מזה," הקול שלה התרומם והתעוות כשפניה הקשיחו, "אני חושבת שאם הוא יהיה עסוק בעסק חדש זה ירגש אותו והוא לא יחשוב על האבל שלו. את לא חושבת כמוני? כל פסיכולוג יגיד לך שצריך למצוא תעסוקה חדשה כדי לרגש אנשים עצובים או בדיכאון. זה עוזר להוציא אותם מהמצב שהם שרויים בו. אני זוכרת שכשסיפרתי לפסיכולוגית שלי בארץ שאני מדוכאת כל הזמן היא אמרה לי שצריך להחליף תחביב בתחביב..." היא דיברה עכשיו מהר וכמעט ללא הפסקות כדי לנשום. "אז הנה אני רוצה להתחיל תחביב חדש, ובמקום לעזור לי את הורסת לי את התוכניות."

סופיה לא אמרה מילה. היא עמדה בגבה אל אלינה והתעסקה בהכנת הקפה.

"ועוד לא הספקתי לספר לך," התרגשה אלינה, "סטיב, הבלש הפרטי ששכרתי, מסר לי עוד אינפורמציה אתמול. לפי הנתונים החדשים שהוא אסף, החברה שאבא של אריק הוריש לו שווה הרבה יותר ממה שחשבנו. הוא לא הביא בחשבון את האדמות ואת הבניינים של החברה שיש להם בהוואי, אז החישוב החדש הוא מעל מאתיים ועשרים מיליון דולר. וכל זה שייך לאריק. הנה, אני מכינה את כל התמונות ש'קרנבל' שלחו לי ונראה אותן היום לאריק במסעדה." אלינה החלה לדפדף במרץ בעשרות התמונות שהיו פזורות על השולחן.

סופיה הסתובבה אט אט, ספקה את ידיה ונעצה מבט בעיני אחותה.

"אלינה, אני רואה שאת לא תעזבי אותי בעניין הזה. אז את יודעת מה? אני לא הולכת היום למסעדה. אני מתקשרת לאריק להגיד שאני לא מרגישה טוב. אין לי דרך אחרת להסביר לך שאני לא רוצה להיות חלק מההתוכנית שלך." היא הרימה את הכוס ולגמה מהקפה החם,

מנסה להירגע. "חוץ מזה, את יודעת שבקלות יכולים לדווח עלינו? נכנסנו לאמריקה כתיירות וקיבלנו אשרה רק לשלושה חודשים. מילה אחת לשלטונות ההגירה ויגרשו אותנו בחזרה לישראל. אז עזבי את אריק בשקט. זה לא הולך להיות עוד סיפור סינדרלה. אני אתחתן עם אריק רק אם באמת ארצה לבנות איתו עתיד לכל החיים."

אלינה הרימה את עיניה ונעצה מבט מצמית באחותה. היא הניחה את ערימת התמונות שהחזיקה בחזרה על השולחן, קמה והתקרבה אל סופיה עד שזו יכלה לראות כל שריר שרעד בפניה הכעוסים של אחותה.

"סופיה, אני נשבעת לך שאם את לא עוזרת לי לשכנע את אריק להשקיע בבוטיק את תתחרטי על זה. כל החיים שלך," היא לחשה באכזריות. "אם חשבת שאת מכירה את אחותך, יש לי הפתעה בשבילך. תהיי בטוחה שאני אהרוס אותך הרבה לפני שאת תהרסי אותי. תזכרי שאמרתי לך!"

סופיה, שנחרדה לנוכח הזעם שאלינה הפגינה כלפיה, הסיטה את גופה הדק ויצאה מהמטבח הקטן לכיוון הסלון. אלינה יצאה אחריה, נתקלה בסל הכביסה שעמד בדרכה ובעטה בו בזעם, חטפה מהכורסה את תיקה השחור, שמה בו את מפתחות הדירה ויצאה כשהיא טורקת את דלת הכניסה בחוזקה.

סופיה, מזועזעת מרוב אימה, הביטה מבעד לחלון באחותה כשהיא שועטת החוצה ובצרחות מנסה לתפוס מונית.

באותו הערב יצאה סופיה מהבניין לאוויר הקר. ברחוב חיכתה לה הלימוזינה השחורה של אריק, וג׳ו, הנהג הנאמן ששירת את משפחתו הרבה שנים, בירך אותה לשלום והתניע את המכונית הארוכה. סופיה ישבה בנוחות והביטה בחלון כשברֹאשה מתרוצצות מחשבות רבות על התוכנית הזדונית של אחותה. היא ענדה את העגילים הוורודים שקנתה יום קודם לכן בשוק אומנות קטן, כפתרה את הסוודר הלבן שלבשה ויישרה מתחתיו את השמלה הוורודה בעלת הכתפייה האחת שקנתה ב"טרגט".

כשנכנסה למסעדה, אריק כבר חיכה לה בשולחן שהזמין. הוא קם,
הסיט עבורה את הכיסא והיא התיישבה.

"סופיה, מה תשתי?" שאל אריק בחביבות האופיינית לו.

"אשתה מרטיני, תודה," ענתה בפיזור רוח.

"מה קרה, סופיה?" שאל אריק לאחר שהמלצר הלך להביא את
המשקאות, "את נראית מתוחה. הכול בסדר? למה אלינה לא הצטרפה?
חשבתי שהיא אהבה את האוכל ב'סיזן' ב-52'."

"אני לא בטוחה, אריק," ענתה סופיה. "היא אמרה שהיא קצת
מקוררת ואולי מפתחת דלקת סינוסים. זה בסדר, יום-יומיים מנוחה
יעזרו לה."

"אני יודע שאין לכן עדיין רופא משפחה פה בדנוור," אמר אריק
ואחז בידה בעדינות. "את רוצה שאשלח את הרופא שלי לבדוק אותה?"

"הו, לא," נבהלה סופיה. "לא נראה לי שזה רציני. הכנתי לה תה
עם דבש לפני שיצאתי וגם מדדתי לה את החום. אין לה חום."

"אבל אם זו דלקת בסינוסים היא תצטרך אנטיביוטיקה. אולי
אבקש מהמזכירה שלי לשלוח לה רופא בכל זאת?" הפציר אריק.

"לא, אריק, אני לא דואגת. כשאחזור הביתה אראה מה המצב
ואודיע לך, בסדר? בינתיים אל תדאג. בוא נסתכל בתפריט, אני די
רעבה," חייכה ולפתה קלות את ידו.

המשקאות הגיעו, וסופיה לגמה לגימה אחת גדולה מהמרטיני
והתאמצה לחייך אל אריק. כשארני המלצר התקרב לשולחנם לקחת
הזמנה, הביטה סופיה מסביבה. המסעדה הייתה מלאה עד אפס מקום.
זו הייתה מסעדה טובה ומרווחת בטוב טעם והאוכל היה טעים ואיכותי
והוגש בצלחות לבנות מעוטרות בפס כסף עדין, כיאה למסעדה יוקרה
עטורת פרסים.

"מה בא לך לנסות היום, סופי?" בשבוע האחרון אריק התחיל
לקרוא לה בשם חיבה – סופי, והיא אהבה את הצליל של השם הקצר.

"אולי אנסה את צלעות העגל בתוספת ארטישוק ירושלמי
ואספרגוס ברוטב לימון," אמרה אחרי שבחנה במהירות את התפריט.

"ברכותיי על הבחירה הטובה," אמר ארני ופנה אל אריק. "ומה בשבילך היום, מר רובינסון?"

אריק היה לקוח מועדף במסעדה, והיו אפילו לחשושים בעיר שהחברה שהייתה בבעלות ההורים שלו סיפקה את היינות האיכותיים למסעדה היוקרתית, אבל כשאלינה הסקרנית ניסתה לחקור בעניין היא נתקלה בחומה אטומה, ואולי טוב שכך.

"אני בוחר ב'ניו יורק סטייק פילה' שאכלתי ביום שני, ארני," ענה אריק בחיוך והגיש למלצר את התפריטים.

ארני קד קלות והתרחק, ותשומת ליבו של אריק חזרה במלואה אל סופיה.

"סופי, היום נתתי לעורכי הדין של החברה שלי הוראה לטוס ליפן לחתימת חוזה של עסקה שהייתה צריכה להיחתם כבר לפני כמה חודשים, ויכול להיות שאצטרך לטוס לשם לכמה ימים אם יהיה צורך בנוכחות שלי בעסקה הזו. תרצי להצטרף אליי לכמה ימים ליפן?"

סופיה היססה לרגע. טיול ביפן היה אחד החלומות הגנוזים שלה. אבל עם אריק? על חשבונו?

"הו, אריק, זו הצעה מקסימה ונהדרת," היא חייכה אליו חיוך נעים, "אבל אני לא בטוחה שאוכל. אתה יודע שיש לי כבר ארבעה תלמידים פרטיים לעברית ושזה יצר לי מחויבות באמצע השבוע. מלבד זאת, אתה זוכר שסיפרתי לך שנרשמתי לקורס ללימוד אנגלית? אני לא רוצה לפספס את התחלת הקורס, חשוב לי ללמוד לדבר אנגלית נכונה ואתה יודע שכבר שילמתי עבור מחצית שנת לימודים."

"יקרה שלי," אריק חייך את חיוכו החם ששבה את ליבה, "אל תדאגי בעניין כסף. אני אמצא לך מורה פרטי. תוכלי לפגוש אותו אצלך בדירה או איפה שהוא מלמד ותהיה לך תוכנית לימודים פרטית 'אחד על אחד'. כך תתקדמי מהר בלימודים ולא תרגישי מתוסכלת בשיחות עם החברים שלי."

"אריק, בבקשה ממך, אני לא רוצה שתתחיל לדאוג לי לכל דבר

קטן," השיבה סופיה. "חשוב לי להגיע להישגים בכוחות עצמי ולתת
לעצמי את הזמן שצריך."

"זה אחד הדברים שאני אוהב אצלך," צחק אריק, "יש לך מוטיבציה
אדירה להגיע למטרות בדרך הכי ישרה ונכונה. זה מה שגם אני למדתי
מההורים שלי ואני מעריך מאוד את התכונה הזו."

אוי, הוא לא יודע עליי כלום, חשבה סופיה בבהלה. היא הרכינה
מבטה למשך כמה רגעים וניסתה להסוות את הבעת פניה, כדי לא
לחשוף את רגשותיה. המחשבות על אלינה ועל המזימה שהן רקמו
יחד לא הרפו ממנה וייסרו אותה ללא הרף. היא התעשתה, לקחה
נשימה עמוקה ולחשה, "תודה, אריק, אני אקח לי כמה ימים להתארגן
ללימודים ולהתרכז בפרק הראשון. כשתחזור כבר אהיה בשבוע השני
ואזרום טוב יותר עם החומר."

"טוב," הוא נשען לאחור בכיסאו, "אבל את מבטיחה לי שבכל
דבר שאת צריכה את פונה למזכירה האישית שלי, אמילי? נתתי לה
את מספר הטלפון שלך ואשאיר לה הוראה לטפל בכל דבר שתצטרכי,
אוקיי?"

"תודה, אני בסדר בינתיים," לחשה בעדינות ושוב הושיטה לו יד.
איך נסחפתי אחרי האחות המשוגעת שלי? חשבה בתסכול, הבחור הזה
כל כך אמיתי, יש לו את הלב הכי גדול שאני מכירה ורואים שבאמת
אכפת לו ממני. זה היה יכול להיות סיפור סינדרלה אמיתי בשבילי.
אולי כדאי לי להכיר אותו לעומק, אני בקשר איתו כמעט שלושה
חודשים והוא לא מסתכל לצדדים, בחור על רמה וגם עם אופי טוב.
איפה אמצא בחור כזה מדהים?

סופיה סרקה את פניו החלקים של אריק, שהיו סמוקים משהו
הערב, ואולי בעצם זה היה יין המרלו שהעלה אודם בלחיו, עם עצמות
הלחיים הגבוהות ושערו השחור שסורק לאחור בסטייל גלי ומבריק.
אריק לבש חולצה לבנה מכופתרת בעלת צווארון מגוהץ. שרשרת מגן
הדוד המוכספת שענד מהיום שבו הכירה אותו התנוססה על צווארו
בגאווה לא מוסתרת.

48

סופיה החליטה להירגע וליהנות מהערב השקט. אריק הזמין עוד
מרלו ומרטיני, ולקינוח הארוחה הם חלקו בהנאה מנת אפרסקים בקרם
פיסטוקים מסוכרים וקינחו באפריטיף של לימונצ'לו מתוק.

אלינה לא הייתה בבית כשסופיה חזרה לדירה בעשר בלילה. הסלון
היה קפוא, וסופיה בדקה את התרמוסטט, שעמד על אפס מעלות,
והבינה ששוב אלינה כיבתה את החימום כדי לחסוך בחשמל. ייקח
הרבה זמן לחמם את הדירה הקטנה, חשבה בייאוש. "אוי, אלינה, מה
יהיה הסוף איתך?" לחשה לעצמה.
היא נזכרה בשמיכה החשמלית שקנו בוולמארט רק יומיים לפני
כן למקרה חירום, וזה היה מקרה חירום ללא ספק. היא הוציאה את
השמיכה מהעטיפה השקופה, סידרה אותה על המיטה וחיברה אותה
לשקע. אחר כך לבשה פיג'מת פלנל חמימה, נכנסה למיטה, עטפה
את עצמה בסדינים הקפואים כשרק אפה מציץ החוצה וחיכתה
שהשמיכה החשמלית תתחיל לחמם את המיטה הקרה. ואכן, בתוך
כמה דקות התחילה להרגיש בחום האיטי והנעים שעטף אותה. היא
עצמה את עיניה. העייפות מיום ארוך ומתיש של ויכוחים מייסרים
עם אלינה השתלטה עליה, ולא עברו דקות אחדות עד ששקעה
בשינה עמוקה.
השעה הייתה שלוש ועשרה לפנות בוקר כשאלינה חזרה לדירה
מתנדנדת, שתויה ומטושטשת. שערה היה פרוע וחלקו נח ברישול
על עיניה. האיפור הכבד שעל פניה נמרח על עיניה ועל לחייה.
שני הכפתורים העליונים של חולצתה היו פרומים, וחצאית המיני
האפורה שלבשה הייתה מוכתמת בכתמים של שמן או אוכל. היא
חלצה בשקט את נעלי העקב השחורות בכניסה והציצה לחדר
השינה. סופיה הייתה שקועה בשינה עמוקה. אלינה העוותה את פניה
בחוסר רצון. הדירה הייתה קרה והיא שפשפה את זרועותיה בידיה
כדי להתחמם מעט. לאחר מכן הלכה לסלון, בדקה את התרמוסטט,
שכבר עלה ל־45 מעלות פרנהייט (7 מעלות צלזיוס), עטפה את

עצמה שוב במעיל שפשטה כמה רגעים לפני כן ונשכבה על הספה החומה שעמדה בסלון הקטן, כשהיא ממלמלת מילים לא מובנות. האלכוהול עשה את שלו, ולא עברו כמה דקות לפני שגם היא שקעה בשינה.

הבוקר היה בהיר, שמש חמימה המיסה את שאריות השלג מהסופה שהתחוללה יומיים לפני כן. סופיה הכינה לעצמה כוס נס קפה והביטה בשעונה. כבר תשע ועשרים בבוקר, עליה למהר להתארגן ולצאת לשיעור עברית שנקבע מראש עם התלמיד החדש שקיבלה השבוע, היידן שמו. היא בדקה שוב את הכתובת שנתן לה. זה קרוב. לא ייקח לה יותר מעשר דקות ברגל להגיע לבית שלו. תודה לאל שהיו לה כמה תלמידים פרטיים לעברית, זה לפחות מימן את החלק שלה בשכר הדירה.

היא לגמה עוד שתי לגימות מהקפה ונגסה בטוסט הגבינה שלה. לפתע שמעה צלצול בדלת. היא שלחה מבט לסלון, אלינה ישנה שם שינה עמוקה, והיא לא ציפתה לאיש בשעת בוקר זו.

מי זה יכול להיות? שאלה את עצמה ופתחה את הדלת.

מולה עמדו שני קצינים במדים כחולים, וסמל הנשר האמריקאי המפורסם היה רקום בצד הימני של החולצות שלבשו. מתחת לתמונת הנשר היו רקומות מילים אלו בלבן: "הרפובליקה של המדינות המאוחדות באמריקה, רשות ההגירה ואזרחות, המשרד לחקירות ועבירות הגירה".

"בוקר טוב, האם את סופיה טרנובה?" שאל אחד הקצינים.

"כן...?" ענתה סופיה.

שני הקצינים שלפו את תעודות הזיהוי הפדרלית שלהם והציגו אותן בפניה.

"יש בידנו צו מעצר על שמך," אמר אחד הקצינים והציג בפניה מסמך רשמי של שלטונות ההגירה. "עלייך לבוא איתנו לתישאול במשרדי ההגירה שבבניין העירייה."

"מה? רגע, בעצם, למה?" שאלה סופיה.

"נסביר לך את הכול בתשאול. יש לך זכות לשיחת טלפון אחת.
תוכלי להתקשר מהמשרד שלנו," הקצין היה אדיב אך תקיף. "כרגע
את צריכה לבוא איתנו, ובבקשה קחי איתך כל מסמך מזהה שיש לך
כמו דרכון או תעודה מזהה אחרת."

סופיה התעשתה. היא זקפה את גבה, פלטה בשקט "בסדר" והעיפה
מבט לכיוון הספה. אלינה לא זזה.

סופיה לקחה את התיק שלה, בדקה שהדרכון שלה שם ויצאה
בשקט מהדירה. שני קציני ההגירה ליוו אותה למכונית שחורה
שהמתינה בחניה.

***

סופיה סיימה לחתל את ג'ייקוב התינוק והניחה אותו בעריסה המרופדת
כשהטלפון שלה צלצל.

"הלו, סופינקה, מה שלומך, יקירה?" לנה, אימא של סופיה, פתחה
את השיחה הקבועה שלהן כמו בכל יום שני בבוקר.

"מאמא שלי, מה שלומך?"

"אנחנו בסדר, סופינקה, ספרי מה נשמע אצלכם."

"הכול בסדר, חוץ מזה שג'ייקוב מקורר. אני דואגת כי האף שלו
סתום, מאמא. איך טיפלת בנזלת כשהיינו תינוקות?"

"או, סופי, מה שעבד לי תמיד היה שטבלתי מקלון מנקה אוזניים
במי מלח והחדרתי טיפה לאף שלכן. זה גורם לתינוק להתעטש ועוזר
להיפטר מהנזלת הטורדנית. הו, אלינה כבר נלחמה איתי ולא נתנה
לי לנקות לה את האף..." היא נזכרה באנחה.

"טוב, אנסה את הטריק הזה היום," אמרה סופיה. "ואם כבר הזכרת
את השם שלה, מה המצב של אחותי הסוררת?"

"אין לי משהו טוב לספר לך עליה, מה לעשות, אבל לפחות
השבוע הרופא רשם לה כדורים חדשים ואני מקווה שזה יעזור לה

להרגיש פחות עצבנית ויאזן אותה קצת. היא כרגיל צורחת ורבה עם כל העולם, בכל יום שעובר נורמלי אני אומרת תודה לאל."

"מאמא, נסי לדבר עם העובדת הסוציאלית, אולי אלינה צריכה להיות תחת פיקוח כל הזמן," הפצירה סופיה. "אם היא הייתה מסוגלת לפגוע בי פיזית כאן בדנוור אני חוששת שהיא תפגע גם בך."

"מזל גדול שהיא רק פצעה אותך ותודה לאל שהחלמת בסדר. מה היינו עושים בלי אריק שלך? אני מודה לאל בכל יום ומברכת אותו בליבי.

"ברוך השם, לפחות ממך יש לי נחת. ואלינה... הוי הטיפשה. יש לה מזל שלא כלאו אותה באמריקה ורק גירשו אותה מייד לישראל," נאנחה לנה. "אני מסכימה איתך ועם אריק שהיא צריכה טיפול רציני, אבל את יודעת איך הבירוקרטיה עובדת כאן, הכול הולך לאט. עכשיו הם שינו את הדיאגנוזה שלה למאניה-דיפרסיה ואולי, כך אני מקווה, עם הכדורים החדשים היא תשתפר. כואב לי שהיא תיכנס למוסד סגור."

"אבל מאמא, כמה כואב לי שבמציאות הנוכחית אני לא יכולה לבוא לבקר אותך, לא כל עוד אלינה לא בהשגחה עשרים וארבע שעות ביממה. כואב לי שעוד לא הכרת את אריק ואת הילדים והנה מיה כבר בת ארבע ועוד לא פגשה מעולם את סבתא שלה."

"סופינקה, גם אני כל כך מתגעגעת אלייך ורוצה לראות את כולכם," אמרה לנה בקול חנוק מדמעות, "לפגוש סוף-סוף את אריק המדהים שלך ואת הילדים, אבל מה לעשות שדווקא את גרה באמריקה? את יודעת שאני לא יכולה לעזוב את אבא שלך לבד, הוא צריך את העזרה שלי בכל דבר. יש דברים שהוא לא יכול לעשות בעצמו כשהוא צמוד לכיסא גלגלים, הלב שלי נשבר."

"בסדר מאמא, טוב, אל תבכי. גם לי קשה," אמרה סופיה, "אבל אריק לא מסכים שנבוא לארץ. הוא כל כך חושש שאלינה תנסה לפגוע בי שוב..."

היא נאנחה. "אני כל כך מתגעגעת אלייך ולאוכל שלך ולכל

המשפחה המורחבת ולחברות שלי. אני כל כך רוצה להראות למיה
שלי את ארץ ישראל שלנו, מאמא..."
היא משכה באפה, מחתה את הלחלוחית בעינה הימנית והתעשתה.
"טוב, אני חייבת לצאת. אתקשר אלייך אחרי שאחזיר את מיה מהגן,
טוב? נשיקות מאמא, גם אנחנו מתגעגעים..."

4

עברית לא עברית

אם הייתם שואלים אותי אם אני מעוניינת לערוך ליל סדר בבית כלא בקולורדו, הייתי שואלת אתכם אם שמעתי טוב את השאלה. אבל תתפלאו, מתברר שיש דבר כזה.

בבוקר שמשי אחד בחודש ינואר האחרון קיבלתי טלפון מחבר ותיק שהיה פעיל בארגון "בני ברית" בסניף קולורדו.

"הי, יפתי, מה נשמע?" צחקק חברי ריצ'רד לתוך הטלפון.

"הי, ריצ'רד, איזו רוח נשאה אותך לכיוון שלי?" הופתעתי.

"אני יודע ואני מצטער באמת, מזמן לא דיברנו," השיב ריצ'רד, "אבל את יודעת איך זה. הזמן רודף אותנו ואנחנו רודפים אותו."

"כן, חבר," השלמתי, "אבל אנחנו לעולם לא מנצחים במשחק התופסת הזה..."

התלוצצנו עוד דקות אחדות ואז אמר ריצ'רד, "תקשיבי, יפתי, יש לי שאלה. החלטנו בארגון 'בני ברית' לפנות אלייך, כי את הרי הנציגה הקולינרית של קולורדו בענייני אוכל ספרדי-מזרחי."

הודיתי לו על המחמאה, והוא המשיך. "יש לנו קבוצת מתנדבים קבועה שנוסעת כל שנה באפריל לקניון סיטי. שמעת על העיר הזאת?"

"הו, זו לא העיר שיש בה כמה בתי כלא?" שאלתי.

"בדיוק," ענה לי ריצ׳רד. "ולכן בכל שנה בשבוע של פסח יש לנו משלחת מתנדבים שנוסעים לשם לערוך ליל סדר לאסירים היהודים, ואחר כך נשארים לשעה של שאלות ותשובות בנושאים שקשורים לחג ולאופן שבו הקהילות השונות בעולם חוגגות אותו. זוג חברים שלנו רכשו את ספר הבישול המדהים שפרסמת בנושא האוכל הספרדי והמזרחי בכל קהילה יהודית ברחבי העולם. אנחנו מבקשים שתשתתפי את האסירים היהודים בידע שלך ותתרמי להם קצת מהמסורת הספרדית־יהודית, במנהגים ובאוכל המיוחד של הקהילה. מה את אומרת?"

הנושא עניין אותי והחלטתי להיענות לבקשת הארגון. כבר באותה שיחה התחלתי תהליך בידוק ביטחוני ארוך שנמשך חודשיים, ובו עברתי בדיקות ביטחוניות שונות, בדיקת רקע רשמית באף־בי־איי ועוד. הסינון היסודי היה מובן מאליו משום שמדובר בביקור בבית כלא, משהו שלא היה מוכר לי אבל סקרן אותי.

וכך, בשעת בוקר מוקדמת וקרירה באחד מימי חודש אפריל נפגשנו בחניון של בניין האבן ההיסטורי של ארגון "בני ברית", שממוקם ליד בית החולים המפורסם באמריקה "נשיונל ג׳ואיש הוספיטל", בית החולים לחקר מחלות נשימתיות שגם את בניין האבן היפהפה שלהם תרם ארגון "בני ברית", ועזרנו להעמיס על מיניבוס בצבע כחול־שמיים ארגזי אוכל וציוד. אחר כך עלינו ונסענו אל עיר בתי הכלא של קולורדו "קניון סיטי".

בקניון סיטי יש שלושה בתי כלא גדולים, ואחד מהם נחשב לאחד מבתי הכלא השמורים ביותר באמריקה. הוא מוכר במיוחד בגלל ה״דיירים״ המפורסמים שאכלסו אותו במשך השנים, כמו הרוצח המופרע מק־גוון, שהחליט לפוצץ את בנייני הממשל הפדרלי באוקלהומה לפני שלושים שנה, ובפיצוץ נהרגו יותר משלוש מאות עובדים פדרליים, והרוצח המטורף של "סנדי הוק אלמנטרי", שירה בדם קר בשלושים ושניים ילדים בני שש־שבע בבית ספר יסודי.

רוב תושבי העיר עובדים בבתי הכלא, משרתים את "קהילת האורחים" המורכבת, בלשון המעטה, וחיים לצידה, חיים נורמליים והיפוכם – סוהרים ואסירים, חומות וסורגים אל מול חופש ופארקים, חיי הגבלה מול זכויות, אכיפה קפדנית מול בחירה חופשית.

הנסיעה לקניון סיטי ארכה כמעט שלוש שעות. בדרך עיינתי בחוברת שראש הקבוצה, מר ארונסון, חילק לכל המתנדבים ושיננתי לי את הכללים שהיו מודפסים בה. היה הרבה לזכור. ההוראות לגבי האינטראקציה עם האסירים היו ברורות, קשוחות ובלתי מתפשרות:

אסור להיכנס לבית הכלא עם תיק, אלא רק עם תעודת הזהות;

אסור לדבר עם האסירים על פרטים אישיים שלהם או שלכם;

אסור לשאול את האסירים מדוע הם בכלא;

אסור לקבל מכתב מהאסירים כדי להעביר אותו למישהו;

אסור לקבל מהאסירים מספר טלפון כדי למסור הודעה למישהו;

ועוד ועוד.

בדף אחר של החוברת היו הוראות מה עלינו לעשות ומה מטרת הביקור:

עליכם לענות על כל שאלה שקשורה לחג הפסח;

עליכם לענות על שאלות בנושא אוכל כשר;

ועוד.

"הרבה כללים לזכור, אבל יש היגיון בכללים כאלה כשמדובר בביקור המיוחד שלנו," פניתי אל סטיב, חבר משלחת שישב לידי.

"כן," ענה לי סטיב, "אחרי הביקור תביני כמה הוא חשוב לאסירים היהודים. גם ככה הם חווים הרבה איסורים והגבלות, אז כשכבר מכירים בעובדה שהם יהודים, מעניקים להם תשומת לב ומכירים בזכות שלהם לחגוג את חג הפסח, זה מרים להם את המורל והם שמחים ומודים לנו על המאמץ שעשינו להגיע לקניון סיטי הרחוקה. "בביקור הזה אנחנו יכולים גם להראות למנהלי בתי הכלא שאנחנו מעריכים את תשומת הלב שלהם לזכויות האסירים ואת העובדה שהם מאפשרים

להם להרגיש את חג הפסח, לאכול אוכל כשר לפסח ולחוש קצת מהאווירה של החג היהודי ביחד עם יהודים מהקהילה בקולורדו."

ההתרגשות גברה כשהמיניבוס העמוס הגיע לשערי הברזל הגבוהים של בית הכלא. היו אלה שערים חשמליים שנפתחו אל רחבת חניה עגולה. בית הכלא עצמו היה בניין ענק ולבן, ומייד משכו את תשומת ליבי חמישה מגדלי צריח גבוהים שהזדקרו מכל הכיוונים. בכניסה לשערים הגבוהים צמחו עצי אורן ענקיים שעזרו לגדר את הקירות הלבנים.

עמדנו ברחבת החניה העגולה והמתנו להוראות. רכב עם כמה סוהרים נסע לכיוון המיניבוס וחנה לידינו, והתבקשנו לאפשר לסוהרי הבידוק לערוך את הסקירה הביטחונית בתוך הרכב. לאחר מכן התבקשנו להמשיך ברגל כשרק ג'ו, הנהג החייכן והמסור שתורם את זמנו למצוווה חשובה זו כבר הרבה שנים, הסיע את המיניבוס לעוד רחבת חניה פנימית דרך שערי ברזל נוספים, אל תוך הכלא.

השמש שעלתה לשמיים בינתיים חיממה אותנו ברוך, ושמחתי שיצאנו לדרך בשעת בוקר מוקדמת ולא באמצע היום, כששמש קולורדו מתחילה להכות בלי רחמים בכל מי שנמצא בחוץ.

עמדנו ליד שערי ברזל חשמליים בשורה ואחד אחד עברנו בדיקה גופנית ידנית. אחר כך התבקשנו לעבור בגלאי מתכות משוכלל לבדיקה נוספת, שם נעמדנו שוב בשורה כדי לעזור בהכנסת האוכל הכשר שהבאנו איתנו.

חל איסור מוחלט על הכנסת משהו שלא יוצר בבית חרושת, ולכן כל האוכל היה קנוי, ארוז באריזות סגורות ואטומות ישר מהמפעל, ולא יכולנו להביא שום אוכל שהוכן בבית. כל המוצרים שהבאנו איתנו עברו דרך חגורה חשמלית ונסרקו בגלאי מתכות ובשיקוף דומה לשיקוף שעובר כל חפץ בשדה התעופה. הסוהרים העבירו בעצמם את ארגזי האוכל שלנו ואז לקחו אותם למקום אחר, לבדיקה יסודית נוספת.

בשלב הבא עברנו דרך שערים חשמליים נוספים לאזור אחר בבית

הכלא ועמדנו בפני בידוק ושיקוף נוספים. אחריהם הוליכו אותנו הסוהרים דרך דלתות ברזל חשמליות ענקיות וכבדות לאולם קטן שבו היו ערוכים שולחנות בצורת חצי עיגול, מכוסים במפות נייר לבנות. צלחות וכוסות נייר ומפיות נייר לבנות, שעליהן מוטבעים פרחים עדינים בצהוב שתאמו את עיצוב מפות השולחן, השלימו את המראה החגיגי.

סקרתי לרגע את קירות האולם שהיו עירומים מתמונות, אבל המקום עצמו היה ממוזג ונעים ובכל זאת השרה אווירה קלילה.

ראש המשלחת, מר ארונסון, הורה לנו להתחיל לפרק את החבילות ואת הארגזים שהבאנו איתנו, וכולנו התגייסנו מייד לעבודה. סידור האוכל על השולחנות היה עבודה משותפת של כל צוות המתנדבים והסוהרים, וכולם נתנו יד לסידור מהיר ומדויק, כשכולנו מקשיבים להוראות של מר ארונסון. מאוחר יותר למדתי שהאיש עושה את עבודת הקודש הזו כבר יותר משלושים שנה.

הסוהרים היו היחידים שהיו רשאים לגעת בכל דבר שעשוי מזכוכית. הסבירו לנו שאסור להכניס זכוכית לבתי כלא בגלל הסיכון הביטחוני, אבל יש מקרים יוצאי דופן, כמו המקרה שלנו. כיוון שהגפילטע־פיש המוכן מגיע מהמפעל רק בצנצנות זכוכית, הוסכם שהסוהרים ירוקנו את הדגים מהצנצנות ומייד ייקחו אותן לחדר אחר ושם ייפטרו מהן. הסוהרים הנחמדים הניחו שתי חתיכות דג על כל צלחת והוסיפו לידן שתי כפות חרוסת, גם היא מצנצנת זכוכית. אנחנו הורשינו לפתוח את כל קופסאות הקרטון האחרות שהבאנו ואת חבילות המצות, והנחנו כמה מצות ליד כל צלחת. מאותם טעמי בטיחות הסוהרים הורו לנו שלא לפתוח את בקבוקי הזכוכית של מיץ הענבים שהבאנו איתנו למצוות ארבע הכוסיות, אלא מזגו בעצמם את המיץ לכוסות נייר שניצבו על השולחנות. מייד אחר כך הם אספו את בקבוקי הזכוכית הריקים והעבירו גם אותם לחדר אחר.

פתחתי את אחת מקופסאות הקרטון והתחלתי להגיש את הבקבוקים אחד אחד לסוהר שעמד קרוב אליי.

"תודה," אמר לי הסוהר הנחמד. ב ע ב ר י ת!
כמעט נפלתי במקום. מזל שהצלחתי ללפות בחוזקה את בקבוק
המיץ שהיה בידי ולהציל אותו משבירה!
"אתה מדבר עברית?" שאלתי באנגלית, המומה לגמרי.
"אני מבין וגם מדבר," ענה לי האיש בעברית מתנגנת. הוא נראה
בערך בן שישים, גבר נאה וגבוה, עם עיניים חייכניות, שיער אפור
ולבן ושפם בצבע דומה.
"איך זה? אתה ישראלי?" שאלתי בחיוך תמה.
"כן, אני ישראלי במקור. אבל אני גר כאן כבר שנים רבות," הוא
ענה לי בעברית עם מבטא אמריקאי. "הגעתי לארצות הברית כשהייתי
צעיר, בטיול של אחרי צבא, ובלאס וגאס הכרתי את מי שהפכה להיות
אשתי. היא גדלה כאן, בקניון סיטי, ואחרי שהתחתנו היא רצתה שנגור
ליד ההורים שלה. מאז אנחנו כאן, פה גידלנו ארבעה ילדים ופה אני
אוטוטו עומד לפרוש מהעבודה ולצאת לגמלאות."
"וואו, חשבתי שכבר ראיתי ושמעתי הכול והנה – עוד הפתעה,
מי היה מאמין? בחלום הכי פרוע שלי לא חשבתי שאפגוש כאן, בבית
כלא, בחור אמריקאי-ישראלי שהוא גם אחד הסוהרים הוותיקים
במקום.
לרגע לא מצאתי מילים בתוכי, אבל התעשתי במהרה והרגשתי
שאני רוצה לנצל את ההזדמנות המיוחדת הזו ולשמוע ממנו עוד. עם
זאת, זכרתי שאנחנו שם לזמן קצוב של שעתיים בלבד, ושאני פה כדי
לעזור בעריכת ליל סדר לאסירים היהודים. וכך, בלחץ אטומי ותוך
כדי סידור האוכל על השולחנות, ניצלתי את הדקות המועטות שהיו
לי לדבר עם דוויד הסוהר הישראלי הנחמד.
דוויד סיפר לי שמפקד הכלא בחר בו לפקח על מבצע ליל הסדר
בבית הכלא משום שהוא יהודי בעצמו, מכיר את המסורת של ליל
הסדר ועוד מדבר עברית. לא שזה שינה משהו לאסירים. הרי הם היו
יהודים אמריקאים, ומה הסיכוי שמישהו מהם מדבר עברית? או שאולי
בעצם כמו כל אמריקאי-יהודי ממוצע הם בטח יודעים להגיד "שלום",

"יופי" ו"תודה" ואולי מכירים שמות של מנות אוכל ישראליות כמו "חומוס" ו"פלאפל".

"יש לך משפחה בישראל?" התעניינתי.

"כן, ההורים כבר נפטרו, וגם שני האחים שלי כבר אינם, אבל יש לי עדיין שלוש אחיות בארץ. כולן גרות בצפת, עם המשפחות שלהן, כמובן."

"אתה מבקר אותן?"

"אה..." דייוד חייך חיוך נבוך. "כבר כמה שנים לא ביקרתי. את יודעת איך זה. כשההורים היו בחיים נסענו לא מעט – היה לי חשוב שהילדים שלי יכירו אותם ויזכרו אותם – אבל עכשיו שההורים וחצי מהמשפחה כבר בגן עדן, אנחנו נוסעים פחות. אפשר להגיד שכמעט בכלל לא," הוא הוסיף בשקט והשפיל את עיניו לרגע.

"הילדים שלך הצטרפו פעם לאחת מהמשלחות המציעות טיול חינם להכרת ישראל?" שאלתי.

דויד הביט בי בתמיהה מעל צלחת דגים. "לא. מה זה? אני לא מכיר אפשרות כזו."

עכשיו גם אני הופתעתי, אבל מהסיבה ההפוכה. "נערים ונערות יהודים מתחת לגיל 26 יכולים לבקר חינם בישראל," הסברתי. "יש כמה ארגונים יהודיים, אחד מהם נקרא 'שורשים', שמקבלים תרומות כדי לממן את הנסיעה של צעירים יהודים־אמריקאים לישראל. הרעיון שעומד מאחורי היוזמות הללו הוא שלא יהיו בני נוער יהודים שחיים בגולה שלא יבקרו בישראל רק בגלל בעיה כספית. משום כך, מיליארדרים יהודים־אמריקאים מממנים תוכניות מבורכות כאלה ואחרות.

"גם הבנות שלי הצטרפו לאחת מהמשלחות האלה ונהנו, אף על פי שביקרו בארץ לא מעט," סיכמתי.

"נשמע מעניין," אמר דויד.

דויד הודה לי שוב על האינפורמציה והמשכנו לעבוד בשתיקה. אבל הסקרנות לא הניחה לי וביקשתי לדעת עוד על חייו של הסוהר

הישראלי בבית הכלא האמריקאי, הרחק מחייו הקודמים, לכן פתחתי שוב בשיחה.

"מתי נסעת לארץ בפעם האחרונה? אשתך נוסעת איתך?" שאלתי בעדינות.

"או... מתי נסעתי לישראל? מזמן..." דויד הניח בקבוק זכוכית ריק בארגז המיועד לכך. "אשתי לא נסעה איתי. היא לא יהודייה והביקורים האלה לא מעניינים אותה. היא משמשת אחות ראשית בבית הכלא השכן ועובדת המון. את יודעת, קניון סיטי היא עיר של בתי כלא ולכן כולם פה עובדים בבתי הכלא. ותודה לאל," הוא חייך חיוך עדין, "יש הרבה דיירים ויש פרנסה לכולם."

"והמשפחה בארץ," התעניינתי, "הם באים לבקר פה?"

"האמת, לא הרבה," פניו של דויד קדרו מעט, "אבל אני מבין אותם לגמרי. זה יקר להגיע לכאן וגם מפסידים ימי עבודה... כולם במשפחה שלנו עובדים ומגדלים ילדים, האחיות שלי הן סבתות במשרה מלאה, עוזרות עם הנכדים. לשמחתנו, היום בעידן הפייסטיים, הפייסבוק והזום אני רואה את כולם דרך המסך. הנכדים של האחיות שלי אוהבים לדבר איתי כמה מילים באנגלית שבורה וקצת בעברית ש ח צ י ממנה אני בכלל לא מבין."

חייכתי בהבנה. הכרתי את אתגר השפה היטב.

"קשה, נכון?" הוא צחק, "קשה עם העברית. בפעם האחרונה שהייתי בארץ הלכתי לשוק עם אחת האחיות שלי ושאלתי את המוכר, 'התפוזים טריים?' והוא ענה לי, 'מטורף,' ואני עמדתי שם ושאלתי את עצמי למה הוא מתכוון. הוא מתכוון שאני מטורף? ואחותי צחקה ואמרה לי, 'לא, דויד, הוא מתכוון שהתפוזים הם הכי טריים שאפשר.'

"גם שמעתי שניים מתווכחים בבית קפה ואחד אומר לשני, 'אני אומר לך שזה סוף הדרך.' מה הכוונה כשאומרים סוף הדרך? חשבתי. איזו דרך? למה הוא התכוון?"

"שאלה מצוינת," צחקתי. "גם אני שמעתי את הביטוי הזה ולא הבנתי עד שאחותי הסבירה לי את המשמעות שלו."

"והמלצר הצעיר שבמסעדה, כששאלתי אותו לפני שהזמנתי מנת עגל אם זה טעים, הוא ענה לי, 'טעים ברמות.' מה זה כשאומרים לך 'ברמות'? באיזו רמה? למה ברמה? בהשוואה לרמה אחרת?

"אני לא מבין את כל הביטויים החדשים האלה שהפכו להיות חלק מהשפה היום-יומית בישראל. כשאני גרתי שם דיברנו אחרת."

"תאמין לי, אני איתך בעניין," צחקתי. "בטח גם אתה התבלבלת כששמעת שכל אחד קורא לחבר שלו 'אחי'. 'אחי, מה נשמע?' 'כן, אחי', 'לא אחי'... לפי זה אפשר לחשוב שכל ישראל אחים," הוספתי בחצי חיוך.

"כן, את צודקת, גם אני שמעתי את זה ולא בדיוק הבנתי מה הקטע," אמר דויד. "או שכל דבר שקורה הוא 'אירוע'. כבר לא מתארים משהו כסיפור או חתונה, בר מצווה... הכול הפך להיות 'אירוע'." הנהנתי בהשתתפות והוא המשיך, "שמתי לב שכל פעם שהגעתי לישראל נתקלתי במילים חדשות שמייצרים ממילים שהן קצת עברית, קצת אנגלית וקצת מי יודע מה, או בביטויים מוזרים שמוסיפים ושאני לא תמיד מבין את הכוונה שלהם. ואני עומד שם מבולבל לגמרי ושואל את עצמי אם אני באמת בישראל או במקום הזוי אחר. אני מרגיש שהשפה העברית של היום כל כך שונה מהשפה שאני גדלתי איתה, עד כדי כך שלומר לך את האמת, כבר לא נוח לי כל כך לדבר בה, מה שאולי גורם לחוסר הרצון שלי לחזור ולבקר בארץ."

אומנם שוחחנו שיחה קלילה ומחוייכת, אבל ראיתי שדויד מדבר ברגש, ממעמקי ליבו ובטון עצוב, כאילו סוף כל סוף היה יכול לספר את הדברים שהציקו לו כל כך למישהו שבאמת הבין אותו ועובר משהו דומה, מעין "אחים לצרה".

"ואני מתחיל להרגיש נבוך וזר במקום שהיה הבית שלי ושבו חקוקים זיכרונות הילדות שלי, שהוא המולדת שלי," הוסיף במעין חוסר רצון. "אני גם מבין שהבעיה היא אצלי, שלי, לא של הישראלים בישראל. אני התרחקתי מהם, לא הם ממני."

"מטבע הדברים יש שינויים, כמו בכל מקום," אמרתי ברוך, מנסה להגיע קצת את הסערה שראיתי שעורר בו המפגש שלנו. "הרבה דברים קרו בישראל בשנים שאנחנו לא שם, וחלק מהם, באופן טבעי, השפיעו גם על השפה."

"זה ברור, אני מבין מה שאת אומרת," הוא חזר לחייך, "אני מקבל שינויים וקִדמה וכל זה, אבל כשמדובר בשפה, בתקשורת, אני רוצה להיאחז במעט שיש לי, בחלק שנותר לי מהזהות האמיתית שלי כישראלי. וחלק חשוב ממנה הוא השפה העברית. למרות שאני לא גר בארץ אני מנסה לשמר אותה כמה שאני יכול. זו השפה שלי, זו השפה שבה אמרתי את המילים הראשונות שלי, אבל העברית שלי והעברית של היום בישראל שונות מאוד זו מזו."

באותו רגע הטלפון שלו זמזם.

"האסירים עומדים להיכנס בכל רגע לעריכת הסדר," אמר לי והלך לכיוון הדלתות.

התרגשתי והייתי מתוחה באותה מידה. בעוד אני מנסה לשמור על קור רוח נשמעה חריקת מתכת צורמנית ודלתות המתכת החשמליות בחדר נפתחו. קבוצת של עשרים ושבעה אסירים נכנסה לאולם הקטן. הם הביטו סביבם במבוכה קלה ואז התיישבו בכיסאות מול השולחנות שערכנו לכבודם. כל האסירים לבשו אוברולים אפורים שאליהם מוצמדים תג עם שמם הפרטי ועוד שני סמלים שלא הבנתי את המשמעות שלהם. פניהם לבשו הבעה רצינית מלווה בהתרגשות, וחלק מהם הפגינו מתיחות וקצת עצבנות ולא הפסיקו לגעת בכלים שעמדו על השולחן. רובם נראו לי בשנות השלושים לחייהם, מלבד שניים שנראו בני חמישים לפחות.

מר ארונסון היה הראשון שדיבר. הוא בירך לשלום את האסירים וסיפר להם שארגון "בני ברית" הוא היוזם של האירוע. מדי פעם הוא הרים יד וסימן לשלום לאחד מהאסירים. מאוחר יותר הבנתי שכמה מהאסירים הכירו אותו משנים קודמות.

אחר כך הציג אותנו, המתנדבים מהקהילה היהודית בדנוור,

והתחלנו להקריא את הברכות. האווירה הקפואה החלה להפשיר, וחיוכים נראו על פני המשתתפים.

גם האסירים הוזמנו להקריא מההגדה, והופתעתי לראות שכולם, בלי יוצא מהכלל, התנדבו לעזור בקריאת פרק קצר באנגלית. כך, ב"ליל סדר" הכי מוזר וסוריאליסטי שנכחתי בו אי פעם, ישבנו עשרה מתנדבים מול אסירים יהודים, קראנו את ההגדה של פסח, כשמר ארונסון שלנו מסמן לקורא הבא להתחיל לקרוא, ובין לבין גם הרמנו כוסיות של מיץ ענבים. עם כל הקראה וכל כוס הרגשתי שלאט לאט האסירים נעשים נינוחים יותר ומשתתפים פעולה.

מדי פעם נכנסו לאולם סוהרים עם כוסות נייר חדשות מלאות במיץ ענבים נוסף, והאסירים נהנו מהדג הטעים ואפילו ביקשו עוד מנה מהחרוסת הניו יורקית.

הצצתי בדוויד, הסוהר הישראלי, שישב בשולחן מולי. הוא היה שקט רוב הזמן ולא השתתף בהקראות ההגדה, עד שהתחלנו לשיר את "די דיינו". יכולתי לראות שפתאום דווקא השיר הזה שישרנו הצית אצלו משהו. הבעת פניו הרצינה ונראתה מעומעמת משהו, כפניו של אדם שלרגע התנתק מסביבתו ונמצא במקום אחר לגמרי, רחוק מאיתנו, פיזית ורוחנית.

נראה היה שהשיר העלה בו זיכרונות מהשנים שבהן חי בישראל, שנות ילדותו בבית אבא ואימא, עם ליל סדר בשפה העברית, כשכל אחיו ואחיותיו יושבים לידו בשולחן החג ושרים את "די דיינו" הידוע.

ואז הוא החל לשיר איתנו, תחילה בשקט, כמעט בביישנות, וקולו הלך והתגבר, עד שלקראת אמצע השיר הוא החל לתופף בעדינות על השולחן עם הכוס הריקה, וחיוך קל נמתח על פניו. כשמבטינו נפגשו הוא הרים את כוסו והשיק אותה בתנועת "לחיים" לכיווני, ואז פנה לאסיר שישב לימינו והשיק את כוסו איתו. האסיר היהודי חייך ופניו הוארו לרגע. צמרמורת עברה בי כשצפיתי במחזה הזה — סוהר ואסיר יהודים, לבושים כל אחד במדיו הרשמיים, כל אחד ומעמדו הוא, משיקים כוסית לחיים לכבוד חג החירות! ליבי הלם

בהתרגשות כשעלתה בי המחשבה, האם יש משהו יותר מאחד משורשים משותפים?

כשסיימנו לקרוא את כל ההגדה, ניתנה אפשרות לאסירים לשאול שאלות לגבי ההיסטוריה של חג הפסח ולגבי הסדר עצמו והמאכלים המסורתיים שהבאנו איתנו. כעת היה תורי לספר ולהסביר על מנהגים ספרדיים בקהילות שונות בעולם. הצגתי בפניהם את הספר האחרון שכתבתי שעסק בנושא האוכל הספרדי מקהילות שונות בעולם, והיה נחמד לשמוע חלק מהאסירים ששיתפו אותנו במאכלים ספרדיים שניסו בעבר. השיחה על אוכל הפיגה את המתח אפילו יותר היא הייתה טובה ונעימה והעלתה הרבה חיוכים על פניהם של האסירים. יכולתי לראות שבחלק מהם עלו זיכרונות של הווי משפחתי וחגים עם שולחנות אוכל מסורתיים.

"אוכל הוא גשר," אמרתי להם והראיתי להם את הצד האחורי של ספר הבישול שלי שעליו שעליו כתוב: "אוכל הוא גשר. כשאני מזמינה אורחים בעלי רקע שונה, שפה שונה ומסורת שונה לארוחה שבישלתי, האוכל מעודד שיחה, יוצר חמימות סביב שולחן האוכל ותורם ליצירת קשרים חדשים".

ואכן, גם בבית הכלא, בשולחן ליל הסדר הזה, ראיתי כמה המשפט שכתבתי בגב ספרי יוצר חמימות והרגשה של משהו משותף בין כל המסובים.

לבסוף סימן לנו מר ארונסון לגשת ללחוץ יד לכל האסירים ואפשר לנו לדבר איתם קצת, כמובן במסגרת ההגבלות והאיסורים.

לרגע היה נדמה לי שאחד האסירים דומה מאוד למישהו שאני מכירה בקהילה היהודית-אמריקאית בדנוור, ואולי יש קרבת משפחה, אולי אח, אבל החלטתי מייד לשים בצד את המחשבה הזו – הכול במסגרת ההגבלות.

האסירים היהודים התנהגו למופת! יכולתי לראות שהם ייחסו חשיבות רבה לתשומת הלב שהענקנו להם. הם העריכו את המאמץ שעשינו בזה שהגענו מרחוק כדי לעזור להם להרגיש את חג פסח,

קצת בית, קצת פחות קשיחות ורשמיות שאותן הם חווים בחיי היום־
יום שלהם בכלא. הם היו שקטים ונחמדים, ולרגע חשבתי שאם לא
הייתי יודעת שמדובר באסירים שבעצם עשו מעשים שהובילו אותם
לכלא, הייתי חושבת שהם אנשים רגילים בעלי רגשות ורצונות
שרוצים להרגיש בית ולקבל תשומת לב כמו כל אדם אחר.

השעתיים שהוקצבו לנו עברו מהר, אולי מהר מדי. נפרדנו
מהאסירים בלחיצות יד חמות, והם הודו לנו שוב ושוב על המאמץ
ועל הרצון הטוב שגילינו.

לחצתי את ידו של דויד לפרידה.

"הייתי מחבק אותך אם זה היה מותר, אבל את יודעת שאסור
לחבק פה," הוא חייך ועיניו ברקו.

"זה בסדר," עניתי, "הכול במסגרת ההגבלות של בית הכלא.
שמחתי מאוד להכיר אותך," הוספתי.

עתה היה עלינו להמתין עד שכל האסירים יֵצאו מהאולם. אחר כך
הסוהרים הנחמדים עזרו לנו לארוז את יתרת המוצרים שהבאנו איתנו,
ורק אז אישרו לנו לעזוב את האולם דרך דלתות המתכת החשמליות.
לאחר שעברנו בפעם האחרונה דרך השיקוף וגלאי המתכות הורשינו
לצעוד החוצה, לכיוון המיניבוס שהביא אותנו.

הפעם ישבתי ליד מר ארונסון, ששמח לספר לי על ארגון "בני
ברית" ועל הייעוד שלו, והיה מחמם לב לשמוע על כל היוזמות
השונות.

בדרך הצביע מר ארונסון על המטוס הענק שעמד בכניסה לאקדמיה
לטייסים ואווירונאוטיקה שממוקמת בכניסה לקולורדו ספרינגס.

"את יודעת שהאקדמיה לטייסים מארחת טייסים ישראלים?"
שאל.

"לא, לא ידעתי, מה מביא את הטייסים הישראלים לכאן?"
התעניינתי.

"את יודעת שהטייסים הישראלים ידועים בכל העולם," חייך מר
ארונסון בגאווה. "האקדמיה לטיס מזמינה את הטייסים הישראלים

בכל שנה לבוא להתארח כאן, והם מגיעים לכאן ומתאמנים עם הטייסים מחיל האוויר האמריקאי."

המשכנו לנסוע בשתיקה. הבטתי בנוף שנשקף מבעד לחלון ומחשבותיי חזרו אל דויד, שגר בקניון סיטי עשרות שנים, ואל ההתמודדות שלו עם הקשיים בשפת האם שלו, השפה העברית ההולכת ומשתנה. מכיוון שהוא חי בצד השני של העולם, קשה לו להדביק את קצב השינויים. והאמת, הייתה הרבה אמת במה שהסוהר דויד אמר. כשאני נוסעת לישראל גם אני חווה את כל השינויים שמתרחשים בה, וזה כולל את השינויים בשפה, בדרכי ההתנהגות השונות, בסדרי העדיפויות וכמעט בכל תחום בחיים. אני יודעת שאנחנו, המתגוררים הרחק משם, מודעים יותר לשינויים הללו וחווים אותם בעוצמה רבה יותר, לכן אנו מופתעים מהשינויים האלה. אבל מדוע? למה אנחנו לא אוהבים אותם או מצליחים להתרגל אליהם? אולי כי אנחנו מתאכזבים מכך שהשפה העברית שאנחנו זוכרים היא כבר לא השפה שלנו. אולי בגלל הרצון החזק הזה שיש בנו, בני האדם, לשמר דברים שיש לנו סימפטיה אליהם, בגלל אוצר המילים שלנו שהולך ומצטמצם מחוסר שימוש יומי בשפה העברית או בגלל דברים שמעלים בנו זיכרונות מתוקים לדברים שכבר אין לנו, כמו תמונות מעבר משפחתי ישראלי של פעם, ישראל שגדלנו וחיינו בה לפני שהחלטנו לעבור לחיות בעולם החצוויים. שינויים הם חלק בלתי נמנע מהחיים. הקדמה הטכנולוגית, ההסתכלות על מדינות אחרות והרצון להעתיק מהן מה שנראה לנו יותר נכון, יותר מושך, יותר צבעוני, יותר מקובל ויותר פופולרי, כל אלה הם שינויים מקובלים, רק שאנחנו מאבדים משהו בדרך כשאנחנו מאמצים דברים חדשים וחדשניים, משהו מהאותנטיות שלנו, משהו מהשורשים שלנו ועצוב לומר – גם משהו מההיסטוריה שלנו.

5.

טיסה או טיול

המשרד של "ירון מיזוג אוויר" דמה למוקד לעזרה ראשונה אחרי סופת טורנדו. אנשים נכנסו ויצאו, הטלפונים צלצלו ללא הרף וג'ני המזכירה, שעייפה מלהקשיב לתחינות ולבקשות חוזרות של לקוחות, עמדה למרוט את שערותיה מרוב תסכול. היה עליה לחזור על אותה תשובה לכל הלקוחות העצבניים: אין חלון זמן פנוי לקבוע להם התקנת מזגן השבוע. לרגעים, כשכבר נדמה היה שהשקט חזר וג'ני נשמה לרווחה, הטלפונים שבו מייד והתעוררו לחיים. זרם הצלצולים לא אכזב, לא בצרימה המיוחדת שלו ולא בעקשנות הטרדנית.

"איזה יום עמוס," רטן ירון כשהגיע סוף כל סוף הביתה בערב, אבל מייד חשב שאסור לו להתלונן ולו לרגע. הקיץ החם והבלתי-נגמר טוב מאוד לעסק שלו, אז תודה לאל כל יום. הוא נשען על הקיר בכניסה, חלץ את נעלי העבודה הכבדות, באנחת רווחה תלה את כובע המצחייה שלו, שהיה לח מרוב זיעה, על מתלה הכובעים והעביר יד על מצחו האדום מסימני הכובע. אחר כך צעד בגרביו לכיוון המטבח, למלא כוס מים. נועה, בתו בת העשר, ראתה אותו מהסלון וקיפצה לקראתו בהתרגשות.

"הי, אבוש, מה נשמע? היום בהפסקה עדידוש סיפרה לי שהם

נוסעים בקיץ לסבא וסבתא שלהם בישראל. גם אנחנו נוסעים לשם השנה?"

"אולי, נסיכה שלי," השיב ירון וליטף את ראשה המתולתל של בתו. "אני מקווה שכן. אני מנסה למצוא כרטיסי טיסה במחיר טוב. אז נראה."

נועה חייכה ודילגה בחזרה לענייניה, וירון המשיך לכיוון המקרר.

אורית, רעייתו, שהייתה במטבח, עסוקה בהכנת ארוחת הערב, הביטה בו לרגע והבעת פניה הרצינית הביעה חוסר שביעות רצון.

"לא בטוח, נועי, אל תתלהבי מדי," היא הנידה בראשה לשלילה והפנתה מבט החלטי אל בתה שרבצה על ספת העור השחורה מול הטלוויזיה. "אנחנו כנראה לא ניסע לישראל השנה. אני רוצה שבקיץ הזה נעשה כיף. גם את רוצה חופשה כיפית, נכון? יש עוד הרבה מקומות פה שלא ביקרנו בהם: דיסנישוורלד, ילוסטון, דליקייט ארץ׳ במואב שביוטה, רוקי מאונטיין נשיונל פארק..."

פניו של ירון נפלו כששמע את התגובה של אורית.

"אורית, אל תגידי לילדה שאנחנו לא נוסעים לישראל," אמר בשקט, "עוד לא החלטנו, נכון? ואני דווקא כן רוצה לנסוע השנה לארץ. כבר שנתיים שלא היינו שם, ואת זוכרת שבשני הביקורים הקודמים לא פגשנו בסוף את עינת ואת משפחת אטיאס, ולא הלכנו לבקר את אלגרה בוסקילה, אימא של יגאל, מושתל הכליות שהגיע לדנוור להשתלה, ולא הספקנו ל..."

"הו לא, ירון! לא, לא ולא," אורית ניגבה את ידיה במגבת מטבח צהובה ותלתה אותה על כתפה. "אני לא מסכימה עם מה שאתה אומר. עם כל הכבוד למשפחת בוסקילה וליגאל וללא יודעת מי עוד, הגיע הזמן שניסע לחופשה שהיא הנאה. אני רוצה חופשה אמיתית, חופשה שתיתן לי אוויר לנשימה, חופשה שתתחדש לי את המצברים. אני רוצה לראות נוף יפה, ללמוד על מקום חדש שאף פעם לא ביקרנו בו, לגלות עוד פינת חמד בעולם הגדול, ליהנות מאוכל שיכינו לי וישגישו לי. אני רוצה חופשה שנתית כיפית, כזאת שנזכור ונחייך בכל פעם

שנסתכל בתמונות ממנה. גם לנו מגיע והשנה ניתן את זה לעצמנו. לא עוד נסיעה ארוכה ומעייפת שכולה ביקורים בבתים של אנשים רק כדי שלא נפגע חלילה במישהו מהמשפחה המורחבת או החברים, קרובים או רחוקים. די! נגמר לי מזה."

"שוב התחלת, אורית?" ירון הרים את קולו והביט בה בתוכחה, אף שארית הצביעה על הסלון ועל נועה שישבה שם והניחה את אצבעה על שפתה לסמן לו שינמיך את קולו. "לעזאזל איתך. מאז שעברנו לגור בקולורדו, כבר חמש עשרה שנים, בכל קיץ אנחנו מתווכחים על הנושא הזה. הגיע הזמן שתביני – את לא מחליטה לבד בעניין הזה ואת לא יכולה להחליט בשביל כולם בבית שלנו. לא היינו בארץ שנתיים, הילדים מבקשים שניסע לראות את המשפחה, אז למה את בוחרת דווקא בטיול כאן, באמריקה, במקום בנסיעה לישראל, להיות עם המשפחה?"

"בחייך, ירון!" אורית זעמה, "תסתכל על כל החברים שלנו: דינה של איתן הזמינה לכל המשפחה שיט בקריביים, דליה כבר קנתה כרטיסים לכל החבורה שלה, שהם שבעה אנשים, לחופשה בדיסני; ורגע, כמעט שכחתי את ראובני. הוא שכר קרוואן והם נוסעים כל המשפחה ליילוסטון. הם ילונו שם בבקתה, ירכבו על סוסים ויאכלו 'על האש' בחווה שמארחת אותם בתשלום. דוד ותלמה מתכננים לנסוע עם כל המשפחה לראות את הגשר התלוי הכי ארוך בעולם במאונט אוונס, שזה כאן בקולורדו. ומה אנחנו? תגיד לי, מה אנחנו עושים הקיץ?"

"מבקרים את המשפחה..." החל ירון לומר, אבל אורית קטעה אותו בטון לגלגני, מגלגלת את עיניה בזלזול. "מבקרים את המשפחה! אז שאזכיר לך מה קורה כשאנחנו מבקרים את המשפחה בישראל? מלבד זה שחם ולח ומגעיל, כל מה שאנחנו עושים זה לעבור מבית לבית ולעוד בית, ולמקרה ששכחנו – עוד בית! וכשאנחנו לא מבקרים בעוד בית, אני צריכה לעזור לאימא שלך בהכנת כל הארוחות לכל בני המשפחה. אז לא. תודה רבה!"

"ככה את מתייחסת לנסיעות לישראל? לפי כמה את צריכה לעזור לאימא שלי? אני לא מאמין!" ירון התיישב בכבדות בכיסא במטבח והשעין את מרפקיו על השולחן העגול. "מה איתך? אפשר לחשוב שמישהו מעניש אותך כשמזכירים לך שהגיע הזמן לבקר את המשפחות שלנו."

אורית זרקה בעצבנות את המגבת על השיש. העובדה שירון אמר לה את האמת שלא אהבה לשמוע הרגיזה אותה, אבל היא גם לא הייתה מוכנה לעבור בשתיקה על ההאשמות שהטיח בה במקום לתמוך בה.

"נו, בטח, ירון. שאני אזכיר לך למה כיף לנסוע לארץ? בוא אפרט לך איך אתה מבלה כשאנחנו שם: אתה מתקשר לחבר'ה וקובע איתם לבירה, ואם אלה לא החברים והבירה אתה נענה בכיף לכל הזמנה לשולחנות מלאים מאכלים משמינים שעוזרים לך לגדל בכיף את הכרס הזאת – פעם אצל אימא שלך ופעם אצל האחים שלך; בכל התקופה שאנחנו שם אתה 'אורח'. אתה לא טורח לרוץ לסופר או לשוק בכל פעם שחסר לאימא שלך משהו במטבח. כשאני יוצאת לחופשה אני לא רוצה ללכת לקניות ולא לבלות בטיגונים ולא לשטוף כלים בזמן שאתה אוכל בכיף, ואחרי הארוחה יוצא עם אבא שלך להליכה בשכונה תוך כדי פיצוח גרעינים. ואם חס וחלילה אני שואלת אתכם לאן, התשובה היא תמיד שזה 'רק סיבוב בשכונה, להוריד את האוכל!'"

אורית השתתקה. דמעות בלתי נשלטות הציפו את עיניה מרוב התסכול והסלידה שחשה בכל פעם שנזכרה בשגרה של הביקור המשעמם שמחכה לה בישראל.

"בחייך, אורית," ירון גיחך בתוך הכעס, "זה מה שמפריע לך? שאני נפגש עם החבר'ה? שאני אוכל אצל האחים שלי? שאימא שלי מכינה ארוחות גדולות וצריכה עזרה? מה לעשות, אנחנו לנים אצל ההורים שלי וכל האחים והנכדים באים לבקר אותנו שם. הם באים כי הם מתגעגעים אלינו, כי אנחנו גרים במרחק אלפי מיילים

מהם. חוץ מזה, את יודעת שאני עוזר בהרבה דברים, אז למה את מתלוננת?"

"כן?" אורית שצפה ולא ויתרה, "תזכיר לי בדיוק במה אתה עוזר כשאנחנו מגיעים לארץ – אתה הולך למשל לקצב להביא לאימא שלך את הבשר שהיא אוהבת כדי להכין לך קציצות. מישהו שואל אותי איזה בשר אני אוהבת? לא! או כשבא לה להכין לך את הריבה שאתה אוהב – אתה או אני רצים לשוק לחפש את האפרסקים הכי זולים שיש. לא ירון. די עם זה. אני רוצה חופשה מפנקת. אנחנו עובדים קשה כל השנה ואני רוצה ליהנות מזה. למה בכל פעם זה צריך להיות נסיעה לארץ? למה כל הכסף שלנו צריך ללכת רק על ביקורים בישראל?"

"אורית," ירון טפח בידו על דלת המטבח ברוגז. "אימא שלי לא אשמה שהחלטנו לעזוב את הארץ ולגור באמריקה," הוא כמעט צעק, "בסדר, אנחנו יכולים לבחור לא לנסוע הקיץ לארץ. אבל תזכרי שהיא אישה מבוגרת, ואם יקרה לה משהו ולא היינו שם אני אצטרך לחיות עם זה כל החיים שלי, לא את?!"

"הנה, מלך הדרמות התחיל," גיחכה אורית, "זו הסצנה הפעם? שהיא לא מרגישה טוב? בפעם האחרונה ניגנת לי שחייבים לנסוע לישראל כדי לחגוג את ספר התורה שגיסך הוציא כי הניתוח שלו הצליח. טענת שאנחנו מוכרחים להיות נוכחים באירוע; ובנסיעה שלפניה טענת שחייבים לנסוע כי אתה והאחים מארגנים ישיבת משפחה שבה תחליטו אם להעביר את ההורים לבית בלי מדרגות או לא, ושישיבה כזו אי אפשר לקיים דרך הטלפון; ואני לא אשכח את הנסיעה לפני 'נסיעת הישיבה המשפחתית' שהייתה כמובן מיותרת לחלוטין, כי בחייך, באמת היינו חייבים להיות חלק מההחלטה איפה המשפחה שלך תקנה את חלקת הקבר להורים? הרי זה לא שהחלפתם את בית העלמין, אז למה היינו חייבים להיות שם כדי לעזור לאחים לבחור?

"אני מצטערת, ירון," אורית נשמה עמוק לרגע והמשיכה לדבר

מכל הלב וברצינות, "אימא שלך מרגישה מצוין ואני לא נוסעת השנה לישראל. אחרי שהילדים ילכו לישון, אני ואתה נשב על המחשב ונבדוק מקומות לטיולים. אולי כדאי גם לדבר עם ראובני, כי הטיול שהם יוצאים אליו השנה נשמע יופי של בילוי משפחתי. אולי אפשר עדיין להזמין קבינה מעץ בחווה ההיא בהרי הרוקי שבה הוא הזמין מקום למשפחה שלו?"

"תניחי לי, אורית," ירון קם על רגליו בכעס. "אני לא יושב לבדוק שום טיולים. אנחנו לא חייבים לעשות מה שכל החברים שלנו עושים. יש להם את השיקולים שלהם והם מרשים לעצמם דברים שאנחנו לא, הם בהייטק ואולי המשכורות שלהם יותר גבוהות משלנו. זה לא ענייני, אני לא בודק בציציות שלהם ולא צריך לדעת על מה הם מוותרים כדי לאפשר לעצמם חופשות גרנדיוזיות כאלה. יכול להיות שהם יכולים להרשות לעצמם גם טיול שנתי באמריקה וגם לטוס לארץ באותה שנה. שיהיה להם לבריאות. אני מסתכל על מה שאנחנו יכולים או לא יכולים להרשות לעצמנו.

"אני מסתכל על זה שלא מספיק שאנחנו לא חיים בארץ, וההורים שלנו כל כך מתגעגעים אלינו ואל הנכדים, אז אפילו את הכיף הקטן שלהם, של ליהנות מכל רגע שאנחנו שם ולעשות ביחד את הדברים הקטנים האלה, כמו להכין אוכל – החוויות המעטות שעוד נשארו להורים שלנו איתנו את רוצה למנוע מהם. אני יודע כמה זה חסר להם, געגועים לרגעים של ביחד עם הילדים ועכשיו עם הנכדים..." הוא קם מהכיסא והחל לצאת מהמטבח לכיוון הסלון, ואז נעצר לידה. "את יודעת מה? גם לי נמאס! נמאס לי מזה שאני צריך לעבור את הסיוט הזה איתך כל קיץ. זה התקליט השבור שלנו כל שנה. על מה את מתלוננת?" קולו שוב עלה. "על נסיעה לישראל? המקום שהוא הבית השני שלנו? מי אמר לך לעבור לגור בצד השני של העולם? את בחרת לגור פה, ולא שאלת את עצמך איזה כאב אנחנו גורמים להורים שלנו. לא חשבת שיהיו לזה השלכות? רצית לחיות בעולם הגדול, ללמוד שפה אחרת, אבל כשמגיע הזמן

להחליט לנסוע לפנק את ההורים שכואבים את הגעגועים אלינו בכל יום כל השנה, את לא רוצה לתת להם אפילו את התענוג הקטן הזה. את אנוכית בצורה חולנית, אורית, את כל כך מרוכזת בעצמך. הנה, זהו, אמרתי את זה."

ירון המשיך לסלון והתיישב ברוגז על הכורסה הפרחונית. בידו החזיק בכוס המים שמזג לעצמו קודם ולגם ממנה לגימות גדולות. רגלו הימנית תופפה על אריחי הרצפה בחוסר מנוחה גלוי.

אורית לא ויתרה. היא הלכה אחריו כשבידה הירקות שהוציאה מהמקרר לארוחת הערב ובידה הפנויה סימנה לו בתוכחה.

"ירון, תקשיב לי, אני אומרת לך חד־משמעית! עברנו לגור באמריקה אז בוא גם נטייל באמריקה! ובשנה הבאה נחשוב שוב. אנחנו עובדים קשה, ואפילו הסכמתי לעבוד בסופי שבוע כדי שתהיה קצת הכנסה אקסטרה. אנחנו מתאמצים לחסוך כסף, ואפילו לא סיפרתי לך שלפעמים אני מוותרת על דברים כדי לחסוך עוד קצת. אני רוצה סוף כל סוף ליהנות ממה שאני חוסכת במאמץ גדול," היא לקחה נשימה עמוקה. "לא יכול להיות שכל החסכונות שלנו ילכו רק על נסיעות לישראל. נמאס לי להיות זאת שמשלמת כדי לראות את המשפחה. מה הם חושבים להם שם בארץ? שהכסף באמריקה גדל על העצים? אם הם כל כך מתגעגעים וכל כך רוצים שניפגש, למה אף אחד לא טורח לבוא אלינו? קשה? רחוק? יקר? גם לנו זה קשה, רחוק ויקר, הטיסות ארוכות ומעייפות והטרטור מטיסה לטיסה חוזר על עצמו בכל פעם. אני כבר לא מדברת על העיכובים ועל זה שנתקענו והתייבשנו לפעמים שמונה־תשע שעות בשדה תעופה אחד. אז בבקשה, מי שרוצה לראות אותנו שיעשה את המאמץ, יחסוך כסף כדי לקנות כרטיס טיסה, יטוס את כל המרחק ויחווה קצת את מה שאנחנו עוברים. אתה יודע מה? אולי נסכם שהם יבואו אלינו פעם בשנתיים ואנחנו ניסע פעם בשנתיים? ככה יישארו לנו זמן וכסף כדי לטייל פה באמריקה, כמו כל החברים שלנו. אם אנחנו כבר מוציאים את הכסף הגדול על טיסות, למה לא לשלב בזה חופשה אמיתית, טיול

במקומות יפים, מעניינים, או חופשה עם החברים שלנו מפה? מתי בפעם האחרונה נסענו עם חברים? מי זוכר בכלל...״

ירון שתק. התגובות של אורית העציבו אותו מאוד, אך גם היה משהו בדבריה.

לרגע ארוך שררה דממה. אורית הבחינה שנועה כבר לא בסלון ונזכרה שגם בפעם האחרונה שהיא וירון התווכחו על עניין שטותי, כמו אם לעשות אמבטיה לכלבה דיאמונד או לא, נועה עזבה את הסלון מייד. אוי, נועי הרגישה שלי, עברה בראשה מחשבה מייסרת, אני תמיד נסחפת בוויכוחים ולא שמה לב כמה היא לוקחת את זה קשה.

״אורית,״ קולו של ירון ניער אותה מהרהוריה, ״את שמעת מה שאמרתי? אימא שלי חולה, באמת, והבדיקות האחרונות שלה לא היו טובות בכלל. אנחנו חייבים לנסוע השנה לישראל. את לא רוצה שמשהו יקרה לה ואנחנו לא נספיק לראות אותה, נכון?״

אורית כבשה בתוכה תשובה לגלגנית וחשבה שכל התירוצים האפשריים כבר הועלו. נשאר רק התירוץ שחותם כל ויכוח בעוצמה שקשה להתנגד לה, והוא אכן לא איחר להגיע. אבל היא לא התכוונה לתת למניפולציה הרגשית לנצח אותה.

״ירון, אל תהיה כזה דרמטי ואל תנסה לשחק לי על הרגשות,״ היא חייכה את החיוך הקטן שירון אהב בדרך כלל, אבל עכשיו עצבן אותו ממש. ״אימא שלך פשוט מתבגרת. נראה לך שבכל פעם שהיא לא תרגיש טוב אנחנו, אלה שנמצאים בצד השני של העולם, נתזז את עצמנו ואת הילדים הקטנים שלנו ומייד נטוס ׳לראות אותה שלא יהיה מאוחר מדי׳? זה לא עובד ככה, חמוד שלי, ולא יעבוד. יש יותר מדי דברים לארגן לפני כל טיסה, שלא לדבר על להוציא כל מה שהספקנו לחסוך, ואם לא חסכנו די, לקנות כרטיסי טיסה על חשבון כרטיס האשראי שלנו או שוב ללוות מחברים טובים, קטע שקשה לי בפני עצמו, אגב. אני לא מוכנה להיות שוב בכזו מבוכה בפני דליה או בפני ראובני.״

75

"אוריתי, בחייך," ירון כמעט התחנן, "לא דיברתי על נסיעה בכל פעם שמישהו בארץ מרגיש לא טוב. דיברתי על הקיץ הזה. אנחנו יכולים לנסוע לטייל באמריקה מתי שבא לנו, אבל נסיעה לארץ זה כורח המציאות לפחות פעם בשנתיים אם לא בכל שנה. אני מבקש ממך, תחשבי על הילדים. הם לא רואים את סבא וסבתא שלהם לפעמים כמה שנים, הם גדלים ומשתנים וקשה להורים שלנו להדביק את הקצב. וככל שהזמן מתארך בין ביקור לביקור הנתק בינינו לבין המשפחה רק גדל. תסתכלי על הילדים שלנו – נועי כבר בת עשר, גילי בן שבע וללי בת ארבע. את יודעת כמה ילד גדל ומשתנה בשנתיים? זה הבדל ענק! מה את רוצה, שההורים שלנו יראו אותם פעם בשש או שבע שנים? תחשבי גם על הילדים, על הקטנים האלה שהם הדבר הכי חשוב לנו בעולם. את יכולה להחליף בית או אוטו, אבל את לא יכולה להחליף את הילדים שלך, אז אל תעשי להם יותר נזק מזה שכבר עשינו להם בזה שהם לא גדלים בארץ.".

אורית הביטה בו בלי להניד עפעף, פניה חתומים כקרחון שממאן להפשיר. הוא הרגיש שהתחינות שלו לא נוגעות בה כלל.

"אוריתי," הוא המשיך בקו הרך, "אם לא נתאמץ שהם יראו את סבא וסבתא ואת הדודים שלהם כמה שאפשר, הם יאבדו כל קשר איתם. ההורים שלנו יהפכו להיות אנשים שהילדים שלנו בקושי מכירים, מעין סבא וסבתא רק בתמונות, וכך גם האחים שלנו והילדים שלהם. הם יחבקו זה את זה פעם בכמה שנים וזהו. הם לא יחלקו איתם שום חוויות ילדות, חוויות התבגרות, הכנה לקולג'... כל הזיכרונות שיש לי ולך למשל, תחשבי על זה, לנועי כבר לא יהיו אותם זיכרונות מיוחדים שיש לי מסבא משה שלי או הזיכרונות המתוקים שיש לי מסבתא רחל. אני זוכר כמה חיכיתי שיגיע כבר חג כי ידעתי שאקבל ממנה את הפינוק הרגיל, נעלי ספורט חדשות, וקופסת הנעליים החדשה תמיד הייתה מלאה בממתקים שהיא דחפה בין הנעליים. כילד זה חימם לי את הלב. דברים כאלה ממחישים לילד כמה אוהבים אותו, כמה הוא חשוב לסבא וסבתא. אני מנעתי

את הזיכרונות האלה מהילדים שלי כשהחלטנו לגור באמריקה וללדת אותם כאן..."

"אבל יהיו להם זיכרונות אחרים..." החלה אורית לומר, אבל ירון קטע אותה.

"תסתכלי על הילדים של סמדר, החברה שלך. הם לא ראו את סבא וסבתא שלהם כבר שבע שנים. הגדול כבר מסיים תיכון השנה, האמצעי היה בן שנתיים בפעם האחרונה שראה אותם והקטנה לא פגשה אותם מעולם. הילדים זוכרים במעומעם את המשפחה בארץ ולא מכירים אותם חוץ מהתמונות. נוצרה זרות ביניהם וזה לא מזיז לילדים בכלל. אבל לעומת זאת אם תגידי להם לוותר על טיול ליילוסטון או לדיסני, כל הרחוב ישמע את הצעקות שיקומו אצלם בבית, שלא נדע.

"את מבינה לאיזה מצב החברים שלנו הגיעו בזה שהם נתנו עדיפות לדברים אחרים במקום לביקורים בארץ כדי לשמור על קשר עם המשפחה, ובמיוחד ההורים? את מעכלת שהם הקריבו את הקשר החשוב הזה? בגלל אנוכיות, משום שהם חשבו כמוך! משום שהם לא ייחסו חשיבות להידוק הקשר המשפחתי עבור הילדים שלהם."

"למה שאני אחשוב רק על הילדים?" זעמה של אורית התעורר שוב, כאילו ירון דרך על נקודה כואבת מאוד.

"מה איתי, ירון? אני! אורית! למה שאני לא איהנה בחופשה אמיתית? איפה כתוב שאני צריכה להוציא בכל שנה את המעט שחסכתי כדי למימן עוד נסיעה יקרה לארץ רק כדי להיות בבית עם המשפחות שלנו? נשבר לי, נמאס לי! מגיע לי יותר מזה."

הדמעות זלגו שוב על לחייה. היא מחתה אותן בתנועה עצבנית ואז נעצה בו מבט חודר.

"אתה יודע מה, ירון? החלטתי," אמרה בקול רועד. "אני לא נוסעת לישראל השנה. אתה רוצה לנסוע? תיסע לבד. רוצה עם הילדים – בבקשה, קח אותם איתך. אבל אני נשארת פה וזו החלטה סופית שלי. לא נוסעת. אתה יכול להגיד לאימא שלך ולאחים ולחברים שלא נתנו לי חופש מהעבודה או להמציא איזה סיפור שבא לך."

ירון היה המום מהתגובה הקיצונית של אורית. אומנם מדי פעם היא באמת עיקמה את האף כשהגיע הזמן לטוס לארץ לעוד ביקור, ונכון שהיא לא שמחה שהיה עליהם להתארח אצל חמותה, אבל עד כדי כך?

לרגע עברה בו המחשבה שאולי הדברים היו שונים אילו התארחו בחופשה בישראל בבית הוריה, אבל זו הייתה מחשבה חסרת תוחלת. אבא של אורית נפטר לפני עשר שנים, ואימא שלה עברה לדיור מוגן לחולי אלצהיימר וכבר בנסיעה הקודמת לא זיהתה את אורית ואת אחיה.

ירון שתק, חסר מילים, ורק שקע בטלפון שלו. בלי לשים לב הוא נכנס לפייסבוק וראה שחברו הטוב ראובני העלה פוסט באותו יום. במקום להגיב לפוסט החליט לשלוח לו הודעה.

"הי, ראובני, מה קורה?"

"הי, ירון, אני נרגע קצת מהחום הזה, רוצה לקפוץ לאייס־קופי?"

"וואלה, אני בא," הגיב ירון בהחלטה של רגע. התאים לו ממש להסתלק מהבית, להתאוורר מהאווירה הרוגזת והטעונה. הוא ידע שהוויכוח הזה עלול לגלוש לעוד כמה נקודות בוערות שעדיף לא לגעת בהן ואפילו לא לחשוב עליהן. הוא זכר מה קרה בפעם האחרונה שהתווכחו על נסיעה לארץ, לא דיברו זה עם זה יומיים שלמים ובסוף נסעו בכל זאת ואורית סבלה לאורך כל הביקור. הדבר האחרון שרצה לראות בדמיונו היה התגובה של אורית כשאימא שלו אמרה לה שכואב לה הגב וביקשה ממנה לפנות את השולחן הגדול אחרי הארוחה הענקית שערכו לכל המשפחה המורחבת...

בלי לומר מילה נוספת הוא קם על רגליו, תחב את הטלפון לכיס האחורי של מכנסי הג'ינס הדהויים שלבש, נעל שוב את נעלי העבודה, לקח את צרור המפתחות שלו מהשידה בכניסה ויצא מהבית, טרק את הדלת אחריו.

"רגע, ירון," אורית מיהרה אחריו, "לאן אתה הולך? ארוחת הערב כמעט מוכנה."

"תאכלו בלעדיי, אל תחכו לי," הוא השיב בלי להפנות אליה את
פניו. "אני קופץ לראובני."

פניה של אורית נפלו. היא נכנסה בחזרה אל הבית ועמדה עוד
כמה רגעים בגבה אל הדלת, כמו מקווה שיתחרט ויחזור, אבל הדלת
נשארה סגורה והשקט שהשתרר בבית העיק עליה יותר מתמיד.

6.

ניצה חצויה

המקרה העצוב של ניצה "ניער אותי", ולכן כשרוויטל אמרה לי שניצה התנדבה גם היא לעזור לי בהכנת הקינוחים לבת המצווה של עמיתי, שמחתי. קיוויתי לשמוע ממנה חדשות טובות.

הכרתי את ניצה בביקורי הקודם בסנט לואיס, כשהגעתי להכין לרוויטל מזנון קינוחים לרגל חנוכת הבית בסנט לואיס. היא הייתה אישה קטנה, צנומה, בעלת שיער כהה ומתולתל ופנים רזים שעצב קבוע ניכר בהם, אפילו כשניסתה לחייך.

קמתי מוקדם בבוקר כדי להכין את כל המצרכים ליום האפייה הגדול, כדי שכאשר יגיעו החברות של רוויטל הכול יהיה מוכן ומאורגן. שמחתי והתרגשתי לסייע לרוויטל בהכנות. הכרתי אותה לאחר שעברה עם משפחתה מישראל לקולורדו, בעקבות חוזה עבודה שחתמה לחמש שנים עם חברת מערכות מידע, ובתום החוזה קיבלה קידום שהיה כרוך במעבר לסנט לואיס, מיזורי. שמחתי בשבילם על הקידום הנכסף, אבל הפרידה ממנה העציבה אותי. לקח לי חודשים להתאושש מהפרידה מחברה כזו טובה ואמיתית, שהפכה להיות המשפחה שלנו בצד השני של העולם. בקולורדו, וכמובן גם אצלנו, החברה שאתה יוצר לעצמך הופכת להיות המשפחה שלך במרחק 7,300 מאות מיילים מהמשפחה הביולוגית שלך, ואם לא יצרת לך קשרים חברתיים אתה לבד. אין

מי שיצלצל בפעמון הדלת שלך ואין מי שיסב איתך לשולחן החג. בגולה, חברה ומשפחה הן עניין של בחירה.

התארגנתי במהירות וכעבור דקות ספורות כבר עמדתי במטבח כדי לעבור על כל המתכונים שהיא בחרה, לחשב ולהכין את המצרכים ליום האפייה. רויטל, בעלה והילדים כבר יצאו לעבודה ולבית הספר, והמטבח המאובזר והחדיש עמד כולו לרשותי.

צלצול בדלת הכניסה הכריז על בוא הבנות. פתחתי את הדלת, חיבקתי את דפנה ואת ניצה בשמחה והובלתי אותן אל המטבח החמים.

"כמה שאני שמחה לראות אותך, ניצה'לה," אמרתי בחום.

"אני שמחה לעזור. זה המעט שאני יכולה לעשות כדי להודות לרויטל על העזרה שהיא והחברות נותנות לי בזמנים הקשים שאני עוברת עכשיו," אמרה ניצה. "מזל שהגברת שאני עובדת אצלה בימי שני ביטלה. כך יכולתי לבוא," הוסיפה בחצי־פה.

"אוקיי, בנות," קראתי, "הכנתי לכן סינרים. אני מצטערת שאחד ארוך והשני חצי סינר, אבל זה מה שרויטל מצאה אחרי שחפרה איפה שרק אפשר בארונות שלה."

"או, לא סיפור," צחקה דפנה בעודה חוגרת למותניה את הסינר הארוך, "יאללה, בואו נעשה לנו יום של כיף באפייה לכבוד עמיתוש. יפה, אילו קינוחים תכננת להכין?"

"דפנה, נראה לי שאני היחידה שקוראת לעמית עמיתי, אבל התרגלתי, מהיום שהיא נולדה," חייכתי.

"רויטל אוהבת את הבבקה שלי עם שוקולד ואגוזי לוז," השבתי בעודי מנגבת את משטח העבודה על האי במטבח. "נכין גם רולדות תמרים, פודינג פיסטוקים ומי ורדים, טירמיסו, עוגת לימונצ'לו וחמש ריבות מרוקאיות. גולת הכותרת, שעמיתי ביקשה במיוחד, תהיה סופלה השוקולד שלי, עם שכבות של מסקרפונה ופטל טרי."

"וואו, יפה, הקינוחים נשמעים נהדר. אולי זה גם יעזור לי להשמין קצת," חייכה ניצה והוסיפה בשקט, "ירדתי במשקל עוד יותר בזמן האחרון."

התקרבתי אליה וחיבקתי אותה בחום. "אנחנו נגרום לך להשמין וגם נחזיר אותך לישראל, עם הילדים שלך, אמן."

"אמן ואמן," הוסיפה דפנה וגם היא חיבקה ברוך את ניצה.

"טוב, בנות, נתחיל ברולדות התמרים," הצעתי.

חילקתי קערה ענקית לכל אחת והתחלנו בהכנות. קיוויתי מאוד שהדברים יסתדרו לטובה בסיפור העצוב של ניצה. כשפגשתי אותה בפעם הקודמת היו המון מוזמנים בבית של רויטל, והזמן והמקום לא אפשרו לנו לדבר בפרטיות יותר מכמה דקות. בשיחות הטלפון שלי עם רויטל קיבלתי עדכונים בקשר אליה, אבל עדיין חסר לי הרבה. קיוויתי שביום האפייה המשותף שלנו אשמע קצת יותר והתפללתי לבשורות טובות בכל הסיפור העצוב.

כעת, תוך כדי ערבוב ולישת הבצק, פניתי אל ניצה.

"ניצה, ספרי לנו, מה קורה עכשיו? מה השתנה ואיך הילדים? ומה עם מרק? בעצם אנחנו כלל לא מכירות אותו. אני רק זוכרת שסיפרת שהכרת אותו בישראל, נכון?"

"הוא התגורר בארץ או שרק הגיע מדי פעם לעבודה?" שאלה דפנה.

"הו..." ניצה ניגבה את ידיה בסינר הכחול שחגרה, לגמה מכוס המים השקופה שעמדה לידה ואז הביטה בנו. "אני רואה שיש קצת בלבול אצלכן בסיפור, אז תנו לי לדייק לכן אותו," אמרה, "לצערי המצב שלי לא השתנה הרבה והלב שלי מרוסק. אני חיה בחלום זוועתי, בסיוט יום־יומי."

"אני מצטערת לשמוע, ניצה," הגבתי בחום. "קיוויתי לשמוע חדשות טובות. את חייבת להיות חזקה," הוספתי, "בשביל הילדים שלך. יום יבוא והם יבינו שלא זנחת אותם. אל תפסיקי לעשות מה שאת כן יכולה לעשות. אל תתייאשי, בשביל הילדים."

ניצה הנהנה ומחתה את הדמעות שמילאו במהירות את עיניה. אחר כך התחילה לדבר, ואנחנו הקשבנו ושתקנו, מניחות לה לשתף אותנו בכאבה.

"מרק, בעלי, רצה שנביא ילדים ישר אחרי החתונה. בחמש שנות נישואים ילדתי לו ארבעה ילדים. זה היה קשה בטירוף, אבל עד הלידה הרביעית מרק היה עדין וחביב ותומך, ממש ג'נטלמן אמיתי."

"איך הכרתם?" התעניינה דפנה.

"מרק הגיע לישראל בעקבות חוזה עבודה בחברה גדולה שהמשרדים הראשיים שלה נמצאים בסנט לואיס. הוא ומהנדס נוסף הגיעו לשנת עבודה בישראל."

פניה הרצינו והיא השתתקה לשתי שניות, כאילו שוקלת את מילותיה.

"הכרנו בפאב תל אביבי שאהבתי ללכת אליו עם חברות," המשיכה, "מרק ישב לבד בשולחן פינתי ושלח אליי מבטים מחויכים ללא הפסק. הוא נראה חמוד אז פניתי למלצר וביקשתי שיציע לו לשבת איתנו. מרק הסכים והצטרף מייד לשולחן שלנו. הוא לא רק נראה מקסים, הוא היה מקסים. הבנתי שהוא לא יהודי, אבל לא עשיתי מזה עניין. הסתחררתי מהיופי שלו." היא הנידה בראשה קלות וחייכה חיוך עצוב כאומרת לעצמה שעכשיו, בדיעבד, בעצם כן קשה לה עם העובדה שהוא לא יהודי. "כפיל של פול ניומן. העיניים הירוקות שלו כאילו אמרו לי, 'היי, אני מעוניין', והבלורית הבלונדינית... אם הייתן רואות אותו, גם אתן הייתן שואלות איך עולם הקולנוע לא חטף אותו.

"בקיצור, לא הורדתי ממנו את העיניים. דיברנו כל הערב, והרגשתי שאני נמשכת אליו כמו מגנט שמתעקש להישאר צמוד למתכת. אפילו לא שמתי לב שהחברה שהגיעה איתי השתעממה ועזבה את הפאב. זה לא הפריע לי, לא רציתי שהזמן יעבור, ובסוף הערב כבר החזקנו ידיים. הרגשתי והתחלתי להאמין שבאמת יש רקיע שביעי כי אני נמצאת בו."

"וואו, ניצה, עד כדי כך?" "שאלת אותו קצת על הרקע שלו? אם הוא בזוגיות? נשוי?" דפנה ואני שאלנו זו אחר זו כשאנחנו מנקות את הקמח הדביק מהידיים.

"לא שאלתי. הייתי בהלם ממנו. חתיך אמריקאי והכול, וכשהוא

ביקש להיפגש שוב הסכמתי מייד. יומיים אחר כך הוא הזמין אותי
לארוחת ערב במסעדת 'מונטנה' בתל אביב. אתן מאמינות? אף
פעם לא נכנסתי למסעדה היקרה הזו, והלב שלי נמס כשראיתי איזה
ג'נטלמן הוא; אסף אותי מהבית, פתח את דלת המכונית עבורי, הזיז
את הכיסא במסעדה, הקפיד שקודם אני אזמין אוכל ורק אחר כך הוא
הזמין... תשמעו, לא הייתי רגילה לזה. במסעדה הוא החזיק לי את היד
וליטף אותה כל הזמן, היין זרם חופשי, ואני זרמתי עם היין לרקיע
השביעי שהיום אני מבינה שהיה רקיע של אשליות."
היא לגמה שוב מהמים, ואני ניצלתי את ההזדמנות והצעתי לדפנה,
שנלחמה עם הבצק הדביק באצבעותיה, שתוסיף לו קצת קמח. ניצה
חייכה חיוך קטן, חפנה גם היא קמח מהמקרה והמשיכה בסיפורה.
"אחרי שבוע הוא הזמין אותי לדירה ששכר בדיזנגוף עם חבר
מהעבודה והציג אותי בפניו – שון, חתיך מרסק לבבות לא פחות.
שאלתי את מרק בלחש בצד אם שון בזוגיות, ומרק ענה שהוא לא
מתערב לחבר שלו בחיים הפרטיים. איך זה לא נראה לי מוזר כבר אז?
בכל זאת, הם היו שותפים לדירה, איך ייתכן שהוא לא יודע כלום על
החיים של השותף שלו מחוץ לעבודה?
"היום אני מבינה שפשוט הייתי מסונוורת, וכשמשהו הטריד אותי,
מייד דחקתי אותו הצידה. התאהבתי מעל הראש ומעל האוזניים ואני
מתביישת להגיד – גם מעל השכל. התמסרתי לו בלב, בנפש ובגוף.
בסקס הוא שיגע אותי, ואם להיות עדינה, בנות, אפילו רבע מהדברים
שהוא ידע לעשות במיטה לא הכרתי.
"כעבור חודשיים של זוגיות מטורפת, בילויים ומסעדות מפנקות
סיפרתי למשפחה שלי עליו. אבא שלי אמר מייד, 'אבל ניצה, הוא לא
יהודי!' ההורים שלי דתיים שגרים במושב ליד דימונה, וכל העניין עם
מרק ממש לא נראה להם. לא ויתרתי. הראיתי להם ולאחים שלי תמונות
של מרק, סיפרתי להם שאנחנו מאוהבים ושאני מאמינה שמצאתי לי
את האחד והיחיד שפיללתי למצוא. הודעתי שאני בוחרת בו כבן זוג
שלי לכל לחיים ויהי מה! ותקשיבו כמה שזה מדהים, ביום שבו הבאתי

את מרק למושב להכיר את המשפחה שלי ירד גשם זלעפות כל הדרך, כאילו אלוהים סימן לי משהו שסירבתי לקבל. אימא שלי אהבה את היופי שלו, היא לקחה אותי למטבח ואמרה, 'הבחור הזה יפה תואר, ניצה'לה, חבל שהוא לא יהודי.' כולם קיבלו אותו בנימוס, אבל אחרי הביקור הזה התחיל מסע השכנועים של המשפחה לשנות את דעתי. בכיתי, צעקתי, השתוללתי ואמרתי להם שבגילי, הייתי בת שלושים וארבע, הם לא יחליטו בשבילי. ובאמת, אחרי חצי שנה של זוגיות סוערת, מרק לקח אותי שוב למסעדת 'מונטנה' המדהימה, הזמין כנר שבא לנגן לנו ליד השולחן ושכר מוכרת פרחים שהגיעה והגישה לי זר פרחים אדומים. בתוכו הייתה הודעה בכותרת זהב: 'התנשאי לי?'

"צבטתי את עצמי והרגשתי שאני חיה בסרט הוליוודי אמיתי, ברור שעניתי כן בלי להסס."

היא לגמה שוב מהמים ושאפה עמוק לתוכה את הארומה שהפיצה רולדת התמרים הראשונה שנאפתה בתנור. הרגשתי שזה זמן מצוין להפסקת קפה ולטעימות ראשונות.

"אז איך התחתנתם אם הוא לא יהודי?" שאלה דפנה כמה דקות אחר כך. היא החזיקה בשתי ידיה בספל הקפה שהכנתי. "נסעתם לקפריסין?"

"או, לא," השיבה ניצה. "הוא ביקש ממני לברר אם אפשר למצוא שופט שיחתן אותנו. אז לא ידעתי ששופטים יכולים לחתן, והתחלתי להתעניין. מישהו המליץ על שופט שעושה הסכמי נישואים ללא צורך ברבנות, משהו כמו נישואים אזרחיים, והמזכירה של השופט דאגה להביא שני עדים בחתימת החוזה. התחתנו במשרד של השופט, וכמובן המשפחה שלי החרימה את הטקס.

"עברתי לגור איתו בדירה השכורה שלו ושל שון וחייתי בגן עדן," המשיכה ניצה בסיפורה. "מרק השתכר יפה מאוד והרשינו לעצמנו לאכול במסעדות טובות. בשעות היום ביליתי בחוף הים ועם חברות וכל יום היה יותר כיפי מהיום שלפניו. מרק היה רוב הזמן בעבודה. ולפעמים היה נעדר ליומיים-שלושה, ולרוב אמר לי שהוא טס לאנגליה

בענייני עבודה. בדיעבד אני יודעת את האמת, אבל אז אהבתי אותו כל כך ובלעתי כל מילה שלו כאילו זו אמת לאמיתה. אף אחד בעולם לא היה מצליח לשכנע אותי אחרת.

"כשביקרנו במושב, אימא שלי הגישה לו מלאווח עם ביצים קשות ואריסה. הוא התלהב מהאוכל התימני אבל לא עשה שום מאמץ להתחבב על המשפחה שלי. כשפעם אחת דיברתי איתו על אפשרות של גיור הוא כעס והתפרץ, 'שאני אתגייר רק כדי שלהורים שלך יהיה נוח ומתאים? ומה אם אני לא מרגיש בלב, בתוך תוכי, שאני רוצה להיות יהודי?' וזה היה סוף השיחה בנושא הגיור. הבנתי מהכעס ומההתפרצות שלו שלא כדאי לי להזכיר את זה יותר.

"זרמתי עם החיים. מרק אמר לי שישמח שנתחיל לחשוב על ילדים, וזה דווקא שימח אותי. בוקר אחד הקאתי בבית ומייד קבעתי תור לבדיקה. בחדר הקבלה של הרופא הקאתי שוב, ואחרי הבדיקה הרופא בישר לי שאני בהיריון. איך לא ראיתי את השינוי שחל בי? החזה התחיל להתנפח והעייפות השתלטה עליי. לפני כן הייתי ציפור לילה, ופתאום מצאתי את עצמי נרדמת כבר בשבע בערב.

"כשסיפרתי למרק שאני הרה, הוא הציע שנחגוג שוב ב'מונטנה' והזמין את שון לחגוג איתנו. יומיים אחר כך מרק הודיע לי שהפרוייקט של החברה בתל אביב מסתיים ושבתוך חודשיים עליהם לחזור למשרדי החברה הראשיים בסנט לואיס, מיזורי, וכבר באותו השבוע התחלנו לעשות את הסידורים בשגרירות האמריקאית בארץ, כדי שאגיע לסנט לואיס עם ניירת חוקית.

"שמחתי. חשבתי, אנשים מנסים במשך שנים לקבל גרין קארד ולא הולך להם, ולי יש מזל מהסרטים! וואו. בתוך חודש קיבלתי אשרת תושב דרך השגרירות האמריקאית, ויאללה, גרין קארד ועוברים לגור באמריקה. ומרק? לא היה מאושר ממנו."

ניצה נאנחה והשתתקה לרגע. דפנה ואני המשכנו לעבוד במרץ על הבבקות. שמתי לב שניצה לא נגעה בבצק שלה, אבל לא אמרתי מילה. הסיפור שלה היה חשוב יותר מכל עוגה.

"ארבעת הילדים נולדו בסנט לואיס," החלה ניצה לדבר שוב, בשקט. "זה בדיוק מה שהוא רצה. הייתי כל הזמן עייפה ושמנה מהריונות, חטפתי סוכרת היריון, אבל מרק דאג שאהיה מטופלת אצל רופאים מצוינים. למרות הקשיים, מרק אף פעם לא הציע שנעשה הפסקה בין ההריונות, אבל זה לא עורר בי שום חשד או הרגשה של חוסר התחשבות מצידו. אחרי שנולדה שירלי, הבת הרביעית, הוא ביקש שאעשה קשירת חצוצרות. הוא טען שארבעה ילדים זה מספיק לנו, והסכמתי איתו בשמחה.

"כשחזרתי לאחר הניתוח הרגשתי שהאווירה שונה בבית. שון הופיע אצלנו בבית בתדירות גבוהה יותר, קנה מתנות לילדים, שיחק עם הבנים אורי ודני ופינק את מיכלי. די מהר שמתי לב לכך שמרק מרבה להזמין את שון להישאר לארוחת ערב אצלנו בבית. היינו מסודרים מבחינה כלכלית, המשכורת הגבוהה של מרק אפשרה לנו להזמין אוכל ממסעדות טובות. מרק היה מזמין את האוכל, ושון היה מביא אותו איתו כשהגיע לארוחה. זה הפך להיות כמעט דבר שבשגרה, ועדיין לא נדלקה אצלי נורה אדומה.

"באותם ימים נהגתי לישון בחדר של שירלי התינוקת, על מיטת ספה קטנה, גם כדי להיניק אותה וגם כדי לאפשר למרק לישון בשקט. הוא עבד שעות ארוכות בכל יום ורציתי להתחשב בו.

"לילה אחד, אני אפילו זוכרת את השעה, שלוש ורבע לפנות בוקר, השתוללה בחוץ סופת שלג. סיימתי להיניק את שירלי ועטפתי אותה בעליונית פלנל. פתאום שמעתי רחשים לא רגילים מחדר השינה שלנו. חשבתי שמרק מדבר בטלפון עם משרדי החברה באוסטרליה או באנגליה, בשעון המקומי, וזה לא נראה לי יוצא דופן כי זה קרה לפעמים. הצצתי מרחוק, אבל לא ראיתי אור דולק בחדר, וגם מדי פעם שמעתי לחשושים ורחש של שמיכות זזות. הרחשים האלה לא נשמעו לי כמו חלק מסופת השלג ומהרוחות שהשתוללו בחוץ. אני זוכרת שלשבריר שנייה עברה בי מחשבה שיש לנו בבית פורץ, אבל איך זה שהאזעקה לא פעלה?

"הנחתי את שירלי במיטה שלה, וצעדתי על קצות אצבעותיי לכיוון חדר השינה שלנו כדי להגיד למרק שאני שומעת רעשים מוזרים. לא האמנתי למה שראיתי – בעלי האהוב, מרק, ושון, החבר הטוב והשותף לדירה שהיה לנו בארץ, עירומים לגמרי, באקסטזת סקס על המיטה שלי, סקס במלוא מובן המילה, תבינו מזה מה שאתן רוצות!

"תארו לכן את המצב," ניצה בכתה בכי תמרורים ודמעות שטפו את פניה ונשרו אל תוך קערת הקמח. "אני אחרי לידה קשה, עם שדיים נפוחים, שרוטים וכואבים מרוב הנקה, כאבי תפרים וטחורים מדממים ונפוחים, שירלי בוכה, ומטושטשת מחוסר שינה אני עדה למראה הזה ושואלת את עצמי באיזה חלום רע אני נמצאת!

"הרגשתי שהלב שלי דופק במהירות, חולשה תקפה אותי וכיסיתי את הפה כדי לא לצעוק. אני לא זוכרת איך חזרתי לחדר של התינוקת, נשכבתי על המיטה הקטנה בעיניים פקוחות ובהיתי בחלל כל הלילה, מנסה לעכל מה שראיתי. אני לא יודעת מאין שאבתי כוחות לקום בבוקר ולהכין אוכל לילדים." ניצה נאנחה מתוך הבכי. "כשמרק נכנס למטבח והסתכל עליי, הבטתי בעיניים שפעם נראו לי העיניים הכי יפות בעולם ועכשיו היו קרות ומכווצות ושידרו עוינות ורוע. לפתע גם שון נכנס למטבח כשהוא מגולח ועם שיער רטוב אחרי מקלחת. הסתכלתי על שניהם ואמרתי בשקט, 'ראיתי אתכם במיטה!'

"מרק ושון הסתכלו זה על זה. מרק כיווץ את עיניו עוד יותר, קרב אליי, הביט עמוק לתוך עיניי ובקול עמוק וקשוח הגיב, 'ואין שום דבר בעולם שאת יכולה לעשות בעניין!' הבשורה הזו הייתה יריית הפתיחה של חלום הביעותים והייסורים שחותכים לי בבשר בכל יום מאז..."

לרגע הפסקתי את חיתוכי הרולדות שהצטננו בינתיים, והבטתי בניצה. רזה ביותר, שלד מהלך יהיה הגדרה מדויקת יותר, פנים חיוורים ללא שמחת חיים, עיניים שקועות ומוקפות בעיגולים כהים שהעידו על עייפות כרונית, שיער דהוי, יבש ומוזנח שראה ימים טובים יותר, וריח של עישון כבד נודף ממנה.

"עברו שלוש שנים מאז אותו בוקר," המשיכה ניצה בסיפורה, קולה יבש ואטום עכשיו. "הילדים גדלו, השופט נתן לי צו הרחקה מהבית ואני רואה את הילדים לשעה בלבד פעם בשבועיים, בהשגחה מלאה של עובדת סוציאלית."

"מה?!" התפרצה דפנה בזעם ובתסכול, "איך זה הגיע למצב כזה?" גם אני נאלמתי דום, לרגע לא הצלחתי למצוא את המילים הנכונות.

ניצה לגמה מהמים. ידיה רעדו. היא נגעה בחפיסת הסיגריות שהייתה מונחת לידה וראיתי שהיא כמהה לעשן, אבל לשם כך היה עליה לצאת החוצה. ידה חזרה אל כוס המים.

"מרק פנה לבית משפט, שם הצליח לשכנע את השופט שאני לא כשירה לגדל ילדים, שאני חולה מנטלית ובלילות מדברת לעצמי, שהילדים סובלים, שאני אימא אלימה, שהילדים הולכים לגן בבגדים קרועים ובציפורניים מלוכלכות. הוא צילם חולצה של אורי, הבן הגדול, עם כתם שלא יורד, וצילם את דני אחרי משחק בבוץ להראות שדני מוזנח. הוא העיד עדות שקר שאני מרביצה לילדים ושאני מרעיבה אותם, ובגלל ששכחתי לקחת את שירלי הקטנה לרופא, הוא אמר שאני בכוונה לא רוצה שרופא יראה את הילדים ויגלה שהם סובלים."

"אבל ניצה'לה," התעשתי ומחיתי, "זה לא פשוט כל כך. צריך להוכיח כל טענה, צריך עובדות ועדים לכל האשמה..."

"כן, נכון," נאנחה ניצה, "והוא דאג גם לזה. היטב. יום אחד, כשאספתי את אורי מהגן, הוא החליק בשלג ושבר יד. השופט שאל את אורי מה קרה, ואורי ענה, 'אימא דיברה בטלפון ואני הלכתי אחריה ונפלתי.' השופט רשם: 'התעלמות מוחלטת מבטיחות הילדים קטנים.'

"כשסירקתי את מיכל הקטנה והיא בכתה, מרק צילם אותנו ואמר לשופט שאני מתעללת בילדה. מיכל אמרה לשופט, 'אימא עשתה לי כואב בראש,' והשופט קיבל את הטענה ורשם: 'התעללות בילדה.'

"וכשדני חזר מהגן ונפל מהאופניים שלו, והיו לו סימנים כחולים בגב, מרק צילם את זה וטען בבית המשפט שדני לא קיבל

הדרכה ברכיבת אופניים, ושוב השופט קיבל את הטענה שלו ורשם: 'התעלמות מבטיחות וחוסר הבנה מוחלט בנושא בטיחות מצד האם'. ואני לתומי חשבתי ששופט צריך לבדוק כל דבר לעומקו, ולא לפסוק בקלות פסיקה אכזרית כל כך. מי חשב שגם מול שופט צריך להתפלל להרבה מזל. ואלו רק כמה דוגמאות," אמרה ניצה בתסכול. "מרק צילם ותיעד עוד מקרים ואף העלה לדוכן העדים זוג חברים קרובים שלו, שהעידו שלפי מה שראו בבית, אני לא כשירה לגדל ילדים. הוא סיפר לילדים שאני לא אוהבת אותם ושאני מתכוונת להרעיל אותם, ושמתי לב שאורי שלי מפחד להתקרב אליי. הוא אמר לגננת שלו שהוא מפחד ממני, והגננת דיווחה לעובדת הסוציאלית שמפקחת על הגן. כל הדיווחים הגיעו לבית המשפט הביאו את השופט לפסוק שטובת הילדים היא לא לגור איתי."

דפנה ואני החלפנו מבטים המומים. הייתכן?

"בהתחלה עוד הסתרתי הכול מהמשפחה בארץ," ניצה הרכינה מבטה ודיברה בקול נמוך. "התביישתי להודות שעשיתי טעות כזו גורלית. הם היו בהלם כשסיפרתי להם. ההורים שלי כואבים ושבורים, ואני רוצה לחזור לארץ, אבל איך אחזור לישראל בלי הילדים שלי? למה שהילדים שלי יגדלו בלי אימא?" קולה נשבר פתאום. "הילדים שלי הם החיים שלי. הם לא רק הילדים של מרק, הם גם שלי, הם בשר מבשרי וחלק מהנשמה שלי. ההורים והאחים שלי אמרו לי שאם אצליח לחזור לארץ עם הילדים הם יעזרו לי עם דירה ואוכל ויקיפו אותנו באהבה. המשפחה שלי רוצה לתמוך בי, למרות שלא שמעתי בעצתם והתחתנתי עם מרק. הם מוכנים לשכוח מהכול, מהכעס, מהאכזבה... העיקר שאחזור לארץ עם הילדים. אבל בינתיים מרק הוציא לילדים צו איסור יציאה מאמריקה. הילדים שלי גדלים בבית של זוג נוכלים שתכננו הכול מהיום הראשון, הנוכלים זכו במלאכים הקטנים שלי, ארבע הנשמות הטהורות שלי. אלוהים, תחזיר לי את הילדים..."

ניצה פרצה שוב בבכי קורע לב ובלתי נשלט. גופה היטלטל ובידיים רועדות היא הוציאה קופסת כדורים קטנה מהתיק שהחזיקה. מיהרתי

למלא כוס במים והגשתי לה. ניצה בלעה כדור אחד מהחפיסה, משכה באפה ואמרה בקול חנוק מבכי, "תראו אותי, אני חיה על כדורי הרגעה. הרופאה התייאשה ממני, כי אני אומרת לה שהכדורים לא עוזרים לי."

היא שלפה מהתיק עוד כמה קופסאות פלסטיק קטנות והראתה לנו את הסימנים השונים על כל קופסה.

"אלה כדורים נגד דיכאון ואלה כדורים להרגעה מיידית והנה כדורי השינה שאני לוקחת כדי להירדם בלילה ואלה כדורים לבלוטת התריס שלי, שנפגעה מהמתח ומהעצבים שאני חיה בהם יום-יום."

היא הרימה את מבטה אל תקרת המטבח ובקול חלש ורועד התפללה, "תעזור לי לחזור לישראל, אלוהים. כמה אני מתגעגעת לארץ שלי. היה לי טוב בארץ, אלוהים, תחזיר אותי לבית של אימא שלי, תחזיר אותי למשפחה שלי, עם ארבעת הילדים שלי, שאוכל לגדל אותם שם. שאוכל לקחת אותם ללול התרנגולות, ללמד אותם להאכיל את העופות ולהחזיק את האפרוחים שנולדו, ואימא שלי תיתן להם זירעונים להאכיל את התרנגולות, וארשה להם ללטף את תילדה הפרה, ואלמד אותם להקשיב לשועלים שמגיעים מהשדות בכל לילה ומנסים להיכנס ללול כדי לטרוף תרנגולות, ואקריא להם סיפורים בעברית ואתן להם לשחק עם הבצק של חלות השבת, וארשה להם להאכיל את הברווזים בלחם יבש, ואבקש מזכריה השכן שילמד אותם לרכוב על הסוסים שלו והם יעזרו לו להאכיל אותם, ואורי ילמד לגרוף תבן יבש בשביל הסוסים וכמו שאני מכירה אותו הוא יגיד לי שאין מספיק אוכל לתילדה ולתרנגולים בלול, ובכל בוקר אני אעיד אותם לבוא איתי ללול וביחד נספור ונאסוף את הביצים שהטילו התרנגולות בלילה. עזור לי, אלוהים, שאקח את הילדים שלי לפיקניק כיפי על החוף עם כל האחיינים שלי, ואחי דור יעזור להם לבנות טירה בחול ואחותי שירה תביא את הילדים שלה ונאסוף ביחד צדפים ודור ילמד את אורי לדוג ואבא שלי ילמד את דני לשחק 'גוגואים' בגלעינים של המשמשים כמו שהוא לימד אותי, וואו, כשהייתי ילדה הייתי אלופת השכונה במשחק..."

91

"ניצה׳לה, עצרי רגע, תנשמי עמוק," חיבקתי אותה בחום אף על פי שהנשימה שלי נעתקה לרגע. תיאור החיים הפשוטים והתמימים שניצה כמהה אליהם טלטל אותי עד עמקי נשמתי. האופן שבו סיפרה על זיכרונות ילדותה העיד על געגועים לילדות כפרית, פשוטה ושמחה שהייתה רוצה כל כך להעניק לילדיה.

"איך את מסתדרת בינתיים? ומבחינה כלכלית?" שאלתי בשקט בניסיון להחזיר אותה ואותי אל ה״כאן ועכשיו".

ניצה שתקה, לקחה נשימה אחת עמוקה ונשפה באנחה.

"בקושי," אמרה. "אפילו שאני פה כבר שנים, האנגלית שלי לא טובה כל כך ולכן לא יכולתי לחפש עבודה, בטח שלא עבודה עם קהל. אז אני מנקה בתים. בית המשפט קבע שאני לא יכולה לקבל הכנסה גדולה ממרק משום שהילדים לא גדלים אצלי, אז הוא משלם לי רק אלף דולר לחודש. רק שכר הדירה עבור הסטודיו הוא אלף ושמונה מאות דולר, ומהשאר אני חיה. ככה אני יושבת לבדי בדירה הקטנה ששכרתי וחושבת על החיים הטובים שיכלו להיות לי עם הילדים שלי בארץ שלי. אבל הילדים שלי אפילו לא מבינים עברית, אתן מאמינות?"

"את יכולה לדבר איתם בעברית כשהם באים לבקר אותך, לא?" שאלה דפנה. "ומה עם להקריא להם ספרים בעברית? יש ספרייה קטנה בכל גן יהודי או בית כנסת. הם ישמחו להשאיל לך ספרים."

"החברות שלי השאילו לי ספרי ילדים בעברית, אבל מרק שלח אותם בחזרה עם העובדת הסוציאלית," אמרה ניצה בהבעה חתומה. "הוא אמר לילדים שללמוד עוד שפה רק יבלבל אותם ושממילא הם לא צריכים לדעת עברית, זו שפה קשה מדי בשבילם, ובכלל, יהדות זו כת של אנשים מכוערים עם אף גדול..."

"מה?!" הזדעקה דפנה, "זה דבר איום ונורא להגיד לילד שאימא שלו יהודייה! שלא לדבר על כך שעל פי הדת הילדים שלכם יהודים בעצמם!"

"איך נודע לך שמרק אמר דבר כזה נורא לילדים?" שאלתי מבועתת.

"יום אחד אורי הסתכל על האף שלי ושאל בכל הרצינות למה אין
לי אף גדול. כששאלתי אותו למה הוא שואל שאלה כזו, הוא השיב
שהוא שמע את אבא שלו והחברים שלו צוחקים על זה שליהודים יש
אף גדול ומכוער. איך אפשר לחשוף ילד יהודי או ילד בכלל לשיחות
איומות כאלה? הלב נשבר..."

ניצה כיסתה את פניה בידיה הרועדות והניעה את ראשה מצד לצד.

התעשתי במהירות, שטפתי את ידיי בכיור והצעתי שנעשה עוד
הפסקת קפה. אחר כך סוככתי בידיי על ראשה של ניצה בחיבוק אוהב
והודיתי לאל שלא היו עוד עדים לדרמה שהתחוללה במטבח. הבטתי
בדפנה ובעצם הרגשתי קצת אשמה על כך שבמקום לשמח את ניצה,
החזרנו אותה אל כל הרגשות המרים והתחושות הקשות שהיא חווה
בימים אלה.

שתקנו זמן ארוך. נתנו לניצה את כל הזמן והמרחב שהיא צריכה.
היא נרגעה אט אט והפסיקה לבכות. דפנה מילאה עוד כוס במים קרים,
תלשה כמה מגבות נייר ונתנה לניצה לנגב את פניה.

הטלפון של ניצה זמזם בתיקה, מציל אותנו מהמבוכה הקלה
ששררה במטבח. היא נחרדה, התנערה, שלפה אותו ומיהרה לסלון.
הבנתי שהיא רוצה לדבר בפרטיות. כשחזרה אחרי דקה הודיעה לנו
בהתרגשות שזו הייתה שיחה מהמרפאה של הרופאה שלה, שהסכימה
לקבל אותה היום כדי לדבר על הכדורים ועל עזרה נוספת שביקשה.

"אתן תסלחו לי אם אעזוב עכשיו?" היא פנתה אלינו, "אני חייבת
ללכת הביתה להתקלח ולהחליף בגדים לפני הפגישה עם הרופאה
שלי."

"כמובן, ניצה'לה," אמרנו יחד דפנה ואני, "לא לדאוג. לכי לטפל
בעצמך ואנחנו נמשיך פה."

ליווינו אותה לדלת ומשם עד שנכנסה לאוטו הקטן שלה ונסעה.

"ואו," אמרה דפנה כשעלינו בדרך הגישה אל הבית, "איזה סיפור.
הלב נשבר, נכון?"

"כן," הסכמתי איתה, "ממש. והיא צריכה כוחות ברזל כדי לעמוד

במשבר כזה," הוספתי. "אני שמחה שאפשרנו לה לדבר ושהיינו לה אוזן קשבת. רויטל סיפרה לי שכל הקהילה בסנט לואיס מנסה לעזור לה במה שאפשר."

נכנסנו בחזרה למטבח והמשכנו בעבודת האפייה עד השעה חמש, כשרויטל והילדים חזרו הביתה. יצאנו לעזור להם להכניס את כל שקיות הקניות הענקיות הביתה, ותוך כדי כך סיפרתי לרויטל על השיחה עם ניצה.

"מה שהכי עצוב בכל הסיפור הזה," הגיבה רויטל, "זה ששני הנוכלים האלה תכננו את כל זה מראש."

"מה?!" הנחתי את השקיות על הרצפה והבטתי ברויטל בתדהמה. "למה את מתכוונת?"

"מה, ניצה לא הספיקה לספר לכן?" תמהה רויטל, "מרק ושון בזוגיות כבר עשרים שנה. חוזה העבודה שלהם בישראל היה בתוקף רק לשנה אחת, והשעון החל לתקתק לאחור. הייתה להם תוכנית מחושבת – 'לצוד' בחורה שתעזור להם לממש את מטרתם. הם רצו ילדים ושאלה ייוולדו באמריקה, וכך האימא לא תוכל לקחת אותם אם היא תרצה לעזוב. זה לא היה באמת סיפור אהבה בין מרק לניצה. היא הייתה רק כלי בשבילו ובשביל שון למימוש התוכנית שלהם. הם שיקרו לה לכל אורך הדרך. מייד כשניצה הרתה הם התחילו לתכנן את החזרה שלהם לאמריקה, לפני שהיא תלד, כי הם ידעו שמבחינה חוקית הם יוכלו לתבוע שהילדים יישארו איתם אם האימא תעזוב. ארבעת הילדים הם אזרחים אמריקאים."

עמדתי המומה. הרבה נקודות התחברו לי עכשיו בכל הסיפור, חוץ מדבר אחד.

"אבל בכל זאת, רויטל, איך את יודעת בוודאות שהכול היה מתוכנן?"

"לא תאמיני כמה העולם קטן," חייכה רויטל. "המנקה במשרדי החברה שבה עובדים שני הנוכלים, עובדת שם כבר שבע עשרה שנים. אם מישהו יכול להעביר רכילות ממשרד אחד לשני זו רק היא."

הנהנתי בלי להוציא מילה.

"כך היא יודעת שמרק ושון בזוגיות כבר הרבה שנים," חייכה רוויטל. "כשהיא שמעה שמרק חזר מהארץ נשוי לאישה ישראלית, היא התפלאה. כמובן, היו גם הרבה לחשושים בין הפקידות ושאר העובדים שם, אבל באמריקה לא שואלים יותר מדי שאלות. כמו שאת יודעת, להבדיל מישראל, פה הפרטיות היא דבר קדוש. אף אחד לא מתערב בחייו של אחר. אלא שיום אחד אותה מנקה שמעה את המזכירות מדברות על כך שאשתו של מרק סולקה מהבית בהוראת בית משפט, שהילדים נשארו עם מרק ושון חזר לגור עם מרק כמו בשנים קודמות. אז היא הבינה איזו מזימה השניים האלה תכננו וכאב לה מאוד על ניצה.

"ביום ראשון אחד יצאתי עם הילדים לקניות בקניון, וכשסיימנו הילדים ביקשו פיצה. מאחורינו בפיצרייה ישבו מי אם לא אותה מנקה עם שתי חברות שלה, מנקות גם הן בחברה, כך הבנתי. אז תארי לעצמך שפתאום אני שומעת את השמות 'ניצה', 'מרק' ו'שון' מהשולחן שמאחוריי, משלוש רכלניות, באנגלית וספרדית. הייתי עם הגב אליהן, אז קירבתי את הכיסא שלי כדי לשמוע היטב, וכך שמעתי לפרטי פרטים על המזימה של מרק ושון. נחרדתי לשמע הסיפור הזוועתי.

"אבל..." המשיכה רוויטל בעודה מכניסה מוצרי חלב למקרר הענקי, "יש לי קצת חדשות טובות בכל הסיפור הנורא הזה. מתברר שמייק בטיטו, המיליונר היהודי שכל הקניונים בסנט לואיס בבעלותו, שמע על הסיפור העצוב של ניצה וביקש מאריקה כהן, עורכת הדין המפולפלת של מושל מיזורי שלא מפסידה בשום משפט, לטפל בתיק של ניצה. הוא יכסה את כל ההוצאות המשפטיות. אריקה הסכימה לקחת על עצמה את התיק כדי לעזור לניצה לחזור למשפחה שלה בארץ עם הילדים."

התכופפתי לאסוף את שקיות הקניות הריקות וייחלתי בליבי שאריקה כהן תעזור לניצה. בסופו של דבר כל מה שניצה רצתה זה

למצוא בן זוג אוהב ולהקים משפחה, שתוכל להעניק לילדים שלה
ילדות מאושרת כמו זו שהיא חוותה כילדת מושב בארץ ישראל. אבל
הדרך שהיא בחרה על מנת להגיע למטרה שלה הובילה אותה לכאב
ולייסורים. רק בסופה היא הבינה שכל מה שרצתה באמת היה ממש
לידה, בארץ מולדתה, אך היא לא הצליחה לראות זאת.

.7

חמין

הגידו לי, מי המציא את המעדן־בטעם־גן־עדן הזה שנקרא "חמין מרוקאי" וכיצד זה קשור לגידול ילדים?

גדלתי בבית מרוקאי שבו הגישו אוכל־נשמה, מטעמים עסיסיים ומתובלים באומנות ראויה לשמה, כמיטב המסורת של המטבח המרוקאי. מאז ומעולם עמדו מנות ראשונות ב"מסדר צבאי" של סלטים צבעוניים, שדחפו זה את זה כדי לא ליפול מהשולחן העמוס: הקריצות השובבות ששלחה אליי קערת המטבוחה האדומה, שמתוכה צצו שיני שום ששוחות בים של עגבניות מבושלות, מרופדות בשמן זית, או סלט הגזר שאף פעם לא מאכזב בטעמו המתקתק־חריף וסלט הסלק ה מ ד ה י ם בתיבול חומץ וכמון ארומטי, ואיך אפשר לשכוח את אוסף הסלטים השונים עם חצילים מוחמצים, מעושנים או מתובלים ברוטב אדום? הפה שלי כבר מתמלא ברוק. אך תמיד היה זה החמין המרוקאי של אימי ששבה את ליבי, ולו המתנתי משבת לשבת.

שנים רבות עברו מאז. ענבר ואביב, הבנות שלנו, גדלו באמריקה ואימצו לעצמן הרבה מאכלים שונים מהאזור, במיוחד האוכל המקסיקני מהשכנה הגדולה של קולורדו בדרום. גם אנחנו נחשפנו יותר ויותר למאכלים ולטעמים אחרים כמו אוכל תאילנדי בריא ואוכל הודי חריף, כי איך אפשר לסרב למנה של ירקות בחלב קוקוס וקארי?

עם כל אלה, על טעם החמין המרוקאי מעולם לא ויתרנו. המנה
החומה שמילאה כל חדר בביתנו בארומה משגעת ומתקתקה של אוכל
שנאפה בחום נמוך במשך זמן רב. מעולם לא היה לי תענוג גדול יותר
מאשר לפנק את בני ביתי, חברים ומכרים בחמין אותנטי בכל פעם
שביקשו.

הייתה זו שעת צוהריים של יום רביעי. הייתי שקועה בבדיקת המבחנים
השבועיים כשנשמע צלצול הטלפון. תחילה התעצלתי לענות, אבל
כשהצלצול לא פסק הפניתי את ראשי ועניתי. כי איך אפשר שלא? זו
הייתה ענבר שלי.
"הי, אימא, מה נשמע?"
"הי, בובה, הכול בסדר. מה שלומך את?"
"הכול כרגיל," יכולתי לשמוע אותה מחייכת. "אני פה בקפיטריה
לארוחת צוהריים עם החברות שלי וכרגיל כולן רוטנות ומתלוננות
על ה'פרש פיפטין' המסורתי (האוכל השמנוני והמשמין שמגישים
בקפיטריה, שבגללו הסטודנטים החדשים מעלים שבעה קילוגרמים
בשנה הראשונה ללימודים). הן רוצות אוכל אמיתי, ביתי. סיפרתי להן
על המאכל שלנו שנקרא 'המנה של שבת שמבושלת עשרים וארבע
שעות', ומאז הן משגעות אותי שהן חייבות לטעום ממנו. אז הזמנתי
אותן לאכול את החמין שלך. מה את אומרת? מסכימה? לא הפלתי
עלייך מעמסה ענקית?"
"בטח שזה בסדר," עניתי מייד ובשמחה, "איזה יופי, מתי אתן
רוצות לבוא?"
"בשבת הקרובה," ענתה ענבר ללא היסוס. "זה מתאים?"
אני חייבת להודות, הכנת החמין תמיד מזכירה לי את הטיסות
הארוכות לישראל. מתרגשים כשמחליטים לנסוע, מזמינים כרטיסים,
נוסעים לשדה התעופה, מחכים ומחכים, עולים למטוס וטסים ואז
נזכרים ואומרים לעצמנו, וואו, שכחנו כמה הנסיעה הזו ארוכה
ומסובכת.

זה מה שקורה לי עם החמין. אני מחליטה להכין אותו, חושבת
בהתרגשות על הטעם ועל הארומה של המאכל האהוב ואז קונה את
המצרכים, חותכת, קולפת, רוחצת וכל הזמן מדמיינת את הטעם. אני
מכינה את קציצת הבשר המתוקה שאני כל כך אוהבת, ולמי שלא
מכיר ולא ניסה מעולם, מדובר בקציצת בשר שיש בה יותר תבלינים
והרבה אגוזים, וטעם וריח שקשה לסרב להם. היא מתבשלת לה בתוך
סיר החמין, ובבוקר... אוי, כמה טעים וכמה נמס בפה!
וכך, במשך הלילה תכולת הסיר שנאפית באיטיות מתבשלת
ושולחת ריחות שמתפשטים בכל הבית ומעירים אותי מדי פעם. אני
קמה באמצע הלילה פעמיים לפחות, לבדוק שלא חסרים מים בסיר
הגדול, ובבוקר, כשאני עייפה מהבדיקות הלילתיות, אני נזכרת שאני
גם מאוחרת בצוהריים ושואלת את עצמי איך שכחתי שלא ישנים חצי
לילה כשמכינים אוכל מהסוג הזה, שלא לדבר על כך שאי אפשר
לפתוח חלון במטבח או בפינת האוכל וטיפה לאוורר את הבית, כי אם
קר בחוץ או יורד שלג זה יחדיר פנימה אוויר קר מדי. אנחנו בקולורדו,
זוכרים?

בשבת, בשעת בוקר מוקדמת, נכנסתי למטבח. ספגתי לתוכי את
הריחות של העוף והבשר שהתפשטו לכל עבר לאחר שהתבשלו
במשך עשר שעות. הוסיפו להם את ראשי השום שתחבתי לתוך הסיר
ושבינתיים הפכו לריבת שום מתקתקה, ואת שקית הבד שבה נחו
גרגירי חיטה שתובלו בפלפל צ'ילי יבש, שמן ותבלינים וכעת היו
רכים, תפוחים ואפויים היטב.
שלפתי את הסיר מהתנור, הנחתי אותו על השיש ופתחתי אותו
בזהירות. גל של ניחוח אפף את אפי. הפכתי בזהירות את שקית
הקציצה המתוקה-חריפה שמתחתיה הציצו גרגרי החומוס, כדי לעזור
לצד השני של הקציצה להתבשל טוב, והזזתי הצידה כמה עצמות
גדולות.
אחר כך שלפתי מתחתית הסיר ביצה חומה ותפוח אדמה חצי-

שרוף, הפינוק המיוחד שלי בשבתות של חמין, התיישבתי ליד
השולחן, חתכתי את תפוח האדמה לריבועים קטנים ומעכתי מעליו
את הביצה הקשה. היה לה צבע דבש עמוק וכהה שרק מאכל אפוי כזה
יכול להעניק לה ושאי אפשר לקבל בשום בישול אחר מלבד בישול
חמין מרוקאי. בזקתי על הכול מלח ופלפל ונהניתי לי לבדי מצלחת
קטנה של גן עדן.

ענבר וחברותיה הגיעו בשעת הצוהריים בשבת, ובבת אחת התמלא
הבית בקולות ובצחקוקים שכל כך התגעגעתי אליהם. מאז שבגרה
בתנו ועברה להתגורר במעונות של אוניברסיטת "סי יו בולדר" נהיה
הבית שקט יותר, ואף היו פעמים שהרגשתי שהוא שקט מדי. התגעגעתי
לבלגן, להתקהלויות ולצחוקים שמילאו את הבית כשחברותיה של
ענבר היו באות לבקרה, ומן הסתם עכשיו ממלאים את החדר שלה
באוניברסיטה.

הסתכלתי על רפי שעמד לידי במטבח והיה עסוק בחליצת הפקק
של בקבוק יין אדום משובח. הוא חייך בתגובה למבט שלי. שנינו
חשבנו את אותו דבר, איזה כיף שענבר מגיעה וממלאת את הבית
בנוכחות שלה.

כשישבנו לשולחן הגשתי לכל אחת מהחברות צלחת גדולה מלאה
בכל חלקי החמין, ונהניתי לראות אותן מנגבות בפרוסת חלה את
הרוטב החום והדבשי שהעליתי מתחתית הסיר עבורן.

שתיים מהבנות מעולם לא שמעו על המנה המיוחדת הזו, ושתיים
אחרות שמעו אבל לא טעמו. היה מעניין לראות איך החמין ממלא
אותן באנרגיה חיובית, באהבה לאוכל חדש ובהתרגשות ושמחה, וכל
זה עוד לפני שידעו את ההיסטוריה של המנה המדהימה.

ג'קי וג'וליה היו שתיהן ממוצא אשכנזי, אבל לא הכירו את
ה"טשולנט", שהוא החמין של הקהילה האשכנזית. אצלן בבית לא
הכינו טשולנט כלל. איילין וקייטי לא היו חלק מהקהילה היהודית
ולא שמעו מעולם על "אוכל השבת שמבושל במשך עשרים וארבע
שעות".

"הדבר הזה כל כך טעים שאני לא יכולה להפסיק לאכול ממנו," אמרה ג'קי כשפיה מלא בקציצה המתוקה-חריפה, "איך מכינים דבר כזה טעים, מיס יפה?"

"אימא, יש לך את המתכון גם בבלוג האוכל שלך, נכון?" שאלה ענבר.

"כן, וגם בערוץ היוטיוב שלי," אישרתי, "כל הפרטים שם. ואתן תמיד מזומנות להתקשר אליי בכל שאלה שעולה," הוספתי.

"זה נראה לי מסובך ממש להכין את התמין הזה," אמרה איילין בעודה מכרסמת בתיאבון את מֶח העצם.

"לא תמין," צחקה ענבר. "איילין, תקשיבי, ח-מ-י-ן," תיקנה אותה, וכולן צחקקו.

"חמין או תמין, תנו לנו חמין,

חמין או רוק אנד רול,

תנו לנו, בלי לשאול..."

כך שרו הבנות כשהן טופחות בכפות שלהן על השולחן בקצב אחיד, וכל אחת שרה בטון שונה ונעה בכיסא שלה בתנועות ריקוד קצובות.

האנרגיה של הצעירים פשוט מידבקת, ורפי ואני הצטרפנו לתיפופים בקצב הכפיות והמזלגות. שרנו וצחקנו עד שדמעות זלגו מעינינו.

"תראי מה שאוכל טוב עושה לאנשים," צחק רפי.

"מצטערת, אימא, את מכירה את החברות שלי," חייכה ענבר, "משוגעות על כל הראש."

"אל תדאגי," החזרתי בחיוך, "את יודעת שאני רגילה לבלגן שלכן."

"אבל באמת, בבקשה, מיס יפה, מה ההיסטוריה של מנת השבת הטעימה הזו?" שאלה קייט וגרפה מלוא הכף חיטה חריפה.

"הו, כן," אמרה ג'וליה בפה מלא, "גם אני רוצה לדעת מי המציא את הדבר הטעים הזה. זה מאכל אופייני רק למרוקו?"

"המתכון הזה הוא אותו מתכון שאימי, שהיא מהקהילה היהודית

של יוצאי מרוקו, הכינה אצלנו בבית," הסברתי. "כל קהילה מכינה חמין בסגנון אחר ומה שמשותף לכולן הוא הבישול הארוך."

"אז בכל זאת, מה הרעיון של בישול בשבת? חשבתי שמי ששומר שבת לא אמור לבשל בשבת, לא כך?" שאלה איילין כשהיא מרסקת אחד מראשי השום האפויים, שהפך בינתיים לריבת שום מתקתקה, ומורחת אותו על תפוח אדמה חמים ורך.

"את צודקת," השבתי, "אבל היהודים, בני עדות שונות, מצאו פתרון גם לזה. בדקו ומצאו שאם הבישול מתחיל ביום שישי לפני כניסת השבת, מותר להשאיר את התבשיל על האש עד צאת השבת ועדיין השבת נשמרת. זאת הסיבה שהבישול מאוד איטי וארוך. מכאן ההיגיון הבריא היה," המשכתי כשאני מוזגת לי עוד קצת יין אדום, "לבשל על אש מאוד נמוכה כדי שהמאכל לא יישרף, והתוצאות הן מה שאתן אוכלות פה היום."

"חכם," קייט נגסה בעוד שוק עוף עסיסית. "היי איילין, תנסי את העוף," הוסיפה, "כל כך עדין, מעדן ממש!"

"בנות, אתן רואות שהכנתי הרבה, ואסור לכן להשאיר לי שום שאריות," צחקתי כשראיתי שהסיר מלא עדיין עד חציו.

"היי, מיס יפה, אני, אני וגם אני מוכנה לקחת את השאריות," ארבע הבנות הרימו ידיים מייד.

החבורה הצחקנית קינחה את הארוחה בסלט פירות טרי. בשעה ארבע הודו לי הבנות בחיבוקים חמים ובהבטחה אישית מכל אחת מהן שבעתיד הקרוב אקבל תמונות של מנה דומה שיכינו במטבחון הקטן בדירה האוניברסיטאית שלהן בבולדר.

לקחתי נשימה עמוקה וחיבקתי את ענבר בחום.

"אולי תישארי עד הערב?" ביקשתי והבטתי בעיניה הירוקות.

ענבר הנידה בראשה לשלילה. "לא, אימא, אי אפשר, אני צריכה לחזור ללמוד. יש לי מבחן חשוב ביום שני בבוקר."

"ענבר," ניסיתי להתעקש, "תני לחברות לחזור בלעדייך ואנחנו נסיע אותך בערב בחזרה לאוניברסיטה."

אבל ענבר לא הסכימה. היא נתנה לי עוד נשיקה ואמרה בחום,
"אימא, אני אגיע שוב בעוד שבועיים, אל תתעצבי."

היא לבשה את ז'קט הג'ינס הקצר שלה ויצאה לכיוון החברות
שכבר חיכו באוטו המונע.

נופפתי לה לשלום, שלחתי נשיקות באוויר וסגרתי אחריה את
הדלת. בחדר האוכל רפי ישב עדיין ליד השולחן ולגם מכוס התה שלו.

"נחמד שענבר הביאה אותן," אמר כשהתיישבתי לידו.

"כן," עניתי באנחה, "רק חבל שהיא לא יכלה להישאר עוד כמה
שעות."

לפתע הרגשתי כאילו בבת אחת מתפשטת בתוכי תחושת ריקנות
ועצבות כבדה. היום, שהיה שמח וכיפי, נעלם ונשכח מאחור ופינה את
מקומו למשהו אחר, עצוב וכבר עכשיו מלא געגועים.

רפי לגם עוד לגימה מהתה שלו ואז קם והחל לפנות את השולחן.

סקרתי את הכיסאות שהיו ריקים עכשיו, מזגתי לעצמי עוד תה
והוספתי כמה עלי נענע רעננים לכוס הגדולה שלי, ופתאום, בלי
כל הודעה מוקדמת, התמלאו עיניי בדמעות ופרצתי בבכי מר שלא
יכולתי לשלוט בו.

רפי שמע את הבכי ורץ מהר מהמטבח לחדר האוכל. "יפה, מה
יש? מה קרה?"

כיסיתי את פניי בשתי ידיי, גופי רעד ונתתי לדמעות לשטוף את
כולי. כאב לי שענבר הלכה, ולא יכולתי להפסיק לבכות גם אם רציתי.

רפי התיישב לידי ואחז בידי ברכות.

"למה היא הייתה חייבת ללכת, למה?" בכיתי לתוך מפית הבד
שהוא הגיש לי. "אנחנו לא רואים אותה הרבה בכלל, וכל מה שרציתי
זה שהיא תישאר עוד קצת, לזמן קצר. הבית הגדול שלנו היה מלא
באנשים, בקולות, בצחוקים, וזה גרם לי להרגיש כל כך טוב," המשכתי
לייבב.

"יפה, תירגעי," ביקש רפי בקול רך. "את לא יכולה לבקש מענבר
להישאר פה איתנו כשהיא לא יכולה. יש לה התחייבויות, היא צריכה

להתכונן למבחנים, את רוצה שהיא תצליח בלימודים באוניברסיטה, נכון?"

"כן, כן, רפי, ברור שאני יודעת את כל זה ואני לגמרי מבינה. רק רציתי להרגיש אותה עוד קצת. אני כל כך מתגעגעת אליה כשהיא לא פה, ואז כשהיא באה אני רוצה אותה לעוד קצת. מה, אי אפשר לבקש?"

רפי נשען לאחור בכיסא ושנינו שתקנו כמה דקות ארוכות. אחר כך אמר, "אני רוצה להזכיר לך משהו שאולי לא חשבת עליו לעומק. לפני הרבה שנים גם אנחנו עזבנו את ההורים שלנו. כשהחלטנו לעזוב את ישראל ואת המשפחה ולעבור לצד השני של העולם, לא התייעצנו איתם ולא שאלנו מה דעתם. זוכרת? פשוט הודענו להם שב־27 במרץ 1990 אנחנו עוברים לחיות באמריקה."

הקשבתי לו כשאני מנגבת את פניי ומקנחת את האף. לאט לאט הבכי שתקף אותי נרגע. רפי מילא שוב את כוס התה מקומקום הנחושת והמשיך להחזיק לי את היד. "הנה, שתי עוד קצת. היה לך יום מרגש וצחקת הרבה עם ענבר והחברות שלה, בואי לא נסיים את היום הטוב הזה בעצב."

המילה עצב עטפה אותי במחשבות והדמעות חזרו לזלוג שוב בשקט.

"תמיד ידענו שיגיע היום שבו הבנות יעזבו את הבית," המשיך רפי בקולו הרגוע. "אני זוכר שלקחת את זה קשה כשענבר בחרה ללמוד במקום רחוק מהבית, אבל אנחנו צריכים להגיד לעצמנו שוב ושוב שזו הבחירה שלה ולכבד את ההחלטה שלה, בדיוק כמו שההורים שלנו קיבלו את ההחלטה שלנו לעזוב ולא ניסו לשנות את דעתנו. הם לא רצו לצער אותנו ולהעמיס עלינו גם רגשות אשמה או לזרוע בנו חוסר ביטחון. הם לא התנגדו לעזיבה שלנו כי הם הבינו שלכל אחד יש חלום, וכשרצינו לממש חלום שהיה לנו, לצאת ולראות את העולם, ללמוד על חיים אחרים ולהתבסס כלכלית בארץ האפשרויות הבלתי מוגבלות, הם לא בכו בנוכחותנו כשהודענו להם על העזיבה.

104

הם לא ניסו לנגן לנו על המצפון כדי שנרגיש רע ונשנה את דעתנו והם לא סירבו כשביקשנו להשאיר אצלם ארגזים בבוידעם, אפילו שאני בטוח שהלב שלהם נשבר כשהם עזרו לנו לארוז. וביום האחרון לפני הטיסה לקולורדו, הם לא התפרקו לחתיכות בבכי קורע לב. הם חיכו עד שנסענו, הם התאפקו ואצרו בתוכם את כל הרגשות העצובים והקשים."

"אימא שלי זרקה עלינו קצת מלח," מלמלתי בחצי חיוך. "למזל, מנהג כזה שהיא הביאה איתה ממרוקו."

"ואימא שלי, במקום להגיד לנו 'ביי ונסיעה טובה,' התפללה וחייכה ובירכה אותנו עד שנעלמנו באולם ההמראות," הוסיף רפי, "אבל אז הם חזרו הביתה ואני בטוח שהיא ישבה בשקט במטבח והזילה דמעות ושאלה את עצמה אם ומתי היא תזכה לראות אותנו שוב."

"נכון," משכתי באף. "היא בטח הייתה עצובה נורא..."

"ותחשבי איך אימא שלך ואימא שלי הרגישו כשנולדו לנו ילדות בצד השני של העולם. הן לא היו פה כדי לראות אותן גדלות ומתפתחות, הן לא גרו כאן כדי לפנק את הנכדות שלהן ולהכין להן מרק חם כשהן חולות או ליהנות ביחד מארוחות בשישי בערב, ואלה הן רק שתי דוגמאות."

הנדתי בראשי. ידעתי את כל זה, אבל לרוב פשוט העדפתי להדחיק ולהתעלם. רפי המשיך. "את חשבת אז כמה הכאבנו להורים שלנו כשעזבנו וניתקנו את עצמנו מהם ומהעולם שלהם? הרי זה בדיוק מה שעשינו. ניתקנו את עצמנו מהם, מהאחים שלנו, מהמשפחה הקרובה והרחוקה, מהחברים ומכל מה שהיה לנו ושהיה חלק מאיתנו. נכון, היו כאלה שהתרגשו בשבילנו ושמחו, אבל אם את שואלת אותי, ההורים שלנו נעצבו עמוק בליבם. אז עכשיו, יפה, את מרגישה בדיוק את מה שהם הרגישו כשאנחנו נסענו. הכאב של עזיבת ילד, נטישה כמעט מוחלטת. וכל מה שעשינו אחר כך היה 'לזרוק להם עצם', ואני בכוונה אומר את זה בבוטות, כי זה בדיוק מה שזה היה. אנחנו 'זרקנו להם עצם' בצורת ביקור בישראל פעם בשלוש-ארבע שנים, פעם בשנתיים

ובמקרה הטוב פעם בשנה. ולצערי 'המקרה הטוב' קרה רק בשנה שבה מישהו נפטר.

"אז כן, אנחנו חווים עכשיו מה שההורים שלנו חוו, במסגרת קצת שונה. אומנם ענבר עזבה כדי ללמוד באוניברסיטה, אבל גם אם היא תחזור הביתה אחרי שתסיים את התואר, יום אחד היא תעזוב בגלל עשר סיבות אחרות ואנחנו צריכים לקבל את זה ולתת לה לפרוש כנפיים ולעוף. זוכרת את השיר של אריק איינשטיין 'עוף גוזל'?"

הנהנתי שוב והדמעות שבו והציפו את עיניי. הוא צדק כל כך.

"כל מה שאני אומר פה, יפה שלי, זה שלפעמים אתה לא יודע כמה אתה חזק עד שמגיע הרגע שלהיות חזק זו הברירה היחידה שיש לך. והאימהות שלנו, הפשוטות אבל החמות והחכמות ובעלות האינסטינקטים הנכונים, הבינו זאת לפנינו והניחו לנו לבחור איך ואיפה נחיה את חיינו, אם זה התאים להן ואם לא. אז עכשיו, יקירה, הגיע תורך. עכשיו את זו שצריכה להיות חזקה ולשחרר את הילדה לחיות את חייה איך שהיא תבחר ובמקום שהיא תבחר, גם אם זה קשה לך וגם אם את מתגעגעת. בסופו של דבר את צריכה לתמוך בה כי זו הברירה היחידה שיש לך," סיים רפי את דבריו.

8.

חתונה

ביד חלושה ורועדת ניתקתי את הטלפון והנחתי אותו על האי שבין המטבח לסלון. זרם דמעות שטף את פניי ועיניי צרבו מבכי ממושך. הרגשתי שאני חייבת לשבת. כמו בתוך ערפל הלכתי לאט, מטושטשת, לכיוון הכורסה הצהובה שבסלון. כשהגעתי אליה נתקפתי לפתע חולשה בכל גופי ושלחתי יד כדי להיתמך בה. נשמתי עמוק פעמיים כדי לעזור לעצמי להסדיר את הנשימה והתיישבתי. אני לבד, חשבתי, אני לבד בבית באחד הרגעים הכי קשים בחיי. כיסיתי את פניי בידיי ושוב פרצתי בבכי קורע לב, כאדם שקיבל את הבשורה הנוראה מכול ומבכה אובדן יקר, והנעתי את ראשי ימינה ושמאלה כלא מאמינה שזה קורה לי.

דקות ארוכות חלפו בעודי יושבת לבדי ומתייפחת, כשאני מנסה לעכל את החדשות שבישרה לי בתי.

הדמעות המלוחות הרטיבו את החולצה הדקה שלבשתי וטפטפו על הכורסה. ביקשתי לקום כדי להגיע אל קופסת ממחטות הנייר המונחת דרך קבע על האי במטבח, הנחתי את ידי על משענת העץ החלקה של הכורסה, אבל לא הצלחתי להתרומם. גופי בגד בי, לא היו בי כוחות, וידי צנחה חזרה אל הכורסה. חולשה כללית שלטה בי עד שלא יכולתי לזוז עוד, תחושת אבן מוצקה עברה בידיי, ואצבעותיי מיאנו

לזוז. הרגשתי כאילו שתי צבתות מתכת מחזיקות בחוזקה במותניי ולא מאפשרות לי לזוז ימינה או שמאלה. הבכי ההיסטרי השתלט עליי כעל ילד מיוסר שלא מצליח להשתלט על עצמו.

הכורסה שעליה ישבתי ניצבה בדיוק ליד החלון המערבי, שפונה לכיוון הבית של השכנים שלנו, משפחת פארל. תוך כדי הבכי ראיתי את ראשה של מיס בוורלי העסוקה במטבח, ומן החלונות הפתוחים של שתינו עבר אליי ריח העוף הצלוי בחרדל שמיס בוורלי מכינה לרוב לארוחות צוהריים. התעשתי לרגע וקיוויתי שהיא לא שמעה את הצעקות ואת הבכי שלי בשיחת הטלפון עם שירה. לעזאזל, החלון שלנו באמת קרוב מדי לבית שלה.

ברקע יכולתי לשמוע את אלבין, השכן מלמטה, הולך בשביל הכניסה לבניין ומדבר בטלפון שלו, מנסה להסביר למישהו איך להגיע אליו. ניסיתי שוב לקום כדי לסגור את החלון ולהסיט את הווילון. התביישתי, לא רציתי שמישהו מהשכנים יראה אותי ברגעיי הקשים, אבל המאמצים לקום הסתיימו בקריסה על הרצפה הקרה בסלון, כשזרם הדמעות שלי הולך וגובר. לא הצלחתי להשתלט על עצמי. הרעד שעבר בי לא נפסק. שילבתי את ידיי בחיבוק צמוד כדי להתחמם קצת, וניסיתי למתוח את הצוואר למעלה כי הרגשתי שוב צורך לנשום עמוק, אבל עדיין הרגשתי מחנק בגרון. הרמתי את פניי למעלה כדי לפתוח ולהרחיב את קנה הנשימה וצעקתי לתקרה: "למה? למה?!"

זכרתי שרק פעם אחת בחיי בכיתי בכי היסטרי כזה, זה היה כשצלצלו מהארץ באותו סוף שבוע ארור והודיעו לי שאחי היקר לליבי וחברי הטוב, נפטר בפתאומיות. הידיעה על מותו שברה אותי ונזכרתי שמשהו בי מת באותו רגע. זה היה מעין כאב שלא חוויתי מעולם לפני כן, כאב שלא ידעתי שקיים בכלל, מעין אבן שנתקעה אצלי בלוע, חרטה בי בכאב צורב ומיאנה לזוז. כך הרגשתי כעת, אחרי השיחה שלי עם שירה.

קופסת הטישו הרחוקה ממני תסכלה אותי עוד יותר. הייתי רטובה מרוב דמעות ומנוזלת, ובהרגשת גועל מעצמי ניגבתי בייאוש את

פניי בחולצתי. לא היו בי כוחות לכלום ולמי בכלל אכפת מהחולצה ומהנזלת הדביקה בתוך הכאב והצער שהרגשתי באותם רגעים.

המחנק בגרוני הלך וגבר, הרגשתי שהאבן התקועה שם לא זזה ולוחצת חזק על קנה הנשימה שלי.

אוי לא, חשבתי בבעתה, אני מפחדת. מתחיל להיות יותר קשה לנשום.

הכאב חתך בי בסכין הכי חדה בעולם.

כאבתי בגלל הלחץ בגרון וכאבתי כי היה קשה לנשום וכאבתי בניסיון לעכל את החדשות המרות, אבל רציתי לנשום עמוק כדי לבכות עוד, כדי להתפרק, להוציא את התסכול, לא להסכים למציאות, להתכחש לחדשות שקיבלתי, והמשכתי לבכות בעוצמה שלא הייתה מובנת גם לי עצמי.

למה כל כך קר לי? חשבתי פתאום, קר לי נורא, קיפאון שעוטף אותי וחודר אל החריצים שהסכין חורטת בגופי, חתכים עמוקים דרך הבשר והעצמות. כאבתי כאילו אין מחר ויותר כבר לא זכרתי. הכול מולי הלבין ולא ראיתי עוד דבר.

התעלפתי.

יד חזקה, מחוספסת, חמה ומרגיעה נגעה בי וליטפה את פניי. מגע של יד מוכרת. ההכרה חזרה אליי וזיהיתי את ידו של בעלי, אלי.

"הכול בסדר, שרה, הכול יהיה בסדר. תודה לאל, שרה, את בסדר. כבר רציתי להזמין אמבולנס."

הנדתי בראשי. "אתה פה, אלי, לא צריך," לחשתי.

"נו, ברוך השם, שרה. אלוהים ישמור לי אותך. תנשמי עמוק, לא לדאוג, את תהיי בסדר."

"כן," לחשתי.

"שרה, מה קרה?" שאל אלי בעדינות. "הרגשת לא טוב? מישהו היה פה כשהייתי בסידורים? מישהו הרגיז אותך? את יודעת שאסור לך להתעצבן... עם התרופה היומית שאת נוטלת."

הקול העמוק של אלי הרגיע אותי, כמו תמיד. אני לא לבד, חשבתי והתחלתי להוריד מעליי מגבות נייר רטובות שאלי הניח עליי. אחזתי במגבת נייר אחת וקימטתי אותה חזק בידי.

אלי נעמד לרגע ופתח לרווחה את החלון שפנה לבית משפחת פארל, כדי להכניס אוויר צח לסלון. הוא סקר את חלונות השכנים, במיוחד את החלון של מיס בוורלי שנמצא בדיוק מול החלון של הסלון שלנו.

בעיניים אדומות ונפוחות הבטתי בו ושתקתי ואז סקרתי את החדר מסביב. אני בבית, תחושת הביטחון חזרה אליי אט אט. ראיתי שאני שוכבת על הספה הצהובה הגדולה. נגעתי בפניי, שהיו לחים, ושמתי לב שגם השיער שלי רטוב ממים. הסטתי את השיער הרטוב מפניי ונגעתי בחולצה שלבשתי. היא הייתה רטובה מדמעות ומים ונדבקה לגופי כמו דבק של אחרי זיעה. על שולחן הסלון עמד בקבוק מים כמעט ריק, והבנתי שאלי התיז עליי מים כדי להעיר אותי.

על השולחן הנמוך בסלון עמדה גם מגבת נייר גדולה שהייתה ספוגה מים, ולידה בקבוק ה"אסטי לאודר" שלי. זהו, עכשיו הבנתי למה הרחתי ריח של בושם. אלי קירב שוב את בקבוק הבושם אל אפי והביט בי בפנים רציניות ומודאגות.

"שרה'לה, תריחי עוד קצת, זה יעשה לך טוב. בואי," הוא ניסה להקים אותי, "נסי לשבת אם את יכולה. אני רוצה שתשתי עוד מים. נו, בואי, נסי לשבת, שורלינה שלי. אלוהים ישמור לי אותך, מה קרה? ספרי לי."

הזזתי קצת במאמץ את גופי והתיישבתי חצי שכובה על הספה הצהובה. אלי התיישב לידי והזיז ברכות את כל השיער הרטוב מפניי. הו, כמה הייתי זקוקה לליטופים החמים והמוכרים האלה באותם רגעים, והוא עדיין לא יודע...

"נו, תשתי קצת," האיץ בי אלי בטון מעודד. "יכול להיות שפשוט התייבשת?"

הבטתי בו כשעיניי עדיין צורבות מבכי. ידעתי שבעוד רגע אספר

לו את הדבר שהוא לא רצה לדמיין לעצמו בחלומות הכי גרועים והכי עצובים שלו, וזכרתי את המשפט הידוע שאנחנו אומרים זה לזה בכל פעם שאנחנו מתעמתים עם עוד תוצאה של ההחלטה הגורלית שקיבלנו לפני שלושים וארבע שנים – לעזוב את ישראל: "לכל החלטה יש יתרון ויש מחיר."

השפלתי את עיניי. "לא, אלי, לא התייבשתי. שירה צלצלה מניו יורק," הוספתי בלחש כשעיניי עדיין מושפלות ותקועות בשטיח האפור שכיסה את רצפת הסלון. לקחתי נשימה עמוקה כשאני מכינה את עצמי לסערה הכואבת העומדת לבוא.

הבעת פניו של אלי השתנתה בבת אחת, ופניו התעוותו בדאגה. "שירה שלנו? אוי ואביי! מה קרה?"

"שירה בסדר," לחשתי ונדנדתי בראשי, "היא בסדר." הרגשתי יובש בגרון ורק המחשבה שעליי לשתף את אלי בחדשות העבירה בי שוב רעידות קלות. הסטתי קווצת שערות רטובות מפניי.

"אז מה קרה, שרה? מה שקרה קשור לשירה? נו, תגידי לי כבר," האיץ בי אלי בקוצר רוח.

"שירה," אמרתי בקול חנוק וליבי החל שוב להלום בחזקה. אוי לא, אלוהים עזור לי להחזיק מעמד, התפללתי. "שירה שלנו רוצה להתחתן," לחשתי בקול כאוב ועצור שבקושי הצלחתי להוציא. נשמתי עמוק, כמו שלימדו אותי בבית החולים בפעם הקודמת שחוויתי התמוטטות עצבים. אז רשמו לי תרופה נגד דיכאון וחרדות. החזה שלי עלה והקשיח כשנשמתי עמוק עוד שתי נשימות יוגה ואז אזרתי אומץ.

"שירה צלצלה לספר לנו שקווין החבר שלה הציע לה נישואים," לחשתי בעצב.

אלי עיווה את פניו כאילו זה לא "ביג דיל" ובקול מלגלג אמר, "זה הכול? בגלל זה את בוכה ככה?! אז מה אם הוא הציע? שירה בוודאי לא תסכים, הרי היא יודעת בדיוק מה דעתנו בעניין, מה יש בכלל לדבר. קווין לא יהודי והבת שלנו לא תתחתן עם לא-יהודי. לעולם."

הבטתי בו ולא אמרתי דבר. חלפו שניות אחדות והבעת פניו

לבשה סימן שאלה. היה ברור שהוא מחכה לאישור ממני שאכן זה
מה ששירה ענתה להצעת הנישואים. כשראה שאיני מגיבה, חלחלו
החששות לקולו והבעת פניו השתנתה כמישהו שצופה בחלום בעתה.
פניו הרצינו, עיניו הצטמצמו ושפתיו רעדו.

"שירה אמרה לו כן? לא, לא ייתכן. הרי זה היה סתם רומן לא
רציני, נכון? שירה שלנו אינטליגנטית ומשכילה ויש לה הרבה יותר
להציע לבן הזוג היהודי המתאים שיבוא."

אלי הרים את כפות ידיו והביט בי שוב בסימן שאלה כשהוא מחכה
לאישור שלי.

"היא אמרה לו כן," לחשתי בקולי החנוק.

"הרי לא מזמן דיברנו והזכרתי לשירה את דעתנו על ההתבוללות
של היהודים באמריקה," אלי המשיך לדבר, מתעלם מתשובתי, כשהוא
פותח שוב את בקבוק הבושם ומקרב אותו אל פניי.

בראשי חלפו זיכרונות מהשיחות הרבות שניהלנו בבית בנושא,
בינינו או עם חברים שילדיהם או ילדים אחרים שהכרנו התחתנו
עם בני זוג לא יהודים. תמיד היה חשוב לי ששירה תהיה נוכחת
בשיחות האלה, בשל החשש שאי פעם יהיה לה חבר לא יהודי. נהגתי
לתת לה דוגמאות מ"טמפל עמנואל" – בית הכנסת הרפורמי שבו
אני מלמדת כבר שלושים ושלוש שנים ויש בו בית ספר לעברית
וליהדות – ותיארתי בפניה את החיים המורכבים מלאי התסבוכות
של משפחות שבהן אחד מבני הזוג אינו יהודי. תמיד הדגשתי בפניה
שהאחוז הגבוה ביותר של גירושים בקהילה היהודית בקולורדו, קורה
בגלל נישואים מעורבים בין יהודים ולא יהודים. הרי לפחות מחצית
התלמידים בכיתה שלי באים ממשפחות שהתבוללו, והם מספרים
לי על התסכולים שהם חווים ועל הבחירות שהם צריכים להתמודד
איתן ביום יום ובבית הספר, ובמיוחד בתקופות החגים, בין אם אלה
חגים יהודיים או נוצריים. התלמידים האלה חשים חצויים ומתוודים
בפניי שאינם יודעים באמת לאן הם שייכים. הם שומעים את ההורים
שלהם רבים ומתווכחים בכל יום ראשון אם לקחת את הילד ל"טמפל

עמנואל" ללימודי עברית ויהדות כי האימא היהודייה רוצה שהם יספגו קצת ההיסטוריה מהיהדות שלה, או ללכת עם האב הנוצרי לשמוע את הדרשה השבועית של הכומר בכנסייה שבה הוא גדל.

סיפרתי לה על משברים וקשיים ומריבות שפורצים עם בן זוג שלא מבין כלום ביהדות, ושלא מעניין אותו להכיר לילדיו את השורשים של בן הזוג השני. הרי ברגע שייוולד הילד הראשון יתחילו מייד הבעיות, והדגשתי בפניה, אם זה יהיה בן, ההורים יצטרכו להחליט אם עושים לו ברית מילה או לא. ייתכן שבן הזוג הלא־יהודי יחליט שלא מעניין אותו שום טקס ברית מילה ומה פתאום שימולו את התינוק הקטנטן ואיזו אכזריות זו להכאיב לתינוק בן שמונה ימים... למה שיהיה אכפת לו מברית מילה? הרי הוא לא יהודי, נכון?

היה לי חשוב שׁשירה תבין את ההשלכות שיש להתבוללות, אף שנכון, בהתחלה לא רואים את הקשיים כי מסנוורים מאהבה ומהתרגשות משלב חדש בחיים. הזכרתי לה שוב ושוב שאין דבר יותר עיוור מאהבה, ודיברתי מכל הלב כשניסיתי להסביר לה שאנחנו עדים לכל כך הרבה כישלונות אצל זוגות מעורבים שבסוף הופכים להיות אויבים ושונאים, משום שהם באים מרקע כל כך שונה. בהכירי את כל הקשיים והייסורים, קיוויתי שלעולם הבת שלי לא תחווה אותם, והנה זה קרה, בדיוק כפי שחששתי.

"אלי," פתחתי שוב בשקט, "בהתחלה עוד דיברתי איתה ברוגע, באמת רציתי להסביר לה שזה לא פשוט. אחר כך ביקשתי ממנה לסרב לקווין, אך כשהיא התעקשה לספר לי שהיא כבר עונדת את הטבעת שלו, התחלתי לבכות. לא היו בי כוחות לשמוע מה שהיא אומרת לי. ניתקתי את השיחה איתה ובכיתי ובכיתי עד שכנראה לא החזקתי מעמד והתמוטטתי."

אלי ישב לצידי על הספה, כפוף כאחד שעולמו חרב עליו בבת אחת. הוא לא הביט בי עוד וראיתי שהוא מנסה לעכל מה שסיפרתי לו. הוא מלמל לעצמו, "אבל למה? אני לא מאמין למה שאת אומרת לי, שרה. את בטוחה שהיא כבר אמרה לו שהיא מסכימה?"

הנהנתי והשפלתי את ראשי, כשהדמעות שוב זולגות מעיניי ללא הפסק. רציתי לקנח את האף והצבעתי על קופסת הטישיו במטבח.

"תוכל להביא לי טישיו?" לחשתי.

אלי קם והביט בי. ראיתי שעיניו שטופות דמעות. ידעתי שהחדשות האלה יכו בו חזק. אלי בא ממשפחה עם רקע דתי. הוא היה בן שתים עשרה כשעלה לארץ ממרוקו עם משפחתו – הורים ותשעה ילדים שרק הבת הגדולה נשואה. לא היה להם קל, אבל אימא של אלי הייתה אישה טובת לב, שנתנה לילדיה כל מה שיכלה. המשפחה שלי הייתה יותר קונסרבטיבית משלו, אבל תמיד מצאתי את שביל הזהב לגשר על ההבדלים. עם קצת פשרות, מאמץ וחיוכים הסתדרנו היטב במשך כל ארבעים שנות נישואינו.

אלי חזר עם קופסת הטישיו, ובעודו שולף מתוכה שלוש ממחטות לחש, "שרולינה, ספרי לי בדיוק איך התנהלה השיחה שלך עם שירה. ספרי לי הכול מהתחלה. מה בדיוק אמרה לך שירה?"

נשמתי עמוק, קינחתי את האף ולקחתי ממחטה שנייה לנגב את הפנים. הזזתי שוב את השיער שנדבק לפניי הלחים ושוב נשמתי עמוק כשלָפַתִּי את ידיו של אלי.

"קווין לקח אותה אתמול לארוחת ערב במסעדה טבעונית, אתה יודע, זו שהיא מזכירה כל הזמן, 'שלושה כיסאות'. הוא קנה לה במתנה שמלה שהיא הצביעה עליה בחלון הראווה של בוטיק איטלקי מפורסם, ואחרי שהיא פתחה את המתנה והתלהבה מהשמלה, הם הזמינו ארוחה. קווין אמר לה שלכבוד הערב החגיגי הזה הוא רוצה שהם יזמינו קינוח, אפילו שהם בדרך כלל לא מזמינים קינוח, וכשזה הגיע הוא הוציא את הטבעת מכיסו, כרע על ברך אחת ואמר לה שהוא אוהב אותה, שהיא הכול בשבילו, והציע לה נישואים. והיא מייד אמרה לו כן..."

הבכי שלי התחדש, סוער כמקודם. "אתה מבין?" התייפחתי, "היא מייד אמרה לו כן, שם, במסעדה. והוא ענד לה את הטבעת

והם התנשקו וזהו. היא לא צלצלה אלינו אתמול כי כבר היה מאוחר בלילה, והיא החליטה לחכות לבוקר עם הבשורה ה'משמחת'..."

אלי קם והחל להתהלך בסלון הלוך ושוב. הוא הניח את שתי ידיו על מצחו, וכשדיבר הקול שלו כבר היה גבוה, כעוס ורועד מרוב תסכול, כמעט מגמגם.

"שרה, למה לא צלצלת אליי מייד? אני אבא שלה! למה לא הייתי נוכח בשיחה החשובה הזו? שירה לא חושבת שאני צריך להיות חלק משיחה משמעותית כל כך?"

אחרי ההלם הראשוני התחיל הכעס לעלות בו. "לא, לא יכול להיות, אני לא ארשה לה לדרוך על הזהות שלנו," רגז אלי ורקע ברגלו על השטיח האפור. הוא התהלך בחדר, ממלמל וכועס, כשמדי פעם הוא מניח את ידיו על מצחו המיוזע. ליבי נשבר כשראיתי כמה קשה לו.

גם זרם הדמעות שלי התחדש וכיסיתי את פניי בידיי. אלי עצר את הליכתו, התקרב אליי והתיישב לידי והגיש לי עוד ממחטת נייר רכה.

"די, שרה. בואי, קומי. שטפי את הפנים, הירגעי ואז נתקשר לשירה. נדבר איתה ואם צריך — ניסע אליה לניו יורק. מה קורה פה? אין לנו זכות להביע את דעתנו בעניין כזה חשוב? היא מדברת פה על העתיד שלה ולנו לא תהיה אמירה בעניין? היא כל מה שיש לנו ואנחנו רוצים שיהיה לה עתיד טוב ושתהיה מאושרת. אנחנו גידלנו אותה וטיפחנו אותה. הייתה לה ילדות יהודית וישראלית שהרבה ילדים יכולים לחלום עליה... איפה טעינו? אני לא מבין — מה עשיתי לא בסדר?"

אלי נעץ בי זוג עיניים גדולות כמבקש אישור לדבריו. בעיניים צרובות ואדומות החזרתי לו מבט ושקט השתרר בינינו לרגע. אבל מייד התעשַׁתי ואמרתי לו, "לא אלי, לא טעינו. אם יש דבר אחד שאני בטוחה בו זה שעשינו כל מה שיכולנו במסגרת הנסיבות שלנו. אומנם החלטנו לחיות בגולה, אבל אני מאמינה שנתנו לשירה כל מה שאפשר לתת בבית יהודי. תמיד תזכור את החגים הגדולים שחגגנו בבית,

תזכור כמה שילמנו לקייטנות יהודיות פרטיות כדי שגם בקיץ היא תהיה מוקפת באווירה יהודית. שירה גדלה בבית ישראלי ולא רק יהודי, ומההתחלה התעקשנו לדבר איתה רק בעברית בבית. החברים שלנו שהיא נחשפה אליהם, תשעים אחוז מהם ישראלים ויהודים. כנערה היא אפילו עבדה בבית הספר ללימודי עברית ויהדות. אני לא מאשימה אותנו על שהיא לא נחשפה ליהדות. שירה קיבלה רקע ישראלי ויהודי יותר מכל ישראלי אחר שנולד בקולורדו."

סיימתי את דבריי וחשתי שכבדות עוטפת אותי וחוסר אונים משתלט עליי. ניסיתי לקום מהספה, אבל הרגשתי חולשה בכל הגוף ונשארתי ישובה.

"אלי," לחשתי בשארית כוחותיי, "שירה אמרה שהיא כבר החליטה. היא אוהבת אותו. הוא עושה ממנה מלכה."

"מלכה?" קולו של אלי עלה שוב בכעס ובתסכול. "איזו מלכה? עד שיתחילו המריבות ביניהם? ובאילו שמות הוא יקרא לה כשיתחילו הוויכוחים? איך הוא יכנה אותה אז? את חושבת שהיא עדיין תהיה המלכה שלו או שהוא יתחיל לכנות אותה בשמות: עקשנית כמו פרד, לא מתחשבת, נרקיסיסטית שחושבת רק על הצרכים שלה... ומה יקרה כשהם יתווכחו אם לערוך את השולחן לפסח או לאיסטר פסחא של הנוצרים? או אם לקנות מזוזות לכל דלת בבית החדש שהם רק עכשיו נכנסו אליו או לשים במטבח צלב חרסינה מקושט שהוא קיבל במתנה לחתונה מהחבר הכי טוב שלו? וכשייוולד הילד הראשון..." אלי המשיך בחמת זעם, "הוא ירצה לברך אותו בטקס המים שכל נוצרי עושה בכנסייה שלו וירצה שהכומר שלו יעשה לתינוק או לתינוקת את הטבילה המסורתית במים שהכומר מברך עליהם ובזה הילד מוכרז רשמית כנוצרי, או כשיתחיל להתווכח איתה בבית של חברים שהזמינו אותם לברביקיו לאכול חזיר צלוי, יגיד לה שלא תעליב את החברים שלו ויבקש שתטעם קצת מהחזיר בשביל הנימוס."

עכשיו כבר לא בכיתי, רק הדמעות המשיכו לזלוג מעיניי חרישית. אלי נעמד מול החלון בגבו אליי, והמשיך לדבר כאילו לעצמו. "ומה

הוא יגיד לה כשהיא תצום ביום כיפור?״ הוא שאל שאלה בלי לחכות
לתשובה. ״הוא יאכל את הארוחות שלו כרגיל וישתה את הקפה שלו,
כי יום כיפור ממש לא מעניין אותו. הרי הוא לא עשה רע לאף אחד,
אז למה שהוא יתענה ויצום? וכשהיא תלבש לבן כדי ללכת לשמוע
את השופר בבית הכנסת בסוף יום הכיפורים, הוא ישב לראות משחק
כדורסל בטלוויזיה כי זה יותר מעניין עבורו וכי מה זה מעניין ללכת
לשמוע תקיעה מקרן של צבי, ומה קרה להם, ליהודים המוזרים האלה,
שתוקעים בקרן שהייתה שייכת לצבי מסכן שהיה יכול להתגאות
בקרניים היפות שלו ובמקום זה עקרו לו אותן בכוח ומנסים עוד יותר
בכוח להשמיע צלילים מוזרים במשהו שלא יועד לכך בכלל. יאללה,
שילכו לקנות חצוצרה אם כל כך בא להם לתקוע תקיעה. מי יודע
אילו מחשבות יהיו לו על החגים שלנו?״
״אלי...״ ניסיתי להפסיק את המונולוג המתסכל כל כך, אך ללא
הועיל.

״ומה עם המסורת של אימא ואבא שלי ושלך?״ הוא פנה והביט
בי. ״קווין הנחמד בוודאי ילגלג על כל הדברים שהוא לא מבין בהם
ולא מכיר את ההיסטוריה של העם היהודי. כמה שהשתדלנו להעביר
שורשים משפחתיים לשירה, מי אומר לנו שהוא לא ישתלט עליה
ויעביר אותה על דתה? עד כמה היא תהיה מוכנה להתפשר איתו
בשביל שלום בית? ומה יהיה כשיהיו להם ילדים? אני זוכר עדיין
את הסיפור שסיפרת לי שרה, על התלמיד בכיתה שלך שאמר לך
שאימא שלו משלמת לו עשרה דולר בכל יום ראשון אחרת הוא
מסרב ללכת לבית הספר לעברית ויהדות, וככה הוא סוחט אותה. או
התלמיד שסיפר לך כמה כיף לו שהוא מקבל מתנות גם בחנוכה וגם
בחג המולד כי יש לו אימא יהודייה ואבא נוצרי. את מתארת לעצמך
שנצטרך ללכת אליהם בבוקר של כריסמס, כדי שהילדים יפתחו
את המתנות שמונחות ליד העץ שהם עזרו לאבא שלהם להעמיד
לכבוד החג של הולדת ישו? ומה שירה תגיד לנו אז? שאין מה
לעשות, הילדים יודעים שאבא שלהם נוצרי והיא לא יכולה למנוע

117

מהם לחגוג גם את החגים שלו? את מתארת לעצמך כזה מצב? את
מתארת לעצמך?"

אלי דיבר בלהט ובקול רם, וכבר חששתי שהשכנים שומעים
את קולו, כי הוא כמעט צעק. זכרתי שמיס בוורלי, השכנה שלנו,
הזמינה פעם משטרה כי השכן שמולה, מר ויליאם, התווכח בטלפון
עם איזה שירות לקוחות מאוס שלא נענה לבקשתו לקבל זיכוי על
סחורה פגומה. כל הבניין שמע את הצעקות של מר ויליאם והאמת,
גם אנחנו חשבנו שקרה משהו איום ונורא. השוטרים שהגיעו בתוך
דקות מספר כמעט פרצו את הדלת של הדירה. מר ויליאם הניח להם
לעשות חיפוש בכל הבית כדי לוודא שאין פגיעות בנפש. זו היתה
הפחדה רצינית.

"שששש... אלי," סימנתי לו להנמיך את קולו.

"רגע, שרה, אני רוצה לראות אם היא השאירה לי הודעה לפחות,"
הוא שלף את הטלפון שלו מכיס מכנסיו ובדק, אבל לא. לא המתינה
לו שום הודעה משירה.

אלי התיישב בכבדות על הכורסה הצהובה לידי ובהה באוויר.
בפעם הראשונה זה שנים – בעצם לא זכרתי מתי ראיתי אותו בוכה
כל כך הרבה – הדמעות שלו זלגו מעצמן. חשבתי שבכל ארבעים
שנות הנישואים שלנו, הפעם היחידה שראיתי את אלי בוכה היתה
כשאימא שלו נפטרה. אוי, כמה שהוא בכה אז. בכל פעם שהזכרנו
את אימא שלו ראיתי דמעות, והעיניים הכחולות שכל כך אהבתי של
האיש החזק והגדול שלי, היו עכשיו אפורות ואדומות.

"שרה, איך זה יכול להיות?" הוא שאל, קולו שקט עכשיו, רק יותר
מלחישה. "אני שואל את עצמי מה עשינו לא נכון. שירה גדלה בבית
יהודי, ישראלי. אומנם אנחנו לא גרים בישראל, אבל הבית תמיד היה
ישראלי, בכל מובן. שירה עבדה כאסיסטנטית בבית הספר היהודי
שבו את מלמדת, הלכה לקייטנה יהודית, טיילה עם בני נוער יהודים-
אמריקאים, טיפסה על המצדה, שמה פתק בכותל וביקרה בבניין
הכנסת בירושלים. לא יכול להיות שכל זה לא עשה משהו לזהות

היהודית שלה, אני לא מבין," הוא לחש בכאב, "אני אשם, זהו, אני
אשם. לא החדרתי בה מספיק יהדות ואהבת ארץ ישראל, לא יודע.
כנראה לא עשיתי מספיק..."

הוא הרים שוב את ידיו באוויר, חצי בייאוש וחצי בתפילה, ואז
קם ושוב התהלך בחדר הלוך ושוב כלא מאמין, מניד את ראשו מצד
לצד.

זיכרונות מהילדות של שירה הציפו אותי ותמונות משנים קודמות
חלפו מול עיניי: הנה שירה עוזרת לי לערוך את שולחן הפסח הענק
— הרי חגים תמיד היו מרובי משתתפים אצלנו, וזה אומר 45-25
מוזמנים — ולא התעצלנו אפילו להעביר רהיטים לחניה מחדר השמש
הגדול, כדי לערוך סדר פסח בגודל כזה; והנה שירה רושמת על כל
פרח את שמות המוזמנים — היא תמיד ביקשה להיות זו שרושמת את
שמות המוזמנים, כל אחד ליד הכיסא שלו. וכשהיא החליטה להפוך
לטבעונית היא התחילה להכין מרק "מצה בול" בעצמה, ותמיד יצאו
לה ה"מצה בול" הכי מוצלחים; והנה היא קוראת מההגדה בעברית
וכל המוזמנים מחמיאים לה שהיא קוראת עברית כל כך ברור אף על
פי שהיא נולדה בקולורדו; אני נזכרת כמה התרגשתי ובכיתי כשהיא
נסעה עם תלמידים מבית הספר לעברית ל"קמפ שוויידר" בהרי הרוקי,
וכשחזרה מלאה חוויות הראתה לנו תמונה של ארון הקודש בתוך
עץ! מי היה מאמין, בקייטנת הטבע של קמפ שוויידר שבהרי הרוקי
חצבו חלל בתוך אחד העצים והכניסו לתוכו ספר תורה כדי שיהיה
לתלמידים ארון קודש לקבלת שבת; וכמה התגעגענו אליה כשטסה
לטיול בארץ עם ארגון "תגלית" וסיפרה לי שהיה לה כיף אפילו שזה
לא היה הטיול הראשון שלה לארץ, הרי נסענו בכל שנתיים או שלוש
כדי לבקר את המשפחות והחברים.

צלצול הטלפון על האי במטבח ניתק אותי ממחשבותיי לרגע.
קמתי במהירות שלא חשבתי שקיימת בי באותו רגע ועניתי.

"שירה?" לחשתי לתוך הטלפון ולחצתי על הדיבורית, כדי שגם
אלי ישמע את השיחה בינינו.

"אימא," היא נשמעה שלווה להפליא. "אני מתקשרת לראות שאת בסדר. נרגעת?"

אלי לקחת את הטלפון מידי ובקול מרוגז דיבר אל השפופרת, "לא שירה, היא לא נרגעה וגם אני לא רגוע. מה את חושבת שאת עושה? מה האסון הזה שאת מביאה עלינו? אנחנו גידלנו אותך ליהדות ולאהבת השורשים שלנו ואת מחליטה להתחתן עם גוי? למה זה מגיע לנו? למה?"

קולו של אלי היה רם ויכולתי להרגיש את התסכול שהיה בו, הוא לא המתין ששירה תענה לו והמשיך, "איך את בוגדת בנו ובכל המשפחה בארץ? את יודעת שסבא שלך במרוקו היה רב ו...”

"אבא, תקשיב גם לי, קווין בחור טוב. הוא מבין אותי ומכבד אותי, ואנחנו אוהבים מאוד...”

"אנחנו מנסים למנוע ממך טעויות," אלי קטע את דבריה. "לא יכול להיות שילדה חכמה ואינטליגנטית כמוך עומדת לעשות טעות חמורה כל כך ואנחנו נשב מהצד. תשכחי מאהבה ומכבוד, כל זה יפרח דרך החלון ברגע שתתחילו להתווכח. מה תעשי כשהוא ירצה ללכת לכנסייה בכל יום ראשון? וירצה שתתנשקי את היד של הכומר שלו? וכשהוא יעשה קניות ויגיד לך שהדבר האהוב עליו זה צלעות חזיר? מה תעשי אז? את תיגעלי כל יום מהריח של חזיר שימלא לך את הבית או לא? ואת בכלל טבעונית...”

"אבל אבא, אתה זוכר את החבר הקודם שלי, אתה יודע איך הוא התייחס אליי ולמה עזבתי אותו," כעסה שירה. "לא היה לו שום כבוד אליי ואל תשכח – הוא היה יהודי...”

השיחה הכואבת עם שירה ארכה מעל שעה. היא ואלי התווכחו ורבו עד שאזלו כוחותיהם. לבסוף, כשאלי ניתק את הטלפון, הוא התיישב שפוף על הספה והתכנס בתוך עצמו. נותרנו שנינו חסרי מילים.

נשכבתי על הספה לידו, ובמוחי התרוצצו מחשבות רבות. שירה עושה טעות, אמרתי לעצמי, שירה מכניסה את עצמה למצב מסוים

בידיעה ברורה שזהו מצב מורכב ולא קל, ואם אני מנסה לחשוב
קדימה, הרי שיקרה אחד מהמצבים הבאים: או שהיא תשלים עם
המציאות החדשה שלה, תבנה משפחה עם קווין וזו תהיה משפחה
מעורבת נוצרית-יהודית, או שהיא לא תהיה מוכנה להכניס שום דבר
נוצרי לחייה, מה שיגרום לבעיות בזוגיות שלהם עד כדי פרידה. ייתכן
גם, ניסיתי לעודד את עצמי, שקווין יתפשר, יסכים שהם ינהלו בית
יהודי לגמרי ויוותר על כל מה שקשור לחייו הנוצריים.
מה שלא יהיה, גמרתי אומר בליבי, אני לא אוותר על הבת שלי. מה
שלא יקרה, אני לא אעניש את עצמי עוד יותר בניתוק הקשר עם בתי.

***

שלוש שנים עברו מאז אותה שיחה.

באחד מימי האביב קבעתי עם חברתי כרמן, שאותה לא פגשתי
חודשים אחדים, לצאת להליכה בפארק. השמש החמימה של אחר
הצוהריים כבר פנתה אל מעבר הרי הרוקי ופיזרה קווים כתומים
ואדומים מעבר לקו הפסגות הארוך במערב. כרמן עמדה בזמן שקבענו,
לזה קוראים זמן סטנדרט אמריקאי.

כרמן התכופפה לקשור שרוך מעצבן בנעלי הספורט הכחולות
שלה והתחלנו לצעוד.

"אז מה נשמע אצלכם, שרה?" שאלה כרמן.

"אנחנו בסדר," השבתי. "חזרתי מניו יורק ביום שני. ישנתי אצל
מירי, זו חברת הילדות שסיפרתי לך עליה. היא גרה במרחק עשר
דקות הליכה מהדירה של שירה וזה נוח."

התחלנו להקיף את הפארק הגדול, שהיה עמוס מבלים, אבל היינו
שקועות בהליכה והשתדלנו שלא להתנגש בצועדים האחרים.

"ומה נשמע אצל שירה? איך היה הביקור שלך?"

"ביקור עם תוכן יהודי מלא-מלא," חייכתי. "ושירה מוסרת לך
ד"ש. היא התעניינה אם את עדיין רצה מרתונים."

121

כרמן עצרה את הליכתה ופערה מולי זוג עיניים תמהות. "למה את מתכוונת כשאת אומרת 'תוכן יהודי מלא־מלא'? יש משהו שאני לא יודעת?"

"אני רק אומרת שייתכן שהתפילות שלנו נענו," צחקתי. "את זוכרת שדיברנו על כך שדבר אחד היה ברור לנו כשהיא התחתנה עם קווין? אמרנו לעצמנו שיש לנו רק בת אחת, ושזו הייתה ההחלטה שלנו לעבור לגור באמריקה, לכן שום דבר ואף אחד בעולם לא יהיו סיבה שינתק את הקשר עם הבת שלנו או נעכיר אותו באיזושהי צורה. וכמו שאת יודעת, צלחנו כל קושי שהגיע, ועם זאת, בכל יום התפללנו ששירה לא תוותר על היהדות שלה, על השורשים שלה ועל הזהות שהיא רוצה להעביר לדור הבא שלה."

"נכון, עכשיו ספרי לי הכול ובפירוט," אמרה כרמן בעודנו מתחילות את סיבוב ההליכה השני.

"שירה סיפרה לי שהיא מרגישה מאוד לבד עם כל מה שקורה בישראל בימים אלו. הכי גרוע היה שהיא התחילה לקבל הודעות לא נעימות מחברים שהיא דווקא אהבה, במיוחד שתי החברות שלה אופליה ומרגרט. אומנם הן עזרו המון בחתונה שלה עם קווין, אבל לא תמכו בה כשהתחילו הוויכוחים בינה לבין קווין, למשל כששירה לא רצתה להצטרף אליו למיסת חג המולד המסורתית בכנסייה שהוא והוריו היו חברים בה, או כשקווין רצה שהיא תארגן מסיבה לאיסטר, עם תחפושות לכל החברים שלהם, ובפעמים נוספות שבהן הוא ביקש ממנה לחגוג איתו את החגים הנוצריים והיא סירבה.

"השיא היה כשמדינת ישראל יצאה למלחמה בעזה אחרי ההתקפה האיומה של הטרוריסטים ב־7 באוקטובר, ושירה הופתעה לקבל הודעות גינוי על ישראל. היא הבינה שהחברות הטובות שלה הן בעצם שונאות ישראל גדולות וניתקה את הקשר איתן. בהמשך היא פגשה דרך האינסטגרם בחורה יהודייה, שריל שמה, והן החליטו לייסד קבוצה של חבר'ה יהודים, כדי שיוכלו ליצור 'ביחד יהודי' ולארגן קבלות שבת ואירועים משותפים אחרים. כשאמרתי לה שאני

מגיעה ביום חמישי, היא שאלה אם אני מוכנה לבשל לקבוצה החדשה מאכלים ספרדיים שהיא מתגעגעת אליהם."

"ברור," צחקה כרמֶן, "מי לא רוצה לאכול מהמטעמים שלך."

"אז עמדתי במטבח הקטנצ'יק שלה כמה שעות ביום שישי והכנתי מטעמים טבעוניים, ובפעם הראשונה בהיסטוריה של שירה היא ערכה שולחן שבת צבעוני ומעורר תיאבון לחברים החדשים שלה. הלב שלי פשוט נמס לראות משהו שייחלתי לו שנים. עם לב מלא הערצה והנאה אפילו שכחתי כמה כואבות לי הרגליים מעמידה של חמש שעות במטבח. ואגיד לך יותר מזה, הייתי עומדת שם עוד חמש שעות כדי להכין להן ארוחת שבת נוספת, רק לראות אותה חוגגת קבלת שבת."

"וואו," אמרה כרמן, "אני שמחה בשבילכם. בעיקר בשביל שירה היפה שלך."

"תודה," חיבקתי אותה בחיבה. "ומה שהכי משמח," הוספתי, "שאלה היו ההחלטות שלה. היא הגיעה בעצמה למסקנה שלחיבור לשורשים שלה יש בכל זאת משמעות חזקה ושהוא חשוב לה. אני מניחה שכנראה היה בה גם ספק, אפילו קטן מאוד, לגבי הבחירה שלה. אבל היא באמת אהבה את קווין, וכמו הרבה זוגות אוהבים אחרים קיוותה שהאהבה תגשר על כל המכשולים. עכשיו אני מתפללת ומקווה שגם הבחירות הבאות שלה, בכל תחום בחיים, יעשו אותה מאושרת ושלמה עם עצמה."

9.

קרטיס ברחה

רויטל היקרא,
איכולים כמים וברחות מטוקות לניסואין שלכם. הטרגשנו
מאוד קשאמדנו בכופה שלח ואנכנו שמכים מאוד בשוזילך.
אנכנו שמכים בבכירא שלח ויודאים שמייכאל יאזור לך
לוונוט בייט חם והוהב
מלי ויוסי

"הנה," הכרזתי, "כרטיס הברכה מוכן. רק תרשום את הצ׳ק ותכניס
למעטפה הזו," הוספתי והנחתי את כרטיס הברכה על השולחן במטבח.
"יאללה, אני עולה לבחור בגדים."

דילגתי במעלה במדרגות העץ הקלות כשאני מזמזמת במרץ.
רציתי לתת לעצמי מספיק זמן לבחור שמלה, עגילים, שרשרת ונעליים
תואמים למסיבת החתונה של רויטל ומיכאל שתיערך בערב. כמה כיף
להתגנדר, חייכתי לעצמי במראה.

פתחתי את החלון בחדר ונתתי לקרני השמש של אחר הצוהריים
לחדור פנימה, כדי לקבל מקסימום אור יום כשאני בוחרת ומתאימה
בגדים ותכשיטים.

חריקת עץ צורמת, שהזכירה לי שיוסי עדיין לא שימן את הצירים
של הארון, נשמעה כשפתחתי את דלת ארון הבגדים. הזזתי באוושוש

הצידה את שמלות החורף הכבדות ודפדפתי בין השמלות המסווגות ל"אירועים", כשאני מתלבטת איזה "מסר" אני רוצה להעביר דרך השמלה שאני בוחרת להתקשט בה. בדמיוני כבר ראיתי את כל האנשים שיגיעו לחתונה הערב, ובהם סלתה ושמנה של הקהילה הישראלית בקולורדו, ואיך לא, את עיניהם הביקורתיות. הוצאתי כמה שמלות מתוקות מהארון, הנחתי אותן על כיסוי המיטה הלבן והתחלתי ב"סלקציית מצעד הזיכרונות" מהשנה האחרונה.

הייתי שקועה במשימה שלי במשך דקות ארוכות, בוחרת, מחייכת, פוסלת ומנמקת, ובעוד אני בוחנת כל שמלה וחושבת על האירועים שכל שמלה הזכירה לי מהשנה האחרונה שמעתי את יוסי קורא לי מהקומה הראשונה של הבית.

"מלי, רדי רגע למטה," הוא ביקש, ויכולתי לשמוע צחוק בקולו. מדי פעם הוא השמיע קריאות: "איזה צחוק, איזה בידור, וואלה, מזמן לא הצחקת אותי ככה, מלי. איזו פשלה. נו איפה את, יא פשלנית? חחח..."

"מה העניין? אני בוחרת שמלה למסיבה," החזרתי לו מהקומה השנייה בקול רם.

"עזבי את השמלה עכשיו, יותר חשוב שתראי איך כתבת את כרטיס הברכה לרוויטל. המון שגיאות כתיב, המון... מה קרה, מלי, זהו? דמנציה בגיל שישים?"

ממקומי בחדר השינה חשבתי שאני לא שומעת טוב, אבל אז יוסי קרא שוב, "מלי! בואי, בואי רגע, את חייבת לראות את זה. האיות שלך מזכיר לי עולה חדשה מכפר בטיבט הרחוקה שהגיעה לארץ אתמול על חמור זקן מפסגת הרי ההימלאיה."

"יוסססס? על מה אתה מדבר?" החזרתי לו ממעלה המדרגות בעודי מודדת את השמלה האדומה שבחרתי לבסוף.

"וואלה, מלי, אני לא מורה לעברית, אבל אני יודע קצת לכתוב. והכרטיס הזה משובש לגמרי, אני בהלם ממך. נו כבר, רדי, יש לך הרבה עבודה לעשות פה..." והצחוק הרועם שלו המשיך להתגלגל בקצב.

או־או חשבתי. האמת, כבר הרבה זמן אני מגמגמת כשזה מגיע
לאיות שלי בעברית.

"נו טוב, אני באה לבדוק," השבתי בקול.

לבשתי במהירות את השמלה וירדתי למטה.

"מה קרה לך?" צחקק יוסי בחיבה בעודו רוכס עבורי את הרוכסן
של השמלה ואז מעביר ליטוף על כתפיי החשופות וצובט לי את הלחי.

"את לא יכולה לתת כרטיס ברכה שיש בו ערימה של שגיאות כתיב.
את רוצה שיצחקו עלינו?"

"נו, בסדר, יוסי. בוא נראה על מה אתה מדבר," עניתי בחוסר רצון.
שלחתי אותו להתארגן והתיישבתי אל מול השולחן העגול שבמטבח.
שמש חמימה חדרה דרך התריסים הלבנים וצבעה את המטבח ואת
הסלון בצבע זהוב־כתום. הסתכלתי על כרטיס הברכה שכתבתי,
קראתי אותו שוב ושוב, חמש פעמים, ונאלמתי דום. אכן, נראה ממש
לא בסדר. ניגשתי למשרד של יוסי ושלפתי מילון אנגלי־עברי, ניערתי
אותו מהאבק שהצטבר עליו (וזה רק הראה לי כמה שנים לא טרחתי
לבדוק את כתיבתי בעברית) ובדקתי את המילים הראשונות שכתבתי
בכרטיס הברכה. זה היה מטורף, לא אמיתי, ואולי "הזוי" יגדיר טוב
יותר את מה שהרגשתי באותו רגע. לא האמנתי למספר השגיאות
שמצאתי כבר בפסקה הראשונה. רגשות של עצבות ובושה אפפו אותי.
מה קרה לי? בכל הרצינות, זה היה נורא.

כל כך מביש ומביך, חשבתי, ככה התכוונתי לתת את כרטיס
הברכה? מלא שגיאות? איך זה קרה לי? אני, שבעבר תיקנתי ל כ ו ל ם
את שגיאות הכתיב שלהם, הגעתי למצב שבו עליי לוודא ולהיעזר
במילון כשאני מאייתת כל מילה בהתאם לדקדוק העברי הנכון?
האמת, התביישתי בעצמי. זה היה רגע של סטירה עצמית מצלצלת
שירתה חיצי בושה אל המקומות הכי רגישים שלי. פתאום לא
הייתי אותה מלי עם הביטחון העצמי שגבל בשחצנות כשזה מגיע
לכתיבה בעברית. הרי כשגרנו בארץ נתתי שיעורים פרטיים בעברית
בזמן שיוסי למד בטכניון והיינו צריכים הכנסה נוספת, כי העבודה

שלו כמתדלק בתחנת דלק ביומיים שבהם לא למד לא הכניסה משכורת גדולה. לשמחתי, היה ביקוש גדול לשיעורים הפרטיים שלי, גם כי לא גביתי מחירים בשמיים וגם משום שהיה כיף ללמוד איתי.

נתחיל, אמרתי לעצמי בחוסר רצון וקראתי את הכרטיס פעם נוספת. חתיכת בטטה שכמותך, חשבתי, בטטה, עד הסוף! אני לא מאמינה ששכחתי איך לאיית מילים בסיסיות בעברית. רציתי לקבור את הפנים שלי באדמה וקיוויתי שאף סוכן סמוי לא הסריט אותי כותבת את כרטיס הברכה האנאלפביתי הזה.

"יוסי, איך זה קרה לי?" שאלתי אותו כשירד בחזרה למטבח, לבוש במכנסיים אפורים מחויטים ובחולצת פשתן לבנה. הוא נראה כל כך טוב. "לא להאמין שעד כדי כך שכחתי את העברית שלי. בושה וחרפה. באמת שמעתי מאנשים שחיים פה הרבה שנים שפתאום קשה להם להתבטא בעברית, אבל זה תמיד נראה לי רחוק ממני ולא קשור אליי בכלל. זו תמיד הייתה 'בעיה שלהם', לא שלי. ועכשיו אני לא מאמינה שזה קורה גם לי, לא חשבתי שיש בזה שמץ של אמת, שישראלים שגרים בגולה מתחילים לשכוח את השפה העברית ומתחילים לשכוח איות נכון של מילים בעברית."

"גברת מלי," חייך יוסי, "למה את מופתעת כל כך? את חיה רק באנגלית: את עובדת באנגלית, מלמדת רק באנגלית, בודקת מבחנים רק באנגלית, עושה קניות רק באנגלית, קוראת הכול רק באנגלית — מספרות יפה דרך ריכולים במגזינים ועד מתכונים, חשבונות ומגזינים, מקשקשת בטלפון רק באנגלית, שרה שירים עם השכנים באנגלית, צופה בחדשות המקומיות באנגלית ואפילו עוקצת את הנשיא שאת לא סובלת באנגלית, ושלא נשכח — את אפילו מרכלת באנגלית עם החברות האמריקאיות שלך. אז איך תזכרי את העברית שלך, מתוקה?"

"אבל בכל זאת, מה קרה לשפת האם שלי?" עניתי לו בכאב. "נכון, עשרות שנים אנחנו גרים בקולורדו והחיים דורשים מאיתנו לחיות

בשפה המקובלת פה, ומה לעשות שהשפה המקובלת פה היא לא עברית, היא אנגלית, אז אני יכולה לצרוח כמה שאני רוצה על עצמי ולתת לעצמי הוראה לכתוב בעברית ולקרוא רק בעברית, אבל זה לא פותר את הבעיה. כמעט בלתי אפשרי. הרי אין פה ספרים בעברית! לא בספרייה המקומית וגם לא בחנות הספרים הפופולרית 'ברנס אנד נובלס' ולא בחנות המיתולוגית הישנה ההיא 'טטרד קברד' וגם לא בספריות של בתי הכנסת היהודיים פה בדנוור. אז אם לא הבאת איתך ספרים מהארץ, שלוקחים לך חצי מהמשקל שגם ככה מוגבל במזוודה, לא יהיו לך ספרים בעברית, וכמה פעמים אפשר לקרוא את אותו ספר רק בשביל 'לתרגל את השפה'? ואם לא תשימי מודעה בפייסבוק שאת מוכנה להיות 'שואב האבק של הקהילה הישראלית הקטנה' פה, לא תצליחי 'לשאוב' ספרים בעברית או להחליף עם ישראלים אחרים.

"כמובן, אפשר להזמין ספרים בעברית באמזון או באתרים אחרים, אבל אז תשלמי עבור משלוח, לא לפני שתביני שמבחר הספרים בעברית שיש באתרים לא תמיד מכיל את סוג הספרים שאת רוצה לקרוא. אז מה? אני צריכה לשנות את ההעדפות שלי בספרים רק כדי לקנות ספרים שחנות אמזון מציעה? מה קרה לחופש הבחירה והטעם האישי?"

יוסי שתק, ואני המשכתי במרץ, "אולי בכלל אני מתחילה להיות סנילית וזו הסיבה לשגיאות הכתיב? מי יודע? אבל אני רק בת שישים! זהו? נגמרו החיים הטובים? מה אתה אומר? שאקבע תור לדוקטור ברמן ואספר לו ששכחתי את העברית שלי?"

"מלי, תירגעי," אמר יוסי, שקלט שאני נסחפת למחוזות של תסכול. "פשוט שבי בשקט ונסי לכתוב שוב את הברכה," הוסיף ויצא בשקט מהמטבח, כדי לתת לי את הזמן והמרחב להתמודד עם התסכול שבי. אולם אני לא נרגעתי והמחשבות סערו בראשי. מה קורה לי? חשבתי. לא יכול להיות שאני, מלי קדוש, שהתגאיתי כל כך בכתיבה שלי, אני, שקיבלתי את הכינוי "תולעת ספרים" כי תמיד הפנים שלי

היו תקועים בתוך ספר, אני, שכתבתי את כל עבודת פרויקט הגמר של יוסי לטכניון בסוף התואר (ואיך שהוא נפנף ב־95 שקיבל, בשחצנות גלויה, ורקד על השולחן בכיתה), אני כבר לא זוכרת איך לאיית מילים פשוטות בעברית?

רק חסר לי שיוסי יספר את זה לכולם היום במסיבה, עברה בי מחשבה מייסרת. ואני מכירה אותו. אני יודעת שהוא יספר. רק תנו לו חומר לבדיחות, עוד סיבה בשבילו להצחיק את החבר'ה...

המחשבה הזו הולידה את המחשבה הבאה — אולי יוסי עובד עליי? אולי השד לא נורא כל כך וחלק מהמילים מאויתות נכון? בכל מקרה אני חייבת לבדוק אותן ביסודיות רבה, כי אם הוא צודק, ואני לא אתקן את כל השגיאות, תארו לכם את כל העוקצנים הקבועים שרק מחפשים איפה עוד אפשר לעקוץ משהו. ומה רויטל תחשוב עליי? היא בטח תשאל את עצמה מה עישנתי בזמן שכתבתי את כרטיס הברכה הזה, ובדיוק עכשיו אני רוצה להדק את הקשר שלי איתה ומסיבת החתונה הזאת היא ההזדמנות שלי להראות לה מי אני.

אז אסור לי לטעות אפילו בפסיק, ונתחיל מהשם של החתן שלה. נו, רגע, מה שמו? אה, מיכאאל. לא, טעיתי, מיכאאל. לא, גם זה לא טוב. רגע, איך כותבים את השם שלו?

מ י כ א ל ! סוף־סוף כתבתי את השם שלו נכון. הרי אני לא איזו סתומה שלא מבינה כלום, אבל אני כן פשלנית רצינית, או איך לימדו אותי בנסיעה האחרונה לארץ? צריך להגיד: פשלנית ברמות.

אז יאללה, לעבודה, לפתוח מילון, גברת מלי, או נכון להיום "גברת מלקה", כי באמת מגיע לי להלקות את עצמי קצת בעניין הזה. הנה אני מתחילה, בתשומת לב יתרה:

"רויטל היקרא" —

מלי, השפה העברית חשובה לך? אז בדם, יזע ודמעות תחזירי לעצמך את שפת האם שלך. זו לא בעיה של אף אחד שירדקת מעצמך את השפה העברית ונתת עדיפות לשפה האנגלית. עזבת את ישראל מרצונך

ובחרת לחיות בקולורדו, ואחד מהדוברים שקורים כשלא משתמשים בשפה זה... הפתעהההההה! יורקים/שוכחים את השפה. ואל תשכחי שזו הייתה בחירה שלך.

"איכולים חמיים —

היי מלי, מה חשבת? אפילו את רשימת הקניות שלך לאוכל את רושמת באנגלית. את הולכת לסופר עם רשימת קניות שבועית באנגלית וכשאת מזמינה אוכל ממסעדה ההזמנה שלך באנגלית, אז אל תבואי בטענות לאף אחד על כך ששכחת את העברית שלך. גם זו הייתה בחירה שלך.

"וברחות מטוקות" —

את לא רואה מי כאן בורח? ידעת שיש בך כזה אומץ? את ברחת, גם משפת האם שלך. כבר לא הייתה בך הרגשה של מתיקות לשפה שאיתה גדלת ואותה אהבת והתגאית בה. את בחרת לעבור לעולם של שפה אחרת, במקרה הזה לשפה האנגלית, וגם כאן את יכולה לבוא בטענות רק לעצמך. גם זו הייתה בחירה שלך.

"לניסואין שלח" —

אם רצית להתנסות בלחיות בעולם של חצויים הצלחת בגדול! והמדליה שקיבלת? זה עבור המקום הראשון בלשכוח את השפה הראשונה שלך. איך זה?

אובדן השפה זה רק אחד מהאובדנים שאת מתנסה בהם בעקבות ההחלטה שלך לעזוב את הארץ. קשה לשמר שפה כשאת לא משתמשת בה. שפת האם שלך הפכה לשפה משנית, נשכחת, חבויה אי שם עמוק בתוכך וזועקת לצאת, לבוא לידי ביטוי, להאיר מחדש את אורה ויופיה. דעי שאת מאבדת אותה אט אט ושגם זו הייתה בחירה שלך.

"הטרגשנו מהוד" –

אחרי ארבעה עשורים שאת לא משתמשת בעברית, מצאת את עצמך נרגשת ונסערת מכך ששכחת אותה. אז זכרי שבחיים לכל דבר יש מחיר, והנה גם המחיר לכך שבחרת לך שפה שונה משפת האם שלך. אבל גם זו הייתה בחירה שלך.

"כשאמדנו בכופה שלח" –

יש מקרים בחיים שבהם קשה לאמוד את גודל השינוי, את עוצמתו ואת התוצאות שנגרמות בעקבותיו. כשבחרת לחיות בשפה אחרת כחלק מהעולם החדש שלך, כ פ י ת על עצמך במודע או שלא במודע להדחיק לפינה את שפת האם שלך ולאמץ שפה אחרת. את זו שבחרה וכפתה על עצמה לחיות בעולם של הבעה עצמית פחות ברורה, השתתפות בשיחות מלווה בחוסר ביטחון, הבנת הנקרא מגומגמת והבנת האחר מעומעמת. אז אומנם האנגלית שלך השתפרה יותר מהאנגלית שהייתה לך כשיגרת בישראל, אבל ארבעה עשורים אחרי את מה שנקרא "דוברת אנגלית", וגם זה היה בחירה שלך.

"ואנכנו שמכים מאוד בשוווילך" –

מה, מלי? את קצת מכה על חטא? איך זה יכול להיות? הרי את בחרת לחיות בעולם של חצוויים! יש לי חדשות בשבילך, הרבה דברים בחיים הם עניין של בחירות, כולל הבחירה שעשית לפני עשרות שנים. איש לא בחר בשבילך, גם זו הייתה בחירה שלך.

"אנכנו שמכים בבכירא שלח" – זוכרת שבכל בחירה יש אנוכיות מסוימת? או בעיקר אנוכיות, כי בואי נזכיר לעצמנו שלפני ארבעים ושתיים שנים המטרה שלך הייתה לקצור ביכורי דולרים בחיי היום־יום באמריקה. רצית להקים עסק ולהפוך למיליונרית שקוטפת את ביכורי הפירות מהעצים בגינה, וגם בעונת השלכת לפי התאוריה שלך, כי הרי שם גדלים דולרים על העצים, נכון? אז מה? התאכזבת מקציר יבש של ביכורי דולרים? לא נורא. גם זה היה חלק מהבחירה שלך.

"ויודאים שמיכאל יאזור לך" –

תצטרכי לאזור הרבה כוח וסבלנות, מלי, כדי לעזור לעצמך להתגבר על כל הפשלות שאת מתוודעת אליהן עכשיו בעקבות ההחלטה שלך לעזוב את הארץ שלך והשפה שלך, וחוסר היכולת שלך להודות שחלק מהדברים הולכים לאיבוד כשאת חיה בעולם של חצויים. אבל היי, גם זו הייתה בחירה שלך.

"לוונוט בייט חם ואואב" –

מאז שהחלטת שאת רוצה לעבור לחיות בצד השני של העולם, מלי, את מנווטת את עצמך בכיוון שונה מהחיים הקודמים שלך. ניווטת לכיוון של חלומות שלא בהכרח מתגשמים, כמו שניווטת את עצמך לאיבוד אוצר מילים ושכיחה חלקית של כתיבה נכונה והבעה עצמית. את לא חושבת שזו טיפשות מוחלטת לשנות חיים, מיקום ושפה בלי לצפות לאבד חלק לא קטן מהדברים שהיו בחיים הקודמים שלך?

עוד שעה ארוכה ישבתי מול השולחן הקטן שבמטבח. אור רגוע של שעת בין הערביים שחדר מבעד לתריסים האיר את השולחן, ואני שקעתי במלאכת בדיקת שגיאות הכתיב ותיקונן בעזרת המילון ו"גוגל טרנסלייט". יוסי הפסיק סוף-סוף לצחקק על שגיאות הכתיב שלי והחליט להיות נחמד. הוא הכין לי קפה עם שוקו – ה"חיבוק" שאני מקבלת ממנו כשהוא מבין שאני זקוקה לכזה. וכך ישבתי לי בשקט, יד אחת עוטפת את הספל במין סוג של עידוד עצמי, והתרכזתי בשכתוב כרטיס הברכה. עברתי על כל אות ומילה, וכשנוכחתי לדעת שעוד עבודת תיקונים ארוכה לפניי ניגשתי שוב למשרד של יוסי, הבאתי כמה דפי טיוטה – אני מודה שלא היה לי אומץ לכתוב ישר על כרטיס הברכה החדש – ובעזרתם האדיבה של גוגל טרנסלייט והמילון התחלתי למחוק, לתקן וגם לערוך ולשפר את הסגנון. רק אחרי ששכתבתי את הכרטיס לפחות עשר פעמים והייתי מרוצה מהתוצאה, הרשיתי לעצמי לחייך ופלטתי אנחת רווחה.

מה אגיד לכם, אומנם אני שמחה שיש בימינו מוצר נפלא כמו
"גוגל טרנסלייט" שמתרגם ומראה לי איך לכתוב נכון בעברית, אבל
יש רק דבר אחד שהוא לא יכול לעזור לי בו. גוגל טרנסלייט לא
יכול לעזור לי להתגבר על תחושת האכזבה שיש בי מכך ששכחתי
את העברית שלי ועל חווויית הכישלון בניסיון לשמר אותה, רגשות
שיכולתי למנוע אם הייתי בוחרת אחרת. אבל בבחירה לחיות בעולם
החצוויים גרמתי לעצמי לשכוח איך לאיית נכון בעברית, שפת אימי,
השפה הראשונה שלי שלתוכה נולדתי ושבאיתה גדלתי.

10.

רגל סקי

נכנסתי לפיצרייה החמימה ומייד שאבתי לתוכי את הניחוח
המגרה של פיצה אפויה ופריכה שיצאה באותו רגע מתנור האבן.
התיישבתי על אחד מכיסאות הפלסטיק הכתומים, ניערתי מעליי
את פתיתי השלג, הסרתי את הכפפות ושפשפתי את ידיי הקרות
כדי להתחמם. בעודי מתלבט איזה משקה חם להזמין, שמעתי קול
מאחוריי.

"סליחה, תוכל להזיז טיפה את הכיסא שלך?" פנה אליי בחור
צעיר באנגלית.

"כן, כמובן," עניתי והזזתי את הכיסא שלי כדי לאפשר לאיש
לעבור.

הדובר היה בחור גבוה וחייכן כבן שלושים, בעל שיער שחור
מתולתל ועיניים כחולות גדולות. הוא התמקם בשולחן לידי, והניח
בצד על הרצפה את שני מחליקי הסקי שלו, שהיו עדיין רטובים משלג,
והסיר מראשו את כובע הסקי השחור והעבה מפלנל ואת משקפי הסקי
צהובים שהיו קשורים למצחו.

תנועותיו של הצעיר החייכן היו מוזרות, או יותר נכון מוגבלות,
אבל עדיין לא יכולתי להצביע על משהו מסוים.

"תודה," אמר באנגלית עם מבטא זר. "מחליקי הסקי צריכים

להיות צמודים לקיר כדי שלא אחסום את הדרך לאנשים," הוסיף כשהוא דוחף את ציוד הסקי שלו ומצמיד אותו אל הקיר.

"איך המסלולים היום?" התעניינתי.

הבחור לקח מפית נייר ממתקן המפיות המתכתי שעמד על השולחן, ניגב את פניו שהיו אדומים מהשמש והתיישב בכבדות.

"לא רע," השיב, "אפילו שלא היה הרבה שלג על המסלול. משום מה לא הפעילו את המכונה לייצור שלג. כמה פעמים אמרתי למשרד הראשי שקשה לתת שיעורים למתחילים כשאין מספיק שלג."

הוא פתח את דף התפריט והתחיל לדפדף בו.

אם עד השלב הזה לא היה לי ספק שמדובר בדובר עברית, עכשיו שלחתי תגובה מהמותן עם חיוך. "אפשר לדבר עברית, נכון?"

"וואו, שלום חבר," עיניו של הבחור אורו. "עברית בקייסטון. מדליק, לא בכל יום פוגשים ישראלים בקייסטון," הוא חייך בהתלהבות והניח את דף התפריט על השולחן. כשקם כדי ללחוץ לי יד, הוא נשען על רגלו הימנית ובידו נעזר בגב הכיסא, ואז ראיתי את זה. למדריך הסקי הישראלי הייתה רגל תותבת.

"אני איתן, אהלן," הוא לחץ את ידי בחמימות.

"שמח להכיר אותך, אני מיכאל," עניתי כשאני מנסה להסתיר את המבוכה שתקפה אותי בזמן שניסיתי לא להסתכל על הרגל התותבת.

"פעם ראשונה בקייסטון?" שאל איתן כשהוא מנסה להוציא משהו מהכיס הימני של האפודה התפוחה שלבש.

"לא," חייכתי, "אנחנו מגיעים לקייסטון בכל חודש-חודשיים. לבת שלי ולבעלה יש כאן דירת נופש. הם משוגעים על סקי, ולפעמים אני ואשתי מצטרפים אליהם לסוף שבוע, להיות איתם ועם שתי הנכדות. בתי ובעלה גולשים היום," הסברתי, "ואשתי משגיחה על שתי הקטנות בבית. כדי לעשות את ההליכה היומית שלי אמרתי להם שאגיע ברגל ואפגוש אותם ליד הגונדולה."

"איזה כיף," אמר איתן. "סקי זה ספורט נהדר, וכאן הוא פופולרי גם אצל ילדים. רוב התלמידים שלי הם ילדים בני ארבע ומעלה. הם

כאלה חמודים הקטנים. אני אוהב ללמד ילדים. כשאני רואה את ההתרגשות בעיניים שלהם זה מזכיר לי כמה אני התרגשתי כשלמדתי לגלוש ואני מתרגש איתם."

איתן התיישב והתחיל לפרק את מגף הסקי הכבד שהיה מחובר לרגל התותבת שהכבידה עליו. במיומנות מדהימה הוא שחרר את שתי צבתות המתכת שחיברו את מגף הסקי המיוחד לקצה הברך, ואלה השמיעו חריקות וקליקים צורמים. הוא הסיר גם את רצועות הוולקרו השחורות שהקיפו את הריפוד שהיה על הברך הקטועה ושימשו לביטחון נוסף להצמדת מגף הסקי לרגל התותבת, ואז הניח את מגף הסקי הכבד מתחת לכיסא בזהירות ובמיומנות וחזר לבחון את התפריט.

הבטתי בו בהערצה. בחלום הכי פרוע שלי לא חשבתי שאנשים עם רגליים תותבות מסוגלים לגלוש על שלג.

איתן הפנה אליי מבט חם. "היי," הוא חייך, "אל תתרגש ממני. אני רגיל למבטים של אנשים. מדריך סקי עם רגל תותבת זה לא משהו שאתה רואה כל יום."

נבוכותי לרגע על שנתפסתי נועץ מבטים, אבל מייד התעשתי.

"אפשר להצטרף לשולחן שלך?" שאלתי, ולשמחתי איתן השיב בחיוב.

אחרי שהתארגנו בישיבה, ביקשתי לדעת מתי ובאילו נסיבות איתן הגיע לקייסטון. "אני מלמד סקי פה כבר שנתיים וחצי," הוא פתח בסיפורו, "עברתי לכאן מאוסטריה, שם גרתי בארלברג, אתר סקי יפה ומטריף. לדוד שלי יש שם בית מלון בדיוק מתחת לגונדולה של אתר הסקי. בעצם שם התחיל שיגעון הסקי שלי."

"או, אתה הרבה זמן כבר לא גר בארץ..."

"שבע שנים בערך," איתן החליק בידו את תלתליו. "עזבתי את ישראל שנה וחצי אחרי שנפצעתי."

"בעקבות הפציעה? אפשר לשאול איך נפצעת?" שאלתי בעדינות מהוססת.

"נפצעתי במהלך השירות הצבאי," הוא השיב מה שאני רק חשבתי.

"ואיך זה קרה?"

"הייתי חלק מכוח סיור שהותקף ליד הגבול הדרומי, אני לא זוכר הרבה, רק שנסענו לאורך גדר הגבול לבצע את הסיור היומי שלנו. זה אזור הררי ולא קל למעבר, ויחסית נחשב לאזור שקט בסיורים שלנו. בסוף הסיור, בדרך חזרה לבסיס, נתקלנו במארב של מחבלים שהצליחו להגיע קרוב לגדר הגבול. הם ירו לעברנו טיל נ"ט."

איתן השתתק ונראה שהוא חוזר במחשבותיו אל אותו רגע ששינה את חייו.

"ההתפוצצות הייתה מחרישת אוזניים," סיפר בשקט, "הרגשתי שרכב הסיור מתפרק לידי וכל מה שבתוכו נזרק לכל הכיוונים. אתה מכיר את זה שמתארים לך שאפילו האוויר מתפרק לעזאזל? מעין רעידת אדמה מלווה ברעש אדיר, זה מה שהרגשנו באותו רגע.

"התעוררתי בבית חולים כעבור יומיים. הרופאים ניסו להציל את הרגל השמאלית שלי, שהייתה די מרוסקת, אבל לבסוף נאלצו לקטוע אותה. הזמן עבר, וגם אחרי שבועות של החלמה לא הצלחתי לעמוד על הרגל הימנית. חשבתי שכבר לא אצליח ללכת לעולם, אבל אז התחלתי סדרה של טיפולים קשים ותרגילי פיזיותרפיה שעזרו לחזק את הרגל שנותרה. עברו עוד כמה חודשים עד שהצלחתי לעמוד עליה. אבל עזוב, אני לא רוצה להיכנס לזה יותר מדי," אמר איתן.

ראיתי שהזיכרונות קשים לו ולא הקשיתי בשאלות.

"אני מעדיף לספר לך על החבר'ה מהיחידה שלי, האחים האמיתיים שלי לנשק. הם הגיעו לבקר בבית החולים בכל פעם שיצאו לאפטר או לסוף שבוע בבית והרימו לי את המורל. התמיכה מהם הייתה בלתי פוסקת, אנשים עם לב חם, אכפתיים, 'אחים' אמיתיים ולא רק אחים מהפלוגה. ישבו שעות ליד המיטה שלי, הביאו גיטרות ושרו שירים שאני אוהב..." הוסיף.

"אתם עדיין בקשר?" שאלתי. "החבר'ה שלך יודעים שאתה מדריך סקי היום?"

"כן," הוא צחק, "בטח יודעים. כולם יודעים. הרופאים שטיפלו בי יודעים," הוסיף ועיניו אורו לרגע כשהזכיר את הצוות הרפואי, "אני עדיין בקשר עם הרופאים והאחיות במחלקת השיקום בבית החולים."

המלצרית החייכנית הגיעה לשולחן שלנו ואיתן נתן לה חיבוק קטן בלי לקום מכיסאו. "הי, סינדי, מה נשמע?"

"היי איתן, סיימת שיעורים להיום?" היא חייכה במתיקות, והרגשתי שטון הדיבור שלה היה קצת יותר חברי מחברי.

"כן, המסלולים לא הכי מרופדים היום. מחר קבעתי לי שבעה שיעורים. זה מזכיר לי, סינדי," הוא חייך ועיניו הכחולות חייכו גם הן, "מחר יש לי יום עמוס, אני לא בטוח שאספיק להגיע לשוק האיכרים לפני הסגירה. תוכלי בבקשה לקנות לי את ממרח הזיתים השחורים שאני אוהב? אני אאסוף אותו ממך כשאבוא לכאן לארוחת צוהריים. מה את אומרת?"

"כן, איתן," היא טפחה על כתפו בחיבה. "אקנה לך ממרח זיתים ואביא אותו לכאן. אל תדאג."

איתן הזמין סלט איטלקי ופיצה עם פטריות וכמובן, בירה.

"ומה בשבילך?" סינדי פנתה אליי.

"הפיצה מרגריטה קורצת לי, וגם כוס שוקו חם, בכוס הכי גדולה שיש לכם," חייכתי אל המלצרית הצעירה ומסרתי לה את דף התפריט.

כעת התחממתי די ויכולתי להסיר את מעיל הדובון החם שלבשתי. תליתי אותו על הכיסא לידי, עם הכובע והצעיף הסרוגים שעטפו אותי בהליכה המושלגת, לא לפני שנתתי למסעדה ציון 10 על עבודת החימום המסורה שעשו.

"אז עכשיו קייסטון זה הבית?" המשכתי את השיחה עם איתן אחרי שסינדי עברה לקחת את ההזמנה מהשולחן הבא.

איתן הביט בי בעיניו החייכניות ואז הרצינו פניו. לאחר הפסקה של דקה הוא המשיך.

"בכניסה לדירה שלי יש לוח עץ ישן כזה, פשוט ומלא שריטות, שהשוכר הקודם השאיר לי, וחרוט עליו באנגלית: 'בית זה איפה שהלב

נמצא'. אז אתה שואל אם קייסטון זה הבית? לא יודע. אפשר בקלות
להתאהב בטבע ובשקט שישנם פה. האנשים יותר חברותיים מאנשים
בעיר הגדולה – כשאתה גר בהרים יש משהו שמקרב אותך לכל דיירי
ההרים האחרים, מעין 'כולנו בסירה אחת'. תמיד יעזרו לך; אם נתקעת
עם האוטו, אם החימום בבית התקלקל, אם החשמל לא פועל, אם בעל
חיים נכנס לתוך הבית כי השארת דלת פתוחה או בכל מקרה אחר
שבו אתה חייב להיעזר בשכנים. למשל, לא יודע אם שמעת על זה,
יש פה חוק קשוח לגבי חימום הבית. לפי החוק, אסור לך להישאר
בבית שאין בו חימום, ולעולם לא יהיה שכן או מכר שייתן לך לקפוא
בחוץ או בבית לא מחומם. מייד יזמינו אותך לשהות במקום מחומם
עד שהחימום בבית שלך יתוקן. אתה זוכר את האמרה המפורסמת 'כל
ישראל ערבים זה לזה'? ככה מרגישים התושבים שגרים בהרי הרוקי.
כולם עוזרים לכולם."

איתן הרים את הטלפון מהשולחן ודפדף בו. "תראה," הוא קירב
אליי את המכשיר, "תמונת נוף שהגלויה הכי יפה לא תראה לך.
צילמתי אותה הבוקר על פסגת ההר, בדיוק לפני הגלישה עם התלמיד
שלי."

לעיניי נגלתה תמונת נוף יפהפייה של שרשרת הרי הרוקי
המושלגים שמקיפים את העיירה קייסטון, עומדים זקופים בשיא
יופיים ועוצמתם, שולחים בוהק לבן לכל עבר וכמו מתרפקים זה על
זה בתמיכה אדירה שהקרינה חוזק וסמכות. ההרים נראו כמטילים
צל עמום ומסתורי על צלע ההר הגדול שלרגליו שוכנת העיירה. זו
הייתה תמונה עוצמתית, שמזכירה לך שאיתני הטבע ואנחנו חיים
אלה לצידם של אלה בהרמוניה מוסכמת, כל עוד אנחנו רוחשים כבוד
לטבע על יופיו ועל הסכנות שבו ומלאים בהערצה לאומן הטבע של
מעלה שרצה להראות לנו יופי ושלווה במראה הקסום, אבל באותה
מידה גם שידר לנו את המסר שהסתיר בתוכו הטבע הפראי ומלא
הסכנות.

"קייסטון ממוקמת בגובה אחד עשר אלף רגל מעל פני הים,"

המשיך איתן לתאר. "החמצן פה יותר דליל בגלל הגובה. בקיץ זו עיירה תוססת ומלאת חיים, ואם יתמזל מזלך, תזכה לראות גם חיות הרים, כמו אריות הרים, דובים או צבאים בעלי קרניים מפותלות. תמיד אני תמה איך אומן הטבע של מעלה עיצב שתי קרניים ענקיות יפהפיות שאף יד אנושית לא הייתה מצליחה לדייק בשלמות שלהן."

סינדי חזרה עם מגש המשקאות, ואני שמחתי לעטוף בידיי את כוס השוקו החמה והנעימה.

"איתן, יש לך משפחה בישראל?" שאלתי עוד שאלה אישית, "הם באים מדי פעם לבקר אותך?"

"יש, כמובן," הוא לגם מהבירה שלו.

"ואתה מבקר במולדת מדי פעם?"

"לא מספיק," השיב איתן בטון מאוכזב. הוא לגם עוד לגימה גדולה מהבירה התוססת ומחה את שפתו בגב ידו. "תראה, זה לא פשוט, בכל נסיעה לארץ אני מפסיד כמעט חודש של ימי עבודה, לכן אני תמיד צריך להביא בחשבון חודש ללא הכנסה. וכמובן, כשאתה בארץ קשה לעזוב את המשפחה ואת החברים, ובסוף הביקור אתה עולה למטוס בהרגשה כבדה, כי הנה אתה שוב נוסע לצד השני של העולם ואתה שואל את עצמך אם זו הפעם האחרונה שתראה את ההורים. ביום הראשון של הביקור אני תמיד מסתכל על ההורים שלי, שהתבגרו עוד קצת ויש להם יותר שיער לבן מאשר בביקור הקודם, ואני יודע שהם לא הולכים להיות יותר צעירים. כל זה גורם לי להרגשת מחנק בגרון ולהבנה שזה זמן מתנה שיכולתי להיות איתם והפסדתי."

הוא שוב לגם מהבירה. "למשל, לא יכולתי לחבק את אחותי, ריקי, כשהיא סיפרה לי בהתרגשות שהיא עומדת להתגייס לצה"ל ורוצה לדבר איתי על תוכניות הגיוס שלה – היא רוצה להיות מ"כית או לנסות להתקבל לקורס טיס, ואני אומר לעצמי, איך יכול להיות שלא אגיע לטקס הסיום שלה? ומרגיש בתוכי גאווה ענקית שבא לי ללכת לספר לכל החבר'ה ביחידה ולהתגאות בה ואפילו להשתחצן,

אבל בזמן שאני מנסה להתרגל לרעיון שאחותי הקטנה כבר חיילת, אני מגיע לביקור הבא והיא כבר חיילת משוחררת ומתחילה לימודים באוניברסיטה. אתה מבין? אתה מבין איך שהזמן רץ?"

הנהנתי. מי כמוני מבין על מה הוא מדבר.

"יש לי גם אח קטן," אמר איתן, "הוא תמיד היה בעיניי אחי הקטנצ'יק שלומד בחטיבת ביניים, ופתאום עכשיו מספר לי שזו השנה האחרונה שלו בתיכון ושהוא מתלבט לגבי לימודי עתודה או גיוס. ואני עומד מולו בעיניים פעורות מרוב הלם ושוב שואל את עצמי מתי כל זה קרה, איך זה שהוא כבר כל כך גדול ובוגר, ואני חושב שאלו שיחות ושאלות שהאחים הצעירים שלי היו רוצים שאהיה חלק מהן, אבל אני לא אהיה, כי הזמן והמרחק עושים את שלהם ותחושת הקרבה שהייתה לפני שעזבתי, נעלמה. אני מבין שבמובן מסוים אני לא חלק מהם יותר, וזה שובר לי את הלב. פתאום אתה מתחיל להבין מה קורה כשאתה עוזב את המשפחה ואת החברים. איזה נתק נוצר בינך לבין כל מה שהיה לך בארץ ומה אתה מפסיד, החל מחוויות משפחתיות שאתה כבר לא תחווה איתם ועד משברים במשפחה שאתה לא חלק מהם ושיכול להיות שאם היית חלק מהם היית עוזר לפתור אותם או אולי הם אפילו לא היו קורים. ואני אפילו לא מדבר על שמחות שאתה מפספס, אתה שומע שזו התחתנה והוא התחתן, לזה נולד ילד וזו כבר ילדה את הילד השני... אתה כבר לא חלק מחיי היום־יום של המשפחה, של החברים או של היחידה שהיית קשור אליה והחוויות והאירועים שמתרחשים בה, וגם אם תנסה להיות, לא תצליח, אתה רק אורח. זהו זה! ברגע שהחלטת לעזוב את הארץ, אתה במודע או שלא במודע משנה את המעמד שלך במשפחה ואצל החברים וכך נבנה ביניכם חיץ, במובן מסוים, חיץ אכזרי בינך לבין כל מה שהיה לך פעם."

איתן השתתק. יכולתי להרגיש שזו נקודה רגישה וכואבת שהציקה לו וצרבה לו בלב ובנשמה, ועכשיו הוא נתן אישור לדלת צרה שבדרך כלל נשמרת מוגפת להיפתח בו. הוא הניח לדברים לפרוץ, דברים

שרצו לצאת, שחיפשו מוצא וזרועות חמות שיקבלו אותם ויעודדו, יבינו ויחבקו וינחמו במציאות הנוכחית.

רציתי לחבק אותו ולומר לו עד כמה אני מבין אותו. רציתי לספר לו שגם אנחנו חווים את מה שהוא מתאר, ויותר מזה. גם אנחנו עזבנו, לפני הרבה יותר שנים ממנו, ובכל פעם שהגיע הרגע להחליט אם נשארים או חוזרים לארץ בחרנו להישאר מסיבות שונות. פעם משום שהיינו עסוקים בביסוס העסק הראשון שגרר אחריו את הקמת העסק השני, וכשהבת הגדולה כבר התחילה תיכון תירצנו את ההישארות בזה שלא נקלקל לה את לימודי התיכון. כשהסתכלנו שוב על השעון, הגדולה כבר המשיכה לתואר שני והקטנה סיימה תיכון והתחילה תואר ראשון, וכך זה נמשך ונמשך, וגם אנחנו הפכנו לחלק מהסיפור הקלאסי של אלה ש'לא קונים סט סלון חדש כי מה הטעם? הרי אנחנו לא יודעים אם נישאר', או 'אנחנו אוטוטו חוזרים לישראל'."

לפתע נשטפתי גם אני בזיכרונות מהשנים האחרונות בעיקר, ובעיניי עלו תמונות מהמשנה שבה נפטרה אימי האהובה. חמש פעמים טסתי לישראל באותה שנה, חמש פעמים של טיסות ארוכות ומתישות, שלא לדבר על ההוצאות הכספיות של כל הנסיעות ואלפי הדולרים שהוצאתי בכל פעם שהרגשתי שאני חייב להגיע מייד כי אימא שלי בבית חולים והרופאים לא בטוחים שהיא תשרוד עוד הרבה. נזכרתי באחת מהטיסות האלה, יושב בשדה התעופה ובוכה בדמעות גדולות לתוך הקפה שהזמנתי, ובאישה המתוקה שבאה לחבק אותי ואמרה לי, "אני אחבק אותך אפילו שאנחנו לא מכירים. אחבק אותך כי אני רואה שאתה חווה משהו מאוד כואב, אני כל כך מצטערת בשבילך..."

וכמו בכל פעם שאני נזכר בסצנה הכואבת הזו משדה התעופה, דמעות מילאו את עיניי, אך מחיתי אותן במהירות, לפני שאיתן ישים לב אליהן. יכולתי לחלוק עימו את הזיכרון ועוד הרבה אחרים, אבל זו לא הייתה הבמה שלי. היום, השעה והרגע היו לגמרי שלו.

איתן נעץ מבט בשולחן ואמר בשקט, "בשיחות הטלפון כולם מספרים לך כמה הם מתגעגעים אליך והם רוצים שתזכור שאתה חסר

להם, שהם אוהבים אותך ושהלוואי שהיית חלק מהחיים שלהם, אבל המציאות שטופחת לך בפרצוף היא שזה כבר לא כך. אתה כבר לא חלק מהחיים שלהם, אלא בסך הכול אורח אהוב שמגיע פעם בשנה, שנתיים או ארבע שנים, להזכיר לעצמך ולהם שאכן, פעם היית חלק מהם, אבל עכשיו מה שנשאר לך זה לנסות להשלים את החסר בחיבוקים ובמתנות ובשיחות לתוך הלילה. ואחרי החופשה אתה חוזר לעולם השני שלך, שאתה בעצמך יצרת, ובימים הראשונים קצת עצוב לך, אבל אז ההתחייבויות קוראות לך ומחזירות אותך מהר מאוד למציאות האחרת שלך, לשפה האחרת שלך, לחברים החדשים שלך ולקהילה החדשה שבנית מסביבך. והגעגועים הולכים איתך ומלווים אותך בכל יום ובכל אשר תלך, ואתה מתרגל לחיים עם געגועים אבל לא יכול לבוא לאיש בטענות. זו הייתה בחירה שלך ורק שלך. וככה הלב שלך לומד לחיות בין שני עולמות," המשיך איתן. "הלב חצוי ובמקרה שלי — גם הרגליים. רגל אחת כאן בהרי הרוקי, והרגל הנוספת צריכה להיות בארץ, אבל במקרה שלי אין לי רגל," הוא גיחך, "זו הרגל שתמיד תהיה בצד השני של העולם, מרחק אלפי מיילים."

הוא גחן לפנים ויכולתי להישבע שראיתי דמעות בעיניו, אבל החרשתי ולא אמרתי מילה.

"אז אני עושה לעצמי טובה ומזכיר לעצמי בדמיון ובלב שאכן יש לי רגל גם בצד השני של העולם, והרגל שאין לי מזכירה לי למה החברה שאמרה שאני הכול בשבילה עזבה כשהבינה שאין לי ולא תהיה לי רגל שמאלית לעולם."

נדהמתי מהפתיחות של איתן ושמחתי באותה מידה על שהחליט לחלוק איתי עומקים ולבטים שגם אני ורעייתי חווים.

סינדי המלצרית החייכנית סיפקה לנו הפוגה נעימה כשהגיעה עם הפיצות והסלט שהזמנו. ביקשתי עוד ספל שוקו חם ואיתן הזמין עוד בירה.

כשזו הגיעה הוא לגם לגימה גדולה, הניח את הכוס וסקר את האנשים שישבו מימיננו. אני הצצתי בשעון כדי לראות אם אני

לא מאחר לפגישה עם בתי ליד הגונדולה, ושמחתי לראות שיש לי
עוד קצת זמן. יכולתי להרגיש שאיתן רוצה לדבר עוד. נגסתי נגיסה
מהפיצה והתענגתי על החמימות ועל שפע הטעמים. אכלנו כך כמה
דקות בלי לדבר, שקועים כל אחד במחשבותיו. לבסוף שאלתי, "ומה
עם החבר'ה מהיחידה? אתה שומר על קשר איתם?"

"כן, מדי פעם אני שומע מהם," איתן התנער מהרהוריו וחזר לכאן
ועכשיו. "בדיוק השבוע שלחו לי תמונה מהחתונה של יוסי, ואורי שלח
תמונה מהפיקניק השנתי שעשו לפני חודש. שמע, גם הם משתנים.
כולנו קצת התבגרנו. אצל צביקי רואים קצת שיער לבן ואורי הג'ינג'י
כבר מתחיל לגדל כרס קטנה, ואני אומר לעצמי שאם הייתי שם הייתי
סוחב את אורי בכוח לג'ים..."

"אז עכשיו שאלת השאלות," חייכתי. "איך מכל זה התגלגלת
לקייסטון?"

איתן נאנח קלות, הניח את מזלגו ונשען לאחור בכיסאו. "כמו
שסיפרתי לך, הייתה לי חתיכת פציעה. הרופאים אמרו לי שהייתי
הפרויקט שלהם. חטפתי הרבה רסיסים, שברתי שש צלעות ואחת מהן
דקרה את הריאה הימנית. במשך חמישה עשר יום הייתי מחובר למכונה
ששאבה נוזלים מהריאות, ובאותו זמן עברתי ניתוחים בריאות, בגב,
ביד הימנית ו'גולת הכותרת'," הוא הוסיף בציניות, "כריתת הרגל."

איתן דיבר עכשיו בקול נמוך וכואב. קולו שוב רעד והוא קצת
גמגם כשחשקל איך להמשיך. הוא ניגב את עיניו בגב ידו. אלוהים
אדירים, מה האיש הצעיר הזה עבר, חשבתי. הוא בגיל של הבת שלי,
היה יכול להיות בני... שוב רציתי לתת לו את החיבוק הכי חם שאפשר.
ושוב לא הייתי בטוח, אבל יכול להיות שראיתי שם עוד דמעה. איתן
לא נתן לה לזלוג ומייד העביר את ידו על עיניו ואז נד שוב בראשו
לשלום למישהו שעבר לידינו. הזכרתי לעצמי שהרי הוא מקומי ומכיר
את כל התושבים בעיירה הקטנה.

"אנשים חושבים שחייל נפצע, מקבל טיפול מצוין, עובר למחלקת
שיקום ואז חוזר הביתה והכול טוב ושמח והחיים חוזרים למסלולם,"

המשיך איתן. "עכשיו לך תסביר להם שאחרי הטיפול הרפואי מתחילה המלחמה השנייה, הארוכה והמתישה, ההתמודדות עם החיים בבית ועם עצמך. מנטלית אתה בן אדם אחר לגמרי. אתה לעולם לא תהיה מה ומי שהיית לפני הפציעה."

הנדתי בראשי בהשתתפות והמתנתי להמשך סיפורו.

"דווקא כשהתחלתי קצת להתחזק הגיע המשבר הגדול הבא. כמו שהבנת, החברה שלי שינתה כיוון. פתאום הפציעה המגבילה שלי והמראה החיצוני שלי שהשתנה, עם פנים מלאים סימנים מהרסיסים שחטפתי, עשו לה משהו וכבר לא הייתי החבר החתיך והחזק שלה. המצב החדש שינה את היחסים בינינו, שלא לדבר על הסקס שנעלם. אני חושב שכל עוד לא כרתו לי את הרגל היא קיוותה שאחלים ואשתקם ושאחזור להיות מי שהיא מכירה. לכן אחרי הכריתה, כשהיא לא באה לבקר אותי במשך שבועיים וסיפרה לי שהיא בבית, חולה בקורונה, לא חשדתי במאום. רק כשאימא שלי ואחותי באו יום אחד לבקר וסיפרו לי שראו אותה במסעדה עם חברות, רק אז התחלתי קצת לחשוד ומשהו לא הסתדר לי, אבל לא אמרתי מילה בנושא. בהמשך, כשכבר באה לבקר, היא התחילה לרמוז לי שהיא לא יודעת איך להתמודד עם בן זוג בלי רגל ושהיא לא מסוגלת לראות דם ופצעים וזה עושה לה רע... מה הייתי צריך להבין מזה?

"עשיתי רגע חושבים עם עצמי ואמרתי לה שאני צריך קצת זמן לעצמי כדי להתחזק ושכדאי לנו לקחת פסק זמן כדי להחליט על הצעדים שלנו לעתיד. אני לא מאשים אותה," המשיך איתן, "אני יודע שלא הייתי בן אדם קל אחרי הפציעה ובתקופת השיקום. כשהודעתי להורים שהחלטנו לקחת פסק זמן – הם היו בטוחים שאנחנו בדרך לחתונה. אבא שלי צלצל לאח שלו באוסטריה, בארלברג, והדוד המדהים שלי הציע שאבוא לחופשה באתר הסקי היפהפה שלהם בהרי האלפים. אני זוכר ששאלתי את עצמי ביום הראשון שהגעתי לשם איך לא ידעתי על חלקת האלוהים הקטנה הזו עד עכשיו."

"אז שם בארלברג למדת לגלוש על השלג?"

"כן, הגעתי לארלברג ושבועיים לא עשיתי כלום חוץ מלהכיר את האזור, לאכול הרבה דגים ולקשקש בכל ערב בלובי עם גולשי הסקי שהשתכנו במלון. באחד הימים כשישבתי בלובי ליד יוהאן, אחד ממדריכי הסקי של האתר, וסיפר שלי שהבן שלו מגיע לכמה ימים לביקור. למוחרת הצטרפתי אליהם וצפיתי בהם מוקסם לגמרי כשעשו סקי בכזו קלות – הבן היה גולש מקצועי לא פחות מאבא שלו – ולצפות בכזו רמה של מקצוענות בסקי היה חוויה אמיתית ומעוררת קנאה.

"אחרי שגלשו כל הבוקר הלכתי איתם לאחד מהפאבים המקומיים, לאכול ארוחת צוהריים, וכטוב ליבנו בבירה יוהאן הפתיע אותי ושאל למה אני לא גולש. הסתכלתי עליו בהפתעה. 'אני? איך אני יכול? אני עם רגל תותבת!'

"יוהאן חייך ואמר לי, 'מה אכפת לך לנסות? אם אתה מסוגל ללכת טוב על הרגל התותבת אתה יכול גם לעשות סקי. זה עניין של שליטה ואיזון. אני מוכן ללמד אותך'.

"הרמתי את הכפפה, תרתי משמע, ואחרי ארבעה חודשי פרקטיקה ולימוד מסור עם יוהאן הפכתי לגולש. אומנם לא במסלול השחור שהוא מאתגר ומסוכן בתלילות שבו אבל כן בשאר המסלולים. התפנית החדה הגיעה כשאחד האורחים במלון ביקש ממני ללמד את הבת שלו לגלוש. אני זוכר שהסתכלתי עליו ולא האמנתי למשמע אוזניי, אבל קול בתוכי אמר לי שכן, אני יכול, אני מסוגל! עברתי השתלמות קצרה וקורס בנושא בטיחות בסקי והתחלתי ללמד סקי לילדים. מהר מאוד התאהבתי מחדש, הפעם במשהו שממלא לי את הלב ואת הנשמה."

"איזה סיפור עוצמתי ואיזה בחור מדהים אתה, איתן," אמרתי בהתרגשות, "ראה איך מצאת לך את הדרך להתרגש מחדש."

הוא צחק. "ככה נשארתי בארלברג עוד שנתיים, עד ששמעתי את אחד ממדריכי הסקי מספר שהוא נוסע לקולורדו כדי לחוות גלישת סקי בהרי הרוקי ושאל מי רוצה להצטרף אליו. וכמו שאתה רואה הגעתי, התאהבתי ונשארתי."

"שמע, איתן," הנעתי את ראשי מימין לשמאל, "אתה באמת מדהים. עברת דרך קשה, מורכבת, כואבת, מה לא, והנה מצאת עניין, תשוקה לחיים ואהבה חדשה. אני מוריד את הכובע בפניך," החוויתי הסרת כובע דמיונית. "אתה מעורר השראה ואני שמח מאוד בשבילך."

"לא יודע, מיכאל," הוא התעטף שוב בתוגה קלה. "היה לי קשה עם זה שהחברה שלי הרימה ידיים, לא האמינה בשיקום שלי, אפילו בשיקום פיזי בסיסי, ופשוט ויתרה עליי. אבל מזה יצא שלקחתי על עצמי את פרויקט השיקום שלי כמטרה נעלה ועשיתי זאת בדרך הכי אבסורדית שיכולתי להעלות על הדעת," הוא חייך, "להיות מדריך סקי!"

הנחתי יד על כתפו ואמרתי בשקט, "קראתי איפשהו שאתה אף פעם לא יודע כמה חזק אתה יכול להיות עד הרגע שלהיות חזק זו הברירה היחידה שיש לך."

איתן הרים את כוס הבירה שלו ואני הרמתי את כוס השוקו הכמעט ריקה והשקנו "לחיים". אחר כך קמתי וחיבקתי אותו חיבוק חם ואוהב. החלפנו מספרי טלפון, ואיתן הבטיח שיבוא לבקר אותנו בדנוור.

התעטפתי במעילי החם, חבשתי את הכובע הסרוג וכיסיתי את האוזניים, שלא יקפאו. על הכובע שילשתי בעטיפה את הצעיף, פתחתי את דלת העץ הכבדה של הפיצרייה החמימה ומייד נשאבתי לאוויר הקר.

רוח קפואה טפחה על פניי בחוץ. השעה כבר הייתה שעת צוהריים, אז לרוב הטמפרטורה הכי גבוהה מגיעה ל-20 מעלות פרנהייט (מינוס 7 צלזיוס) וברור שהשלג כבר לא יימס היום. צעדתי מהר כדי להתגבר על הקור מקפיא העצמות, אבל בתוך תוכי זרמה הרגשה חמימה. חשבתי על איתן המדהים, על משבר הפציעה שעבר ועל המלחמה האמיתית שלו שהתחילה לאחר הפציעה, ואיך עם מוטיבציה וכוחות שהוא לא ידע שקיימים בו הוא "נעמד בחזרה על רגליו" והחזיר לעצמו את הרגל שנלקחה ממנו. זו רגל הסקי שלו, שחזרה אליו בעוצמה על-אנושית של אריה נחוש, לוחם שרוצה להוכיח לחבורת האריות

בפלוגה שלא רק שקיבל רגל חדשה, אלא גם העניק לעצמו רגל פלדה
שעשויה מנחישות, עקביות ועוצמה, רגל שעוזרת לו אפילו להתגבר
על הרגשת החצוי שיש בו ומרפדת את געגועיו לארץ ישראל באהבה
החדשה שצמחה בו.

11.

שייך? לא שייך?

מה עוזר לנו לקבל הרגשת שייכות לארץ? מהו הדבר שגורם לנו להתרגש בכל פעם שחושבים עליו בהקשר לישראל? מהו הדבר שמרטיט לנו את הלב כשאנחנו חושבים על ארץ ישראל? האם זה מיקום גיאוגרפי? הכרה בשורשים ההיסטוריים? זיכרונות ילדות? הזדהות עם השפה? המשפחה? האוכל? החברים? השירות הצבאי? אולי הסיבה היא שילוב של כל הסיבות האלה, או לפחות של חלק גדול מהן? שאלתם את עצמכם?

אני מעולם לא שאלתי את עצמי את השאלות הללו, עד ששיחה שקיימתי עם נהג "אובר" ישראלי בפלורידה גרמה לי להתחיל לחפור במעמקי הקרביים של מחוזות האמת שבי כדי למצוא תשובה, אך גם עכשיו, נכון לשעת כתיבתן של השורות הללו, עדיין לא הגעתי אל "המנוחה והנחלה" ואין לי תשובה.

הכול התחיל כשלכבוד יום הנישואים שלנו פינקנו את עצמנו בחופשה בדיירפילד ביץ', עיר קטנה במרחק כשעה ורבע נסיעה ממיאמי, פלורידה. חופשה שקטה ליד הים הכחול-טורקיז שחסר לי כל כך בדנוור קולורדו.

נחתנו במיאמי והזמנו "אובר", שהפליא להגיע בתוך מספר דקות,

149

כך שאפילו לא הספקנו ליהנות מהשמש החמימה של חודש מרץ באזור ההמתנה.

הנהג היה אדם מבוגר, בשנות השישים המאוחרות לחייו, גבוה, שזוף וחייכן, בעל שיער כסוף ועיניים חומות וחמות. לאחר שעזר לנו להעמיס את המזוודה ואת התיקים בתא המטען הרחב של הרכב, הודינו לו והתיישבנו בנוח במושב האחורי.

השעה הייתה שעת צוהריים, ולמרות שבחוץ לא היה חם מדי, הנהג הפעיל את המזגן. נשמתי לתוכי בשמחה את האוויר הנעים והקריר שנפלט מפתחי האוורור.

"זה מזג האוויר האופייני לסוף מרץ אצלכם?" שאלתי באנגלית את הנהג הנחמד, שבינתיים חגר את עצמו בחגורת הבטיחות.

"בערך," ענה לי האיש במבטא זר. "בדרך כלל עדיין נעים במרץ, אבל באפריל ובמאי השמיים נפתחים באגרסיביות והגשמים הכי חזקים יורדים. בחודשים האלה הטבע מזכיר לנו את המשמעות האמיתית של מזג אוויר טרופי, ואחר כך פלורידה זוכה ליום אחד של שקט לפני שמתחילה עונת ההוריקנים, בדרך כלל בין יוני לספטמבר."

שמתי לב שהמבטא של הנהג נשמע לי מוכר, אבל עדיין לא יכולתי להחליט מהו.

"אתה מפלורידה במקור?" המשכתי לשאול באנגלית. כדי שלא לגרום למבוכה בשאלה הבוטה מאיפה הוא, השתמשתי באחד הטריקים שלי, פשוט לשאול אם הוא יליד פלורידה או שהגיע אליה ממדינה אחרת. זה תמיד עובד ואף אחד לא נפגע.

"הו, לא," השיב האיש. "אני גר כאן כבר הרבה שנים אבל אני מישראל במקור."

בום! זה מה שאותת לי המבטא שלו, אבל העדפתי להיות בטוחה.

"יופי," אמרתי בעברית, "אז נדבר בעברית? נעים מאוד, חבר," חייכתי בשמחה.

"הו, שלום חברים," השיב הנהג הנחמד גם הוא בעברית. "גם לכם יש עדיין קצת מבטא ובאמת חשבתי שאולי אתם ישראלים. גם לפי

השם, אבל לא הייתי בטוח, ובעבודה יש כללים וצריך להיזהר לא לפגוע באף אחד."

"הו, כן, כמובן," חייכתי. "הכול בסדר. תגיד, כמה זמן אתה גר בארץ השמש?"

זכרתי שפעם אמר לי מישהו ש"פלורידיאנים" אוהבים כשקוראים לארץ שלהם "ארץ השמש".

"מאז שעזבתי את ישראל," השיב הנהג. "שלושים ושבע שנים, והזמן רץ."

בהמשך למדתי ששמו מיכה כהן, שהוא כבר פרש לגמלאות מעבודתו באחד המלונות הגדולים והמפוארים ביותר במיאמי, שם ניהל את מחלקת המלצרות והמזון של המלון, ושעכשיו הוא מתנדב שלושה ימים בשבוע במרכז הקהילתי היהודי במיאמי ופעמיים בשבוע עובד כנהג באובר, "כדי למלא את הכיס שלי בדמי כיס," קרא לזה, נוסף על ההכנסה שהוא מקבל מאז שפרש מהעבודה. עוד סיפר לנו מיכה שיש לו ארבעה ילדים שכבר בגרו ועזבו את הבית ושאשתו אילנה, שגם היא ישראלית, עדיין עובדת באותו מלון שבו הוא עבד יותר משלושים שנה.

"הגעתם לפלורידה מהארץ לחופשה?" התעניין מיכה ושלח אלינו מבט מהמראה האחורית.

כשהשבתי שאנחנו גרים בקולורדו כבר עשרות שנים, מיכה צחק.

"קולורדו, הא? עכשיו אני מבין מה אתם מחפשים פה... שם אתם חוטפים הרבה שלג אפילו באביב, נכון? יש הרבה ישראלים בקולורדו?" הוא המשיך לשאול כשהוא מאט את הנסיעה בעקבות הפקק המרגיז שנתקענו בו.

"יש קהילה קטנה," השיב לו רפי, בן זוגי. "עד אלפיים איש, בעיקר אנשים שבאים בעקבות עבודה."

"אי אפשר להשוות את הקהילה הקטנה שלנו לקהילת הישראלים הגדולה שלכם בפלורידה," הוספתי אני.

"כן, הקהילה פה גדולה, חצי מיליון אני חושב," השיב מיכה

כשהוא ממצמץ בעיניו אל מול השמש שהכתה דרך החלון הקדמי של המכונית. "בכלל, פלורידה מלאה יהודים," הוא המשיך ואמר, "הסטטיסטיקה האחרונה הראתה ששבעים אחוז מהאוכלוסייה בחצי הדרומי של פלורידה הם ישראלים ויהודים־אמריקאים שעוברים לכאן בגיל הפרישה. הם בורחים מהקור הניו יורקי והקנדי," הוסיף בצחוק.

רפי פלט שריקת התפעלות. "וואו, זה נתון מדהים," אמר. "לא היה לנו מושג."

המשכנו לנסוע בשתיקה, שקועים כל אחד בהרהוריו, אבל סקרנותי לא נתנה לי מנוח.

"שלושים ושבע שנים זה המון זמן," פניתי שוב אל מיכה. "יש לכם משפחה בארץ? אתם נוסעים לביקורים?"

הוא נאנח קלות. "נסענו יותר כשהילדים היו קטנים. עכשיו שהילדים שלנו עסוקים בבניית קריירה ובגידול הילדים שלהם, אנחנו עסוקים בלעזור להם כשצריך, וצריך. חוץ מזה, יש עוד אלף סיבות לכך שאנחנו לא מצליחים לתכנן נסיעה לצד השני של העולם. את יודעת איך זה, לפעמים רוצים לנסוע למקומות אחרים שעדיין לא ביקרנו בהם, לפעמים מתכננים את החופשה עם חברים...

"כשההורים שלנו היו בחיים היה לנו חשוב מאוד לראות אותם כמה שאפשר, אבל עם האחים זה קצת שונה," הוא נאנח קלות. "כל זה כמובן לא משנה את העובדה שאנחנו מתגעגעים לישראל כל הזמן ושקשה לנו לא לבקר בה הרבה זמן. אבל דעי לך – קשה גם כשנוסעים. האמת, בפעמים האחרונות לא היה כל כך כיף. אנחנו כבר לא מרגישים בנוח בישראל."

"באמת?" התפלאתי, "למה אתה מתכוון כשאתה אומר שקשה ולא כיף?"

"תראי..." הוא היסס קצת לפני שדיבר, כאילו שוקל את מילותיו. "הרבה דברים השתנו בארץ בעשורים האחרונים. נכון, אני יודע שתגידי לי שגם אנחנו השתנינו בכל השנים האלה שאנחנו פה,

ולכן זה נורמלי שמתחילים לאבד קשר עם השנים ולהרגיש קצת
לא בנוח."

"אבל בכל זאת, אתה ישראלי. אתה יכול להסביר מה לא נוח לך
בארץ? מה אתה מרגיש שקשה?" הקשיתי.

מיכה הידק את שתי ידיו שעל ההגה והחל לדבר. מאותו רגע לא
יכולתי להפסיק אותו, גם אם רציתי.

"אילנה ואני עזבנו את ישראל לפני כמעט ארבעים שנה. הגענו
ישר למיאמי והשתקענו פה. נולדו לנו ארבעה ילדים, שני בנים ושתי
בנות, וכך עבר הזמן: עבודה, בניית בית, גידול הילדים, בניית מעגל
חברתי... כמו כולם. את מכירה את זה?"

"כן, מיכה, בהחלט מכירה," עניתי.

"בכל אותן שנים הקפדנו להגיע לביקורים בישראל, בערך בכל
שנתיים כשהילדים היו קטנים. היו פעמים שהגעתי לבקר פעמיים
באותה שנה, בעיקר כשקרו אירועים משמעותיים במשפחה, כמו
כשהגיע הזמן להיפרד מאימא או מאבא. עוד קודם לכן, בכל פעם
שאחד מהם הרגיש לא טוב, ייסורי המצפון שלי עבדו שעות נוספות,
ואז הייתי מזמין כרטיס מייד ונוסע. מה לעשות."

"לכולנו יש הורים ועצוב לנו כשההורים חולים, במיוחד כשהם
מתבגרים ואתה נמצא בצד השני של העולם," העיר רפי.

מיכה, שהיה שקוע בזיכרונות, התעלם מדברי רפי והמשיך
בסיפורו.

"אני עדיין זוכר ברגשות מעורבים את הביקור הראשון שלנו
בישראל, שנה וחצי אחרי שעזבנו את הארץ," אמר. "היינו צריכים
לתאם את הביקור עם הריאיון לקבלת ה'גרין קארד' שנקבע לי אז
בשגרירות ארצות הברית בתל אביב, וכשהגיע המכתב עם התאריך
לריאיון הזמנו מייד כרטיסי טיסה.

"הביקור הראשון בארץ היה החוויה הכי מרגשת שעברתי. תארו
לעצמכם, הייתי 'יורד טרי' כמו שמכנים אותנו, ובאותו זמן כבר
התחלתי פרק חדש בחיים החדשים שבניתי פה. טיילנו בתל אביב

ובירושלים והרגשתי כאילו אני עדיין גר שם ומעולם לא עזבתי. עדיין לא הסתכלתי על עצמי כמישהו שכבר שייך לעולם אחר. זה התחיל להצליף ולהכות בי רק אחרי שנים."

רפי ואני הנהנו בהסכמה. הכרנו היטב את הרגשה.

"אתם זוכרים את התקופה שבה חברות התעופה אישרו שתי מזוודות לכל נוסע? וואו, ארזנו בשמחה ארבע מזוודות ועגלה לבת הקטנה שהייתה רק בת שמונה חודשים, וארבע מהן מילאנו במתנות. בתקופה ההיא עוד הלכנו לפי המסורת הידועה כ'טקס המתנות לפני הטיסה לארץ'. איזה טירוף זה היה. 'הדוד בא מאמריקה והביא לי...' זה היה המשפט המפורסם בכל בית בזמנו, כאילו, מה הם חשבו? שהכסף באמריקה גדל על העצים?" כאן הרים מיכה את קולו מעט בתסכול ויכולתי לראות כמה נושא המתנות הציק לו.

"אז תארו לכם, ארבע משמונה המזוודות שלנו היו מלאות במתנות לשתי המשפחות הגדולות, שלי ושל אשתי, וכמו שאתם יודעים, כי בטוח שגם אתם עברתם את זה, קניית מתנות גוזלת זמן והרבה כסף. בחודש שלפני הנסיעה, בכל יום אחרי העבודה רצנו לקניונים ולחנויות לחפש מתנות, שלא לדבר על ההוצאה הכספית... אגיד לכם את האמת, זה היה טמטום מאין כמוהו.

"במשפחה שלי אנחנו עשרה אחים ואחיות ובמשפחה של אשתי הם תשעה, ויצא שהייתי צריך לתת חצי המשכורת שלי רק למתנות. וחכו, זה לא הכול. נראה לכם שתמיד המתנות התאימו? המידה? הצבע? או שהם בכלל לא אהבו מה שהבאנו?"

מיכה הניד את ראשו מצד לצד והעביר יד על שערו בתסכול.

"עם הזמן הפסקנו להשתגע ככה. כשההורים היו בחיים קנינו רק להם, או למי שחגג אירוע משמעותי כמו חתונה או בר מצווה, ובזאת תם טקס המתנות המטורלל. בכל מקרה, הביקור הראשון בארץ היה ארוך ומלא התרגשות, דמעות, חיבוקים, שיחות נפש לתוך הלילה עם האנשים היקרים לי בניסיון להשלים את כל מה שהפסדתי בכל השנה וחצי שלא הייתי, כי הכול היה עדיין טרי

ואמיתי. הגעגועים שהרגשתי היו אמיתיים, כל הזיכרונות היו טריים,
הקשר היה חזק כמו שהיה לפני שעזבנו ועדיין הרגשתי שאכפת לי
מישראל ומכולם, שאני רוצה להיות מעורב ושאני חלק מכל מה
שקורה בארץ.

"אין לתאר איך הלב שלי רעד כשהאוטו הקטנצ׳יק ששכרנו בשדה
התעופה לוד דהר על כביש החוף לכיוון חיפה וחלף על פני עתלית.
הו, הזיכרונות מהדירה הקטנה שקנינו בעתלית תמיד ילוו אותי, ואיך
תמיד אמרתי לעצמי שאין סיכוי שנעבור מדירה של חמישים מטר
מרובע בבלוק הישן, דירה של שני סטודנטים בלי גרוש על הנשמה,
ואיך בהתרגשות חזרתי ואמרתי בכל רגע, ׳עוד מעט אראה את אימא
שלי,׳ ואשתי, שרצתה להרגיע אותי, הגישה לי פחית שתייה של ׳לה
קרואה׳, משקה סודה ללא סוכר, ולא הצלחתי לבלוע אותו. הסודה
עמדה לי כמו אבן בגרון.

"ארבעה שבועות היינו בישראל. ארבעה שבועות שעברו כמו
חלום. זה היה גם הביקור הכי טעים שאני זוכר מכל הביקורים שהיו לי
כל השנים האלה. עד עכשיו הפה שלי מתמלא ברוק כשאני נזכר איך
התנפלתי על האוכל שכל כך התגעגעתי אליו, המטבוחה של אימא
שלי והמחמר, הסיגרים או השבקייה המתוקה ששלפתי באצבעות ישר
מהקערה של הסירוף החם. אכלתי עד שההבטן שלי התפקעה ולא היה
בה עוד מקום למנות שבאו אחרי הסלטים...״

"הדג המרוקאי של אימא בשישי בערב," הוספתי בחיוך.
"והפסטלים, והצלי עם רוטב בצל מתוק, ואיך אפשר לשכוח את
הסיגרים החריפים כמנה ראשונה או עלי פילו ממולאים שקדים
טחונים ונוטפים סירוף חמוץ מתוק," נשאבתי לזיכרונות בעצמי.
"רק מהמחשבה על הצבעים האדומים והכתומים של הדג הכי מתובל
בעולם אני רוצה להיות ע כ ש י ו במטבח של אימא שלי."

"והבורקסים עם הגבינה הבולגרית והביצה הקשה שאתה קונה
מהרוכל ברחוב העצמאות ליד הנמל של חיפה?" צחק מיכה.
"זה עם העגלה הישנה? עם הגג קרוע?" הצטרף רפי לשיחה בחיוך.

"כן!" השיב מיכה, "אבל עזבו את הגג הקרוע. ממרחק של שני רחובות כבר הרחתי את הריח הממגנט, הריח שאף ריח של בורקס אחר בעולם לא ישווה לו. והטעם... כבר בבוקר הראשון בארץ התעוררנו וירדנו לעצמאות כדי לקנות בורקס בולגרי. אני אומר לכם, אין כמו האוכל של הארץ. זה היה דבר שהתגעגענו אליו מאוד בשנה וחצי הראשונות שחיינו בצד השני של העולם."

רפי ואני הבטנו זה בזה. ידענו בדיוק על מה הוא מדבר.

"עכשיו, שתבינו," המשיך מיכה בעודנו מזדחלים בפקק התנועה הארוך והשקט, "גם הנסיעה השנייה, שנתיים אחר כך, הייתה מלווה בציפיות מעצבנות ליום הטיסה ובחוסר סבלנות מרוב התרגשות. התגעגעתי והתרגשתי וכבר דמיינתי לעצמי איך זה יהיה לראות שוב את אימא שלי, ועם כל תמונה שלה בדמיוני גם חזרו ובאו הדמעות בעיניים וההתרגשות הלכה וגברה. בדיעבד, יכול להיות שכבר אז היו בי לא רק דמעות של געגועים, אלא גם דמעות של אשמה. כן, בהחלט, יכול להיות שכבר אז קצת האשמתי את עצמי על מה שהבאתי על עצמי, כלומר על ההחלטה שלי לעבור לחיות בעולם של טיסות ארוכות מצד אחד של העולם לצידו השני, שיחות טלפון טרנס־אטלנטיות, ניתוק משפחתי וריחוק מחברים טובים, שכולם בעצם היו מרצון. אף אחד לא הכריח אותי לעזוב את ישראל. אני הייתי זה שרצה לעבור ולאמץ חיים של געגועים תמידיים. אז כן, אם להיות כן עם עצמי ואיתכם, אני מודה שאולי כבר אז היו בי קצת רגשות אשמה, אבל התכחשתי אליהם. שנה או שנתיים בחו"ל עדיין לא הראו לי עד כמה באמת החלטתי להעניש את עצמי. התייחסתי לביקורים הראשון והשני כמו לביקור של מישהו שגר בישראל, אבל בעיר רחוקה משאר המשפחה שלו, אולי במקום כמו אילת, ושבא לבקר כי לא ראה את המשפחה הרבה זמן.

"בינתיים החיים שלנו במדינת פלורידה המשיכו לזרום, ובין גידול ילדים, התבססות בעבודה וטיפוח חיי חברה חדשים הפכתי להיות אדם עסוק. כמה עסוק? מאוד. נהייתי אדם שרוצה להקדיש את כל

כולו לביסוס כלכלי ולטיפוח הקריירה. החל מיקיצת בוקר בשעה הכי
מוקדמת שאפשר ועד כיבוי אורות אחרון בבית, בשעות הקטנות של
הלילה, ובין לבין התמודדות יום־יומית עם הבעיות השונות שהחיים
זימנו לנו. הרי הבטחתי לעצמי שאגיע לפסגה במה שייחלתי לעצמי,
לקבל את התפקיד של מנהל מחלקת המלצרות והמזון במלון חמישה
כוכבים, והגעתי לזה."

"מיכה," אמרתי בשקט, "זו שאלה קצת יותר אישית. אתה חושב
שכאשר חיית בארץ לא האמנת שיש בך יכולת להגיע למטרות שהצבת
לעצמך פה באמריקה, ושהגעת אליהן בעצם בזכות עצמך והיכולות
שלך ולא כיוון שעזבת את ישראל?"

"זו שאלה טובה," השיב מיכה אחרי הרהור קל. "הייתי צעיר, עוד
לא התנסיתי מספיק בחיים ובהחלט יכול להיות שלא האמנתי בעצמי
אז. לא חשבתי שיש בי יכולות להגיע רחוק. היום, בדיעבד, אני יודע
למה אני מסוגל ומה אני יכול, וזה הרבה."

לא הייתי בטוחה שזה היה נכון לקלוע ולשאול שאלה כל כך
רגשית ואישית (וגם קיבלתי דחיפה בכתף מרפי שישב לידי) והחלטתי
להרפות קצת לשתוק.

באותם רגעים של שקט מיכה הוציא קופסת פלסטיק מלאה גרנולה
מתיק שחור שנח לידו במושב הנוסע ואמר לנו בחיוך, "תבורך לי
אשתי, אילנה. 'העזיזה שלי' תמיד זוכרת לדחוף עוד אוכל לתיק שלי.
לא הספקתי לאכול ארוחת צוהריים. בא לכם גרנולה שהיא מכינה?"
"לא, תודה, מיכה, לבריאות," השבתי בחיוך.

מיכה הטיל חופן גרנולה לפיו ולעס אותה בהנאה, אבל לא ויתר
על המשך סיפורו. הוא המשיך לדבר כשהגרנולה המתוקה והיבשה
מתפצחת לו בין השיניים.

"אז הנה שלושים ושבע שנים עברו. זה הרבה שנים לתת לזמן
לעשות את שלו והוא אכן עשה את שלו," הוא גיחך, "היה לזמן
הרבה זמן להמשיך לבנות את המחיצה שבלי להיות מודע לה הלכה
והתרחבה ביני לבין העולם הקודם שלי. במקרה הזה הזמן היה אכזרי

ועקבי בבניית חומה עבה, ובבדיקות חצץ יותר ויותר ביני לבין מה שהיה פעם החיים שלי והבית שלי. אני מרגיש שכל שנה, חודש ויום שעוברים מעבים עוד יותר את חומת עולם האבן ביני לבין מה שפעם היה ביתי ומבצרי בישראל."

אומנם מיכה היה שקוע בנהיגה, אבל הרגשתי שכאילו פתחתי אצלו איזשהו מעיין שרצה להשתפך ולא מצא את המקום והזמן לכך, ואני, בעידוד הסקרני שלי, עזרתי לו לפתוח משהו שפרץ בזרם כן של גלי וידוי. אני לא יודעת עד כמה היה מיכה גלוי עם אשתו או עם חבריו, אבל היה לי ברור שנגעתי בנקודה מאוד רגישה ושזו הפעם הראשונה שבחר לדבר בכנות כזו על משהו שהטריד אותו וקצת ייסר אותו.

ומעל לכול, נראה שהעובדה שמיכה דיבר איתנו, שני ישראלים שבחרו גם הם לחיות בעולם של חצויים, עזרה לו להיפתח אלינו עוד יותר, מעין "חברים לצרה".

מיכה שלף מהצידנית הקטנה שהייתה על המושב הקדמי שני בקבוקי מים קטנים ואמר, "קחו, תשתו, חברים. החום פה מייבש את הגוף והנשמה."

הודינו לו ולגמנו מהמים הקרים בזמן שהוא המשיך לדבר.

"יש הרבה רגעים שבהם אני מרגיש שבעצם הדבר היחיד שנשאר לי משותף עם הארץ שבה נולדתי וגדלתי זו השפה העברית, וגם פה מדי פעם אני כבר לא זוכר מילים מסוימות או כותב בשגיאות פה ושם. כשלא משתמשים בשפה זה המחיר שמשלמים, כמו כשלא משתמשים במספר טלפון הרבה זמן ושוכחים אותו. יש הרבה מילים שאני לא משתמש בהן ולכן אני שוכח אותן ומוצא אותן באנגלית. אני כבר לא מדבר על זה שאני מגיע לביקור בישראל ושומע ברחוב או בסופר מילים ש'התעברתו' מאנגלית, מילים משובשות שאנשים מאמצים כי זו האופנה החדשה בארץ ומילים בעברית שגם המילון העברי לא מכיר. כיום כשאני מגיע לביקור בישראל, כבר ביום הראשון אני נקרע בתוכי, כי מצד אחד אני שמח לבקר את האחים והאחיות – ומה

לעשות, ההורים כבר עברו לגן עדן – ולראות את השינויים שקרו אצלם ואת הצמיחה וההתפתחות של המשפחות שלנו, ומצד אחר המציאות שוב טופחת לי על הפנים. אני כבר לא חלק מהשינויים שקורים בעולם שהיה שלי פעם, ולא חלק מהמדינה שהייתה שלי, ושוב אני חוטף דיכאון מהההרגשה שאני זר בארץ שלי! אני מרגיש שאני לא שייך לסביבה שאני מבקר בה, שזה כבר לא מקומי. אני מסתכל סביבי ומרגיש לבד, גם אם אני ברחוב רועש ומלא אנשים, משום שאני יודע שאני כבר לא חלק מהם, אני רק מבקר, תקראו לזה תייר אם אתם רוצים, וזאת הרגשה קשה. אני אהיה כן איתכם, אני מרגיש לבד, זר גמור.

אני כבר לא מתמצא בכבישים, הרכבות יותר חדישות, האוטובוסים השתפרו ויש אוטוסטרדות חדשות שאני לא מכיר. הנהיגה מתחילה להיות מסובכת בשבילי, ותודה לאל שיש 'וווייז' עכשיו, כי הפנייה ההיא מהבית של ההורים שלי, שפעם נהגתי בה בעיניים עצומות בכל פעם שחזרתי לשבת מהבסיס, כבר סגורה. הפכו אותה לחד סטרית מהצד השני. והעניין הכי משמעותי הוא האנשים בארץ. פעם הלכתי עם אחותי לערוך קניות בסופר בחיפה, והכול שם נראה לי כל כך שונה ממה שאני רגיל לראות פה. האנשים היו עצבניים, מרוגזים, לא אדיבים, ואני כבר כל כך רגיל לזה שאנשים מברכים אותך גם אם הם לא מכירים אותך, אני רגיל למנטליות אחרת ולא יודע... רציתי רק לצאת משם כמה שיותר מהר."

הנסיעה שלנו הלכה והתקרבה לסיומה. יכולתי להרגיש שלמיכה יש עוד הרבה מה להגיד, אבל הזמן היה קצר. ראיתי שהוא חושב מה להגיד ולא הפרעתי לו בשאלות. הוא שתק עוד רגע ואז אמר בקול שקט, "קשה לי להגיד את זה, אבל שוב, אני רוצה להיות אמיתי עם עצמי. יכול להיות שתחושת הזרות שאני חווה בכל פעם שאני מגיע לארץ נוצרה בעצם על ידי? יכול להיות שבעקבות המאמץ הגדול שעשיתי כדי להשתייך
לארץ אחרת, ללמוד את הסלנג המקומי כדי לא להישמע כל

כך שונה מהמקומיים, לאמץ את ההרגלים של המקומיים פה, כדי
לא להיראות זר ולא להרגיש זר ולא להיות שונה מהאנשים שסביבי
בעולם החדש שבחרתי לחיות בו – כל זה כבר טבוע בי חזק, עד כדי
כך שאני מרגיש זר בכל מקום אחר והכי כואב לי – אני מרגיש זר
בארצי שלי, בארץ ישראל. זר ללחם שפעם אהבתי, זר ליין 'הברון'
שנהגתי לקנות, זר לכמעט כל מה שהיה פעם כור מחצבתי.
אז נכון, בביקורים הראשון והשני ואפילו בשלישי עדיין לא ראיתי
את החיץ שמתחיל להיבנות סביבי, ועוד לא צפיתי את החומה הגדולה
שהזמן יבנה בכמעט ארבעים שנה שאני חי פה בפלורידה. הייתי צעיר
וכל מה שראיתי היה החלום שהיה לי. ולהגיד שהצלחתי לממש את
החלום שהיה לי? כן! יש לי בית טוב, גידלתי ארבעה ילדים וכולם
סיימו לימודים עם תארים, ובסך הכול אנחנו בסדר, תודה לאל. אבל
היום, ברגע כמו זה, אני שואל את עצמי – מה, לא יכולתי להצליח
באותה מידה גם בישראל?

12

שני עוגנים לספינה

"לכל ספינה יש עוגן, נכון?"

"כן," אתם עונים לי ומסתכלים עליי בתמיהה. שאלה מוזרה.

אני מנידה בראשי לשלילה ואומרת לכם, "חברים, אתם טועים. יש
מצב שלספינה יש שני עוגנים."

אתם תוהים ומבקשים הסבר, ואני רוצה לענות לכם בשאלות:

"מה זה עוגן?

ממה עשוי עוגן?

למה משמש עוגן?

מה קורה אם לספינה אין עוגן?

האם עוגן מעיד על שייכות למקום שבו הספינה עוגנת?

האם עוגן מבטא הזדהות עם המקום שבו הוא עוגן?

האם עוגן נותן הרגשת ביטחון?

האם יש משמעות בין כובד העוגן לבין הרגשת זהות?"

הסיפור הבא עזר לי להמחיש מצב שבו לספינה יש שני עוגנים
כשמדובר ברגשות, בזהות, בביטחון ובהרגשת שייכות.

כמו בכל שנה ציינה הקהילה היהודית בדנוור את יום הזיכרון לחללי
צה"ל. נכנסנו בהתרגשות ללובי הגדול של האודיטוריום במרכז
הקהילתי היהודי, והצטרפנו לתור הארוך להדלקת הנרות המסורתית
שלפני הטקס.

לפנינו בתור עמדו דוד ואיילה לוגסי, זוג נחמד שאנחנו מכירים
המון שנים ושהם חלק מהקהילה הישראלית של קולורדו. זכרתי שהם
הגיעו לדנוור יותר משלושים וארבע שנים לפנינו. אף שהתאמצו
שלא להרים את קולם, לא יכולתי שלא לשמוע את שדיברו ביניהם,
ובלהט הוויכוח הם לא שמו לב שאנחנו עומדים מאחוריהם. שמתי לב
שאיילה ניסתה להסתיר את הרוגז שניכר בפניה.

"זו הפעם האחרונה שאנחנו באים ליום הזיכרון בדנוור, דוד,"
פסקה איילה בהחלטיות. "בשנה הבאה אהיה ביום הזיכרון בארץ, עם
הבנים ועם הנכד או הנכדה שייוולדו."

"איילה, די, מספיק. רדי ממני, אני לא חוזר השנה לארץ," שמעתי
את דוד לוחש לה בחזרה בלי לסובב את פניו.

"אני רוצה להיות ליד כפיר ולביא," איילה לא ויתרה. "במיוחד
עכשיו שכפיר הודיע לנו שדפנה בהיריון. אני רוצה להיות ליד הנכדים
שלי! אתה שמעת איך כפיר צחק כששאל אותנו אם אנחנו רוצים
סיבה טובה להפסיק להיות הורים 'אמריקקים'? ברור שהוא התכוון
שהוא רוצה אותנו לידו בלידת הבן או הבת בקרוב."

דוד שתק, מבטו נעוץ בתור שלפניו.

"דוד, אתה מעכל?" הקול של איילה נשמע עצוב מעט. "עוד מעט
יהיו לנו נכדים שיקראו לנו 'סבא וסבתא אמריקקים'."

"אוי, תפסיקי כבר, את לא צריכה לקחת ללב כל דבר קטן שהילדים
אומרים, ובכלל, אולי תמצאי לכפיר גם את איזה שם מצחיק? באמת,
איילה, דווקא עכשיו שנעשיתי שותף בעסק את רוצה שאני אעזוב
הכול ואחזור לארץ?"

"כן, בדיוק ככה," איילה הנהנה. "אני רוצה להיות ליד הילדים
שלנו וליד הנכדים שיהיו לנו. אם הם החליטו שהם רוצים לחיות

בארץ אז זהו, הגיע הזמן שגם אנחנו נחזור ונהיה סבים והורים משמעותיים."

"איילה, תירגעי," רגז דוד בשקט, "לא מחליטים דבר כזה בכזו קלות. אני לא בן עשרים שיוצא לחפש הרפתקאות. את יודעת מה זה בשבילי לקפל את הפקלאות ולחזור לארץ בגיל שישים וחמש? אני כבר לא זוכר איך זה לחיות בישראל."

"דוד, אתה מדבר על הארץ שלנו, ארץ ישראל! אז מתרגלים מחדש, מה אתה דואג? משפחה וחברים? הם שם, או רובם בכל אופן, והם שרדו כל הזמן הזה. מה, עד כדי כך רע להם? לא! תקשיב ללביא ולכפיר. הם מספרים שנחמד להם בארץ, ושמעת שלביא אמר לי היום שהוא לא מבין למה בכלל עזבנו..."

"תקשיבי," דוד פנה אליה בתקיפות, "אף אחד לא יותר שמח ממני שהבן האמריקאי שלנו מצליח וטוב לו בארץ. לביא לא נמצא במצב שלנו. אנחנו כמעט בגיל פרישה והוא – כל החיים לפניו. לביא מזכיר לי אותנו כשהיינו בגיל שלו, גם לנו היו חלומות, גם אנחנו עברנו לכאן כדי להכיר חיים שונים מהחיים שהיינו רגילים אליהם. רצינו לשפר את האנגלית שלנו שהייתה מגומגמת, רצינו לבנות עסק שיביא לנו הרבה כסף. רצינו להכיר חיים אחרים, נכון?"

איילה הנהנה, ודוד המשיך.

"אז אני מבקש שתביני שאני רוצה לצאת לפרישה עם משהו ביד. עבדתי קשה כדי לבנות את מה שבניתי ועכשיו, כשאני שותף בעסק, אני רוצה להחזיק מעמד עד שהעסק יימכר. אז לפחות יהיה לי חלק ברווחים ואני אצא עם סכום יפה ביד ואוכל לאפשר לנו פרישה נוחה בלי דאגות כלכליות."

"דוד, אתה שומע את עצמך? עזוב את הכסף, זה לא הכול בחיים. יש דברים שלא קונים בכסף," כעסה איילה והסיטה את שערה הארוך והשחור מעיניה.

יכולתי לראות שדוד נע במקומו בחוסר סבלנות. הוא התרומם על

בהונותיו וסקר בעצבנות את העומדים לפניו כדי לראות אם התור מתקצר.

איילה לא התכוונה להרפות. היא התקרבה אליו ומשכה במרפק שלו כדי למשוך את תשומת ליבו.

"דוד, החיים קצרים," היא כמעט התחננה. "בוא נחזור לארץ כדי שנוכל לעזור להם. כפיר סיפר לי שאימא של דפנה במצב בריאותי לא טוב ולא תוכל לעזור לה, אז אני צריכה להיות שם עבורם. כפיר, הבן שלנו, צריך את העזרה שלנו עכשיו! איך אתה לא רואה את זה?"

"ומה איתי? ומה עם כל ההשקעה שהשקעתי בעסק?" דוד הביט בה בכעס, "אין לך לב אליי, את יודעת? את רוצה שאזרוק הכול לעזאזל ואחזור לגור בישראל רק כי שני הבנים שלנו, שנולדו כאן בדנוור, החליטו שבא להם לנסות לגור שם? אל תשכחי שהמנטליות שלהם היא אמריקאית. הם רגילים לחיות פה, באמריקה. אז מה תעשי אם הם יחליטו פתאום שלא מתאים להם לחיות בישראל ושהם רוצים לחזור לכאן? מה נעשה אז? נקפל שוב את הפקלאות ונחזור כי הם חזרו וצריך להיות ליד הנכדים? ומה תעשי אם לביא יקבל עבודה באוסטרליה או בהודו, שאלוהים ישמור? תרצי שנעבור גם לשם? נראה לך שבכל פעם שהבנים שלנו יעברו לאן שהוא אנחנו צריכים לגרור את עצמנו אחריהם?"

איילה שתקה. נראה שהיא שוקלת את מילותיה.

"אתה יודע טוב מאוד שאני מדברת על כפיר במיוחד," היא פתחה שוב, הפעם בטון רך יותר. "עוד מעט יהיה לו ילד ואנחנו נהיה סבא וסבתא. אז למה שאני אשב פה בדנוור ואתייסר מגעגועים אליהם כשאני יכולה להיות שם וליהנות מהם ולהיות חלק מהחיים שלהם? אתה יודע שאני מברכת על זה שכפיר החליט לנסות לגור בישראל. הוא בן להורים ישראלים ורצה הגורל והוא התאהב בישראל ורוצה לגור שם. אתה לא מברך על זה?"

"כמובן, אני שמח," ענה דוד בלי הרבה שמחה בקולו, "אבל אנחנו

בשלב אחר בחיים. אנחנו כמעט בני שישים וחמש, בגיל פרישה. אני צריך לדאוג לנו לשנים של אחרי הפרישה. אם אצא עכשיו מהשותפות בעסק לא אקבל כלום, נאדה!

"לפי החוזה החדש, שלושת השותפים צריכים לעשות מאמץ להגדיל את העסק ולנהל אותו עד למכירה ולהעברת הבעלות, ומי שיוצא קודם לא מקבל דבר. את רוצה שנחזור לגור בארץ בזמן שהעסק פועל לטובתי, גדל יפה והחלק שאקבל מהמכירה יהיה מצוין ויאפשר לנו להתקיים בכבוד בגיל הפנסיה? תחשבי על זה."

דוד נע בעצבנות. ידעתי שהשיחה עם איילה קשה לו ושהנושא הזה שעליו התווכחו בשבוע האחרון עלה מדי פעם, אבל הוא תמיד דחק אותו לפינה נשכחת בליבו.

הוא חשש שזה יקרה, תמיד זכר את הסיפור של חברו הטוב צחי שהבת שלו עברה לישראל כדי להתגייס לצה"ל ונישאה לבחור שפגשה בצבא. אשתו של צחי, שלא עמדה בגעגועים, חזרה לארץ כדי להיות ליד הנכדים, וצחי נשאר בדנוור בגלל העבודה המצוינת שהניבה לו הכנסה יפה. ואז קרה העצוב מכול, אחרי שנתיים וחצי של חיים "על הקו" ובעיקר בנפרד, צחי ואשתו נפרדו והתגרשו והוא נשאר לגור בדנוור. עברו כמה שנים, צחי יצא לגמלאות והוא עדיין גר בדנוור, ברווחה כלכלית, ולבד.

חשבתי שזיכרונות העבר של צחי עוברים גם בראשו של דוד. הוא בוודאי חושב שלא היה רוצה שיקרה להם מה שקרה לצחי. אבל איילה מתעקשת, למה היא לא מבינה אותו?

"לעזאזל איתך," שצפה איילה לידו, מנסה שלא להרים את קולה יותר מדי. "אין לך רגשות, הלב שלך עשוי מאבן. תמיד ידעתי שכסף חשוב לך, אבל עד כדי כך? אתה מוכן להקריב את האהבה לנכדים? אתה מעדיף להישאר פה כדי להציל את החלק שלך בעסק? לעזאזל העסק ולעזאזל הכסף. אתה לא רוצה לעזור לבן שלך? אתה רוצה להיות אחד מהסבים האלה שרואים את הנכדים שלהם פעם בכמה שנים, בלידה ואז בבר מצווה, ואם יעניין אותך

אולי תגיע גם לטקס סיום הטירונות שלהם בצבא או משהו? לנכדים שלך לא יהיו זיכרונות חמים ואוהבים מסבא שלהם. אוף, אתה מגעיל אותי."

איילה נראתה נסערת מאוד וכבר לא הצליחה להחזיק מעמד. בעיניים שטופות דמעות פשפשה בתיק כדי להוציא ממחטה, וכשלא מצאה, עזבה את התור הארוך ובנחישות צעדה משם כשפניה נעוצים בקרקע. היה ברור שהדבר האחרון שהיא רוצה הוא לפגוש מכרים. היא צעדה במהירות כששערה מכסה את פניה כדי להסתיר את עיניה הרטובות ופנתה לכיוון השירותים.

דוד לא הלך אחריה. הוא נשאר עומד בתור בפנים חתומים.

ללא היסוס החלטתי אני ללכת אחריה ולנסות להרגיע אותה. סימנתי לחבר שלי שאני הולכת לשירותים ויצאתי מהתור הארוך.

יכולתי לראות שאיילה פותחת את דלת חדר השירותים שהיה בפינת הלובי. נכנסתי אחריה כשניגשה לאחד הכיורים, כדי לשטוף את פניה מהדמעות שלא הפסיקו לזרום. בבכי רועד התיזה על עצמה מים קרים כדי לעזור לעצמה להירגע, אבל היא לא הצליחה להשתלט על הבכי שהלך והתגבר.

אחר כך משכה בכוח שתי מגבות נייר ממתקן הניירות והחלה לייבש את פניה. קרבתי אליה והנחתי יד על כתפה בעדינות.

"איילה, זו אני, ענת. אני מצטערת שאת עצובה. עמדנו מאחוריכם ולא יכולנו שלא לשמוע את הוויכוח שהיה לך עם דוד."

הבכי של איילה גבר עוד יותר. היא עדיין עמדה בגבה אליי, ואז הסתובבה וטמנה את פניה בכתפי, כאילו מצאה סוף־סוף כתף לבכות ולהתפרק עליה.

"הוי ענת, הכול לא טוב," היא לחשה בקול מלא דמעות.

"אוי, חמודה," חיבקתי אותה בחום.

"אוף, לעזאזל הכול," לחשה איילה, "זה הוויכוח הקבוע שלנו על החזרה לישראל. דוד לא מוכן לשמוע מזה ואני כבר אובדת עצות."

"אני מצטערת לשמוע," חיבקתי אותה שוב.

166

"כבר הרבה זמן אני מנסה לשכנע אותו שנחזור לארץ. את יודעת שכפיר שלנו וגם לביא הצעיר החליטו לנסות לגור בישראל, והשבוע כפיר הודיע לנו שאשתו דפנה בהיריון. אז זהו זה, אני רוצה להיות שם בשבילם. אני רוצה לעזור להם עם הנכד, אני רוצה להיות חלק מהחיים של הנכדים שלי, אבל דוד לא מוכן לשמוע שנחזור לישראל. הוא רוצה שנישאר כאן עוד שנים, עד שהעסק יימכר, אחרת נחזור לארץ בלי גרוש. איזה מצב מחוורבן."

"זו לא שיחה לנהל בשירותים הציבוריים," ניסיתי להרגיע אותה, "בואי, נצא מפה, נתפוס לנו ספה רחוקה בלובי ונדבר. ממילא לא נראה לי שיתחילו בזמן את טקס יום הזיכרון. יש שם תור ארוך להדלקת הנרות. תירגעי ונצא."

לקחתי את ידה הרועדת של איילה והובלתי אותה לאזור הישיבה של הלובי.

התיישבנו באחת הפינות על הספות האדומות המרופדות ואיילה קינחה שוב את האף.

"עכשיו תגידי, דוד לא רוצה בכלל לחזור לארץ?"

"לא, זה לא זה," היא הסבירה. "הוא רוצה שנישאר בדנוור כדי שיוכל להמשיך ולפתח את העסק, עד שהוא יניב הכנסה גבוהה מספיק. רק ככה תהיה הצדקה לבקש את הסכום הגבוה שבו הם רוצים למכור אותו."

"ומה יקרה אם העסק לא יצליח?" שאלתי, "אף אחד לא מבטיח לו שהעסק יגדל וישגשג בשנים הקרובות."

"בדיוק," התחילה איילה שוב לבכות, "את חושבת שלא שאלתי אותו את השאלות האלה? הוא אומר שהוא מקווה."

"לקוות זה עדיין רק לקוות," אמרתי בקול רך. "השאלה אם יש פוטנציאל לעסק לגדול ומה הוא עושה כדי להגדיל את ההכנסה של העסק."

"בדיוק," איילה קינחה שוב את אפה האדום. "את מבינה ענת, דוד חי בתקוות, בשאיפות, הוא השקיע את כל מה שחסכנו כדי להיכנס

כשותף בעסק הזה, והם הסכימו ביניהם, שלושת השותפים, שאף אחד
מהם לא עוזב את העסק עד למכירה. אז דוד כבול להסכם הזה, ואני
צריכה לחכות עד שהעסק יימכר ובינתיים לסבול בשקט."

שתקתי לרגע. לא פשוט הפלונטר הזה, חשבתי, הרי אני בעצמי
תלויה לגמרי בעסק הקטן שלי. אני ברוקרית לנכסים, מה שנקרא
בישראל "מתווכת בתים", אני אם חד־הורית לילד שילדתי בגיל
ארבעים ושתיים, ובני לומד כיום בתיכון. אני יודעת היטב מה
מרגישים כשעסק לא עובד והתסכול כשאין הכנסה באותו חודש, יותר
מפעם אחת.

"איילה, תקשיבי," פניתי אליה בעודי אוחזת בידיה הקרות, "את
ודוד בניתם ביחד חיים לדוגמה. יש לכם שני בנים מקסימים שהתאהבו
בישראל והחליטו לעבור לגור שם, ושאפו על החלטה כזו אמיצה מצד
הילדים. אז מצד אחד אני מבינה את דוד, הוא רוצה להצליח פה, זה
החלום שלו. לכל אחד יש חלום, וגם לי יש חלום, למשל למכור עשרה
בתים בכל חודש, אבל כל המאמצים שאני עושה עוד לא הביאו אותי
להגשמת החלום הזה, ותחשבי שאני עובדת כמו חמור, איך אומרים
אצלנו? מצאת החמה עד צאת הנשמה, נכון?" רציתי לגרום לה לחייך
ונשאתי את עיניי לתקרה כשאני מרימה את ידיי, "ומי יודע, אולי יום
אחד אגיע להישגים כאלה, מה אתה אומר, אדון תוכניות של מעלה,
זה שמתכנן לנו הכול, הא?

"מהצד האחר, אני גם מבינה אותך. יש לך את הלב הכי חם והכי
גדול שאני מכירה, איילה. כל מה שאת רואה מולך זה את הכיף
של לטייל ביום שמש נעים עם הנכדה שנולדה או לאסוף את הנכד
מהמעון, כשמבקשים ממך לעשות בייביסיטר את תמיד שם כדי לעזור
ובימי שישי את רוצה להכין לכפיר שלך את כל המעדנים שהוא רגיל
אליהם ולמלא את שולחן השבת במטעמים שלך ובשירים עם הנכדה,
שירים שהיא למדה במעון או בגן, ואת בטח כבר בונה על תפירת
תחפושות בפורים ועושה מדידות, וכמו שאני מכירה אותך כבר רצת
לקנות את המגזין הכי חדש לסריגה לתינוקות ואת כבר סורגת בגדים

ומטריד אותך שלא תהיי שם כדי למדוד אותם לנסיך או לנסיכה שייוולדו."

איילה הנהנה ועיניה נמלאו שוב בדמעות. ידעתי שהמילים שלי נוגעות במדויק בכאב שלה. "אני לא יודעת אם תרגישי טוב עם מה שאגיד לך," המשכתי, "אבל חשבי על הרגע שאת עזבת את הארץ עם דוד. עוד לא היו לכם ילדים, ואז, בשיחה טלפונית טרנס־אטלנטית הודעת להורים שלך שאת בהיריון. במשך השנים נולדו כפיר ולביא, איך לדעתך אימא שלך הרגישה?"

איילה הרימה פניה בהפתעה היא לא ציפתה לשאלה זו, אבל מייד התעשתה והשיבה, "ההורים שלי טסו לכאן והיו איתי שמונה שבועות אחרי הלידה של כפיר ושישה שבועות אחרי הלידה של לביא."

"בדיוק," אמרתי בלי תוכחה, "הם באו לתקופה שיכלו להקציב לעצמם. גם הם עבדו והיו להם התחייבויות שונות, אז הם התפשרו ועשו מה שיכלו, ואת לא האשמת אותם, נכון? את פשוט קיבלת את העובדות כמו שהן."

"כן," היא הנידה ראשה בעצב. "אני זוכרת שביקשתי מהם להישאר עוד אבל הם לא יכלו."

"זה בדיוק כך," אמרתי, "תמיד יהיו מצבים בחיים שידרשו ממך להתפשר, להקריב משהו, ויכול להיות שאת מתקרבת למצב כזה ככל שהלידה מתקרבת. את בחרת לעבור לקולורדו מישראל, והרבה שנים אחרי הבחירה שלך הילדים שלך בחרו במה שהם חושבים שמתאים להם כרגע ועברו לגור בישראל. אולי זה ישתנה," ניסיתי שוב לעודד אותה, "את זוכרת את המקרה של סטיב וגייל, שהחליטו לנסות לגור בארץ? הם אפילו העבירו מכולה גדולה של כל הציוד הביתי שלהם, אבל המעבר היה לא מוצלח. אני זוכרת שסטיב, עורך הדין הקשוח, היה ממש מתוסכל. הוא לא הצליח להתרגל למנטליות ובטח שלא ללמוד את השפה. כמה צחקנו כשהוא לא קלט את ההבדל בין אטריות, פטריות, ומטריות..."

"בסוף הם חזרו לדנוור," אמרה איילה.

"מה שאני אומרת פה זה שיכול להיות שהילדים שלך לא יתרגלו לארץ, לשפה הישראלית, למנטליות, ואולי העבודה תהיה הסיבה, אי אפשר לדעת, שהם ירצו לחזור הנה, לדנוור, אז אולי לא כדאי לך ולדוד למהר להחליט. תני לכם זמן. ואם הילדים יחליטו סופית אחרי שנה־שנתיים שהם נשארים לגור בארץ, תוכלו להתחיל לחשוב על הנושא שוב."

"אבל תביני, ענת," הקול של איילה היה כמעט נואש, "כואב לי כל כך שאני לא אהיה נוכחת בחיים של הנכדים שלי ביום־יום תראי," היא הביטה ישירות בעיניי. "את עדיין לא סבתא, וגם אני לא, רק סבתא בדרך... אבל איך אני אתאר לך את ההרגשה? את יודעת, אומרים שאהבת נכד גדולה מאהבת ילד. אני לא יודעת אם זה נכון, אבל אני יודעת כמה אני מרגישה מתוסכלת עכשיו."

עוד שעה ארוכה ישבנו שם, ובינתיים טקס הזיכרון תם והקהל הגדול החל לצאת לכיוון הלובי. זכרתי מהשנה שעברה שזהו טקס מרגש ומרעיד לבבות, המוזיקה העצובה והסרטון על החיילים האמיצים שנספו במערכות ישראל במהלך השנה שברו את הלב. לקחתי נשימה עמוקה.

ראיתי את בן זוגי יוצא בשקט עם כולם כשהוא מנגב את עיניו. איך אפשר שלא?

חודשים אחדים אחרי אותו ערב יצאתי לקניות בסופר ופגשתי את דוד במחלקת הדגים, כשהוא מתלבט ושואל את האחראי לגבי הדג שרצה לקנות.

"הי, דוד, מה שלומך?"

"הי, ענת, מה נשמע אצלכם? לא נסעתם הקיץ לארץ?" הוא התעניין.

"לא, דווקא השנה יש לי אורחים מהארץ. מה נשמע אצל איילה?"

"אל תשאלי," הוא חייך חיוך גדול ועיניו החומות האירו. "היא בעננים מאז שנולדה לנו הנכדה. היא נסעה לישראל לחודש וחצי,

לעזור בבית של כפיר, וכנראה ניסע שוב יחד בסוכות. אני אישאר
בארץ שבועיים והיא תישאר עוד שבועיים אחריי. בינתיים זו תהיה
הפשרה שלנו."

"ואיך הולך בעסק? איך מתקדם?" התעניינתי.

"עובדים קשה ומתחילים לראות קצת תוצאות," השיב דוד, "אנחנו
מקווים שהעסק יגדל יותר. אבל העיקר הבריאות, נכון? והשקט
הנפשי..."

"נכון," אישרתי, "קודם הבריאות. טוב לראות אותך, ומד"ש חמה
לאיילה כשאתה מתקשר אליה."

המשכתי בקניות השבועיות שלי, ובעודי דוחפת את העגלה
בנתיבי הסופר הענקי חשבתי על אותו ויכוח סוער שהייתי עדה לו
ביום הזיכרון. שמחתי לשמוע שאיילה נמצאת בארץ כדי לעזור עם
הנכדה הראשונה, גם אם זה רק לזמן קצר, ושהיא ודוד מצאו פשרה
זמנית שעוזרת להם לשמור על הביחד המשפחתי ועל הזוגיות הטובה
שהייתה ביניהם כל השנים.

הרגשתי רווחה עצומה מכך שהם הצליחו למצוא את "שביל הזהב"
שעבד בשבילם בנסיבות הקיימות ועזר להם להתמודד עם האתגר
שנוצר בחייהם. בכל זאת, מי כמוני יודע כמה מאתגרים החיים יכולים
להיות כשבוחרים בעולם החצוויים, ומכורח המציאות ולא מתוך
בחירה נאלצים לחצות עוגן חזק אחד לשני עוגנים.

13.

אזכרה ימית

"היי, הלו, מה אתה עושה שם? אתה רוצה למות?" צעק מישהו בקול מודאג וחזק.

רמי הפנה את מבטו לכיוון הקול. הצועק היה קצין, אחד מאנשי הצוות של ספינת השיט הענקית "פנטזיה על הים".

הקצין עמד בסוף מעלה המדרגות של סיפון מספר 15 והביט ברמי בפנים דאוגים. הוא לבש את המדים הלבנים של קציני ים, ושלושה פסים זהובים עיטרו את כתפיו. כיוון שרמי לא התמצא בדרגות הקצונה של הספינה, הוא יכול היה רק לנחש שמדובר בדרגה גבוהה. האיש הרכיב משקפי שמש כהים ובידיו החזיק מד לחץ או משהו דומה לזה.

"הו, לא, אל תדאג," חייך אליו רמי, "אני לא מתכוון לקפוץ או ליפול. אני רק מחפש משהו שחבר שלי חרט על המעקה הספציפי הזה לפני שלוש שנים."

"שמע," הקצין התקרב אליו בצעד נחרץ, "אתה קרוב באופן מסוכן למעקה החיצוני. בעצם, למה עלית לכאן? זה מחוץ לתחום לנוסעים, לא ראית את השלט 'לצוות בלבד'?"

"אני מודה," השפיל רמי את עיניו לרגע, "דווקא ראיתי את השלט המזהיר. אבל תן לי להסביר לך. לא עליתי לכאן כדי לעשות פעלולים

מסוכנים. אני וחבר שלי היינו על הספינה הזו לפני שלוש שנים, בשיט, והוא נפל לים מהסיפון הזה, בדיוק כאן."

"רגע..." אמר הקצין, "עכשיו אני נזכר. כשהגעתי לשרת על הספינה הזו, לפני כשנה וחצי, מישהו סיפר שהייתה פה תאונה נוראה. כן, אני זוכר. אחד הקצינים הוותיקים סיפר על מישהו שנפל כאן לפני שלוש שנים בערך. אתה אומר שהבחור שנפל לים היה חבר שלך?" הוא הביט ברמי בסקרנות ורצה לדעת במה מדובר.

"או, הנה, מצאתי. תביט כאן," רמי הצביע בידו על דופן הספינה, והקצין הסיר את משקפי השמש הכהים, התכופף לצידו החיצוני של המעקה וניסה לראות במה מדובר. הוא בדק ומייד הזדקף והחזיר את משקפי השמש לעיניו.

"אני רואה שם משהו חרוט, אבל לא ברור לי מה כתוב שם," אמר.

"למה בעצם זה חשוב לך כל כך? מה החבר שלך כתב שם?"

"החבר שלי חרט את שמו," ענה רמי. "בעברית. קראו לו מושון. אנחנו מישראל במקור ולחבר שלי היה תחביב, בכל מקום שבו ביקר אהב לחרוט את השם שלו."

"ובאת לכאן רק כדי לבדוק אם החריטה שלו עדיין קיימת?" התפלא הקצין. "הוא היה חבר קרוב שלך?"

"כן," נאנח רמי, "חבר קרוב ויקר, שאני עדיין לא מעכל איזו טעות טיפשית וגורלית הוא עשה."

"טעות?" התפלא הקצין. "עכשיו אני באמת לא מבין. זו לא הייתה תאונה?"

"לא האמנתי שהוא באמת יעז לטפס על המעקה ויסתכן רק כדי לחרוט את שמו," הסביר רמי. "מושון ואני הזמנו את השיט הזה יחד. רצינו לחגוג את החזרה שלו לישראל אחרי עשרים שנה של מגורים בקולורדו, וזו הייתה אמורה להיות החופשה האחרונה יחד לפני החזרה שלו לישראל."

הקצין הסיט הצידה את הבלורית הבלונדינית שלו, נגע במשקפי השמש בפעם העשירית, חייך חיוך נעים ויישר את הכובע שחבש.

"חברות מיוחדת זה דבר שלא יסולא בפז," אמר. "יש משפט באנגלית שאומר: 'לוקח הרבה זמן לגדל חברות עם חבר טוב'. גם לי יש חברות אחים כזו עם חבר ילדות בפלורידה, שם גדלתי..." לרגע מחשבותיו הפליגו לאופק הרחוק ואז הוא התנער מהן והושיט לרמי את ידו.

"נעים להכיר אותך, שמי ריי," אמר.

"שמח להכיר אותך, אני רמי," השיב רמי בחיוך ולחץ את היד המושטת.

אחר כך אמר, "מושון לא היה חבר ילדות שלי. פגשתי אותו כשהגיע לדנוור קולורדו בעקבות חוזה עבודה. הפעם הראשונה הייתה במסיבת 'מימונה' – זו החגיגה שעורכת הקהילה היהודית המרוקאית לרגל סיום שבעת ימי חג הפסח, שארגנה אחת מנשות הקהילה הישראלית בדנוור, יפה, חברה ממוצא מרוקאי. המסיבה הזו מקבצת אליה את כל הישראלים באזור. היא שמעה על מושון, שכבר התמקם בעיר והוא גר לבד, והזמינה אותו כדי להכיר עוד ישראלים. זו המסורת שלנו," הסביר, "הישראלים תמיד רוצים להכיר עוד ישראלים וליצור קשרי חברות כדי לא להיות לבד."

"אני מבין," אמר ריי. "תמשיך, בבקשה."

"כשאתה עוזב את הארץ שלך ועובר לחיות בעולם הגדול, החברים סביבך הופכים להיות המשפחה שלך," אמר רמי. "גם כשטוב ובמיוחד כשרע. איתם אתה חוגג ימי הולדת וחגים יהודיים, איתם אתה הולך למשחקי כדורגל וכדורסל, איתם אתה יוצא לפאבים ואותם אתה מזמין לארוחות שישי בערב. החברים הם אלה שיגיעו לבקר אותך בבית חולים, אם חלילה יידרש, ואלה שיארגנו לך ארוחות ביתיות ותמיכה סביב השעון אם נולד לך ילד."

"אני בטוח שזה לא פשוט לבחור לחיות רחוק מהמשפחה," ריי הניד בראשו. "ובכלל לשנות מסגרת באופן קיצוני, לעבור לעולם אחר לגמרי, ואני לא מדבר על מנטליות ושפה. אני חייב להגיד, זה לא פשוט וצריך אומץ לעשות צעד כזה."

"תודה," ענה רמי. "אני רואה שאתה מבין על מה אני מדבר."

"ברור," השיב ריי. "ראה, אני קצין המכונות של הספינה
הענקית הזו ומפקד על צוות עובדים שמונה יותר מחמישים איש.
אני חושב שבמחלקה שלי אולי ארבעה עובדים הם אמריקאים, כל
שאר העובדים הגיעו מכל קצוות העולם, למשל מהודו, מקוריאה
הדרומית, הרבה מהפיליפינים וממלזיה. הם כולם מתגעגעים לבית,
לאוכל המוכר ולמשפחה, חלקם נשואים, יש בהם הורים לילדים
קטנים, אבל העבודה על הספינה הזו עוזרת להם. הם לא משלמים
עבור אוכל ומגורים וגם מקבלים משכורת שבארץ שלהם לא היו
מקבלים אפילו חצי ממנה, וכך הם אפילו שולחים כסף למשפחות
שלהם. פה על הספינה הצוות הוא המשפחה שלהם, אז אני מתאר
לעצמי שגם בקהילה הקטנה שלכם בדנוור אתם מעין משפחה, על
כל מה שמשתמע מכך."

"ממש כך," חייך רמי, "אתה יודע, אנשים זה עניין של כימיה.
מושון ואני מצאנו שיש בינינו הרבה דברים משותפים והתחברנו
מייד. מושון היה ספורטאי מצוין, אני זוכר שבשבוע שבו הוא הגיע
לדנוור הוא כבר ביקש להצטרף לקבוצת מטפסים, לטיפוסי הרים
בהרי הרוקי היפים. הוא גלש סקי ואהב טיולי טבע, הוציא רישיון
לציד ולדיג וביקר במקומות הכי רחוקים ונשכחים בהרים. פעם אפילו
חצינו את הרכס כדי להגיע לקו הקונטיננטלי שבהרי הרוקי, חוויה
שאסור לפספס. הוא לא רק עשה ספורט, הוא גם אהב ספורט, ולא
ויתר על אף משחק בית של קבוצת הכדורגל המפורסמת של קולורדו,
'הברונקוס', אז היה לנו אפילו מנוי משותף ללכת לכל המשחקים.
אני יכול לספר לך עליו שהוא גם זה שידע ראשון על כל אומן
מפורסם שהגיע להופיע והיה הראשון שהזמין כרטיסים לכל ההופעות
הגדולות באמפיתיאטרון של הסלע האדום."

"הו, כן, שמעתי על הסלע האדום," ציין ריי. "זה האמפיתיאטרון
המפורסם שחצוב בפארק הסלעים האדומים."

"בדיוק," הנהן רמי, "ליד העיירה הקטנה מוריסון. האמפיתיאטרון
הזה נחשב לפלא טבע. איכות הקול שם כל כך צלולה וברורה שאין

צורך בהגברה מלאכותית. זו חוויה מוזיקלית מופלאה ואם איני טועה, הוא גם נחשב לאחד מפלאי עולם."

"הנה עוד מקום שהוספתי ברשימת הטיולים שלי לבקר," חייך ריי.

היה רגע של שקט, ואז ריי החזיר את רמי בעדינות לסיפור.

"אמרת שמושון הגיע לדנוור בעקבות עבודה, במה הוא עסק?"

"מושון היה מהנדס מערכות מידע בחברה ישראלית גדולה," השיב רמי. "הוא היה עובד מצוין, מסור ונאמן, ולכן גם קידמו אותו כל הזמן. בכל שנה בחודש במאי, כשהגיע הזמן להאריך את חוזה העבודה שלו בשנה נוספת, מושון תמיד התלבט. אומנם המשפחה שלו תמכה בהחלטות שלו, הוא עמד בקשר הדוק איתם — שיחות בוקר עם אימא שלו, שיחת טלפון להגיד שבת שלום לאבא שלו בכל יום שישי ופייסטיים עם הנכדים בכל שבוע. כל עוד ההורים היו בריאים והאחים זרמו וגרו לא רחוק מההורים, לא עלתה האפשרות לשקול חזרה לארץ והוא האריך את חוזה העבודה בשנה נוספת. כך, שנה רדפה שנה, עד שעברו עשרים שנה, או כמו שמושון נהג לומר, 'מה קורה פה? זה לא פייר. אנחנו משחקים תופסת עם הזמן אבל הזמן תמיד מנצח.'"

"אתה לוחץ כאן על יבלת מאוד מוכרת," חייך ריי, "גם אני אמרתי לעצמי שהקריירה הימית שלי לא תעבור את עשר השנים, והנה אני סופר את השנה הארבע־עשרה שלי בים. והגעגועים לבית? למשפחה? מוכר. הפסדתי חברה בגלל העבודה בים, היא לא אהבה את התקופות הראשונות שבהן נעדרתי מהבית ובסוף הרימה ידיים."

"אצל מושון הגעגועים היו פחות משמעותיים," המשיך רמי בסיפור. "הוא נסע בכל שנה לארץ כדי להגיש סיכומי עבודה שנתיים ולחתום לעוד שנה עם חברת הבית בארץ. בכל ביקור הוא ראה את המשפחה לכמה ימים, פשרה לא רעה, והכול התנהל על מי מנוחות. אבל כל זה השתנה כשאבא שלו חטף שבץ מוחי שהותיר אותו משותק בגפיים ובידיים. אימא של מושון הייתה המטפלת העיקרית באבא החולה, משום שהאחים של מושון היו עסוקים כל אחד בחייו. חודשיים אחר כך היא התמוטטה ונפלה למשכב בעצמה. ההתמוטטות היא

פיזית ונפשית, אמרו הרופאים, וייקח לה הרבה זמן להשתקם. מושון
נקרע בתוכו. אם יישאר בדנוור יוכל לקבל את הקידום שייחל לעצמו
בארבע השנים האחרונות. הוא השקיע מאמץ רב בתפקיד שלו ורצה
לבנות לעצמו המלצות עבודה מצוינות. דיברנו על האופציות שהיו
לו והוא התלבט ימים ולילות, ובאותה שנה הוא נסע לישראל וחזר
לדנוור לפחות שלוש פעמים, כדי לעזור ולתמוך. זה רק עזר לו להבין
שכנראה אין מנוס וההחלטה הסופית תהיה חזרה לארץ. ההתלבטות
היחידה הייתה בקשר לעבודה שלו – איפה הוא יוכל למצוא עבודה
בתנאים מעולים כאלה? החברה שבה עבד הסכימה שיגיש התפטרות
ברגע שימצא לו מחליף מתאים, והוא אפילו התחיל לגשש בכל מה
שקשור לעבודה שיוכל לעשות בעיקר מהבית, וכך יוכל לעזור בנטל
המשפחתי הכבד."

"הוא בוודאי הרגיש חצוי בין שני העולמות," ריי הניד ראשו
בהבנה. "מצד אחד רצה להמשיך לחיות בדנוור עם כל הנוחות, איכות
החיים, רמת החיים שאפשרה לו המשכורת הגבוהה, ומצד שני הבין
שהמשפחה בישראל זקוקה לו עכשיו יותר מתמיד."

"אכן, כך הרגיש," הסכים רמי, "אבל ברגע שהוא החליט, הוא
התחיל לסגור עניינים בקולורדו. ואני אגיד לך, זה לא פשוט. היה
הרבה לעשות כדי לסגור עניינים במקום שגרת בו עשרים שנה. הוא
מכר דברים, תרם המון ציוד, ביטל את הטלפונים האישיים שייסגרו
שבוע אחרי הטיסה לארץ ושלח את הדברים האישיים במכולה
לישראל. הצטערתי בשבילי, אבל שמחתי בשביל המשפחה שלו.
הבנתי שבארץ הוא נחשב ללב של המשפחה. כשהכול כבר היה סגור
ומסודר הצעתי לו חופשה קטנה לפני העזיבה, שיט של חמישה ימים
בקריביים. הוא שמח והתרגש, וצחק שזו הזדמנות לקנות עוד כמה
מתנות לנכדים מהאיים הקריביים."

"נשמע בחור כיפי ושמח, מושון שלך," חייך הקצין. "אגב, אף
פעם לא שמעתי את השם מושון. זה היה שמו האמיתי? מה פירוש
השם מושון בעברית?"

"או לא," חייך רמי, "מושון זה שם חיבה. השם שלו היה משה, ואני התחלתי לקרוא לו כך, ובתוך זמן קצר כולם הכירו אותו בתור מושון. איש לא קרא לו משה."

"או, זה כבר ברור יותר," חייך ריי. "עכשיו ספר לי, מה קרה? איך קרתה הטרגדיה הנוראה הזו שמושון איבד את חייו?"

"למושון היה תחביב שלפעמים הטריד אותי ואת החברים האחרים," נאנח רמי בקול. "בכל מקום שבו ביקרנו או טיילנו, בין אם זה היה טיול סקי בקייסטון, בוייל, במוריסון או באספן, הוא היה מעכב אותנו רק כדי לחרוט את השם שלו על עצים, על בטון, על מעקות ברזל, על גשרים וכדומה. ולא רק זה, אם חזרנו לטייל באותו מקום, הוא הקפיד לחפש איפה חרט את שמו ולא היה מוכן לעזוב עד שמצא את מה שחיפש. הוא כל כך אהב לחרוט את שמו, לך תבין, סוג של תחביב או תסביך שאי אפשר להסביר. וזה בדיוק מה שקרה כאן על הספינה היפה הזו. ביום הראשון עלינו לחדר האוכל כדי לחטוף משהו לאכול בצוהריים, ומייד לאחר מכן הזמנו את הקוקטייל הראשון כבר. עם הקוקטיילים ביד התחלנו לסקור את הספינה, על כל חמש עשרה הקומות שלה. עבור מושון זה היה השיט הראשון בחייו, וכמו שאתה מתאר לעצמך, החבר הסקרן שלי רצה לראות הכול ולבדוק כל אטרקציה על הספינה. התחלנו מהקומה הראשונה, בקומות הראשונות היו רק חדרים, לכן עלינו לקומה הרביעית שממנה התחיל להיות מעניין. עברנו את המסעדות ואת הברים, טיילנו והגענו עד הסיפון הכי גבוה. מושון תמיד אהב גבהים, בין אם זה להתפעל מגובה של בניין האמפייר סטייט בניו יורק או לעמוד על פסגת הר אחרי טיפוס ארוך, ולכן כשהגענו לכאן, שזו בעצם הנקודה הכי גבוהה על הספינה הזו, הוא הוקסם כל כך מהנוף שראה, עד שעיניו נפערו מהקסם המגנטי של ים כחול אינסופי והאופק שנשקף מכל הכיוונים. הוא השמיע צרחות הפתעה ופליאה מהפלא שנגלה לעיניו ומהיופי המסתורי שהים משדר. 'וואו, אחי, לראות דבר כזה, אני לא מאמין, אנחנו על גג העולם,'" הוא לא הפסיק להתפעל, 'אני יכול לצעוק

ולצרוח או לשיר בטון גבוה אופרת ים צעקנית בקול הכל כך צרוד שלי, ואף אחד לא ישמע אותי מהסיפון הגבוה הזה.'

"כן, כן,' צחקתי אליו. 'רק שהרוח לא תעיף אותנו מהסיפון. תראה איזה מעקה דק יש לספינה הזו. איך זה יכול להיות שבמעקה של הקומה הזו לא הוסיפו גם מעקה בטיחות רחב מזכוכית? ממש מסוכן פה, ואני צריך להחזיר אותך לארץ שלם ולא בחתיכות, זוכר?" הזהרתי אותו כשהוא נגע במעקה המתכת הלבן שמולו.

'רמי, אתה יודע שאנחנו בכלל לא אמורים להיות על הסיפון הזה?" מושון העיר לי. הוא נראה כמו ילד קטן שעשה תעלול למורה. 'היה שלט בתחתית המדרגות שהיה כתוב עליו 'לצוות בלבד', שמת לב?'

"אני יודע, זו הסיבה שאין כאן מעקות בטיחותיים שמיועדים לנוסעים,' השבתי לו בקול מוכיח.

"זה בסדר,' אמר. 'רק נציץ פה קצת ונרד בחזרה לסיפון 14. שם בטוח, בסדר?'

'יאללה, טוב, אז שיהיה לחיים. ניהנה מקוקטייל טעים, נספוג קצת מהנוף הכי כחול ונרד לבריכה.'"

"וכל הזמן הזה היית ליד החבר שלך?" שאל ריי.

"כן," הנהן רמי. "כלומר דיברנו, ועם זה סקרתי את הסיפון הגבוה. לא בכל יום מזדמן לי, להבדיל ממך, לעמוד על סיפון בגובה חמש עשרה קומות ולצפות לאינסוף המרחבים של האוקיינוס, נכון? יותר מכול סקרנה אותי הארובה הענקית שיש על הסיפון הזה, שממנה יצא בלי הפסקה זרם חזק של עשן לבן בן ברעש של שאגות אדירות לשמיים. נעמדתי ליד הארובה, רעש הבוכנות שהפעילו את המנועים הענקיים למטה היה מונוטוני ומחריש אוזניים אפילו בגובה הזה, ושאלתי את עצמי למה יוצא עשן לבן מהארובה ולא שחור, שאלה של מישהו שלא מבין כלום במכונאות. אחר כך התרחקתי קצת מהארובה, שכמו שאתה יודע מפיצה חום אדיר ובלתי נסבל, וסקרתי את כל השעונים שהיו צמודים לקיר הימני שלה, בניסיון ללמוד מה השעונים אומרים, אבל לא הצלחתי להבין כלום."

"אל תתפלא שלא הבנת," חייך הקצין. "אם אתה לא מכונאי של ספינה, יהיה לך קשה מאוד להבין את התסבוכת של ספינה בעלת עוצמה כמו זו."

"מושון עדיין עמד ליד המעקה המתכתי וסקר את הנוף הכחול כשכולו נפעם," המשיך רמי בסיפורו. "הסתכלתי עליו לכמה רגעים, תיארתי לעצמי שהוא חושב על הארץ, על אבא שלו שהיה גבר גדול וחזק ועכשיו זקוק לסיעוד וכמה כואב לו על אימו האהובה והחזקה שבעצמה זקוקה עכשיו לטיפול ולחיזוק. כשאתה מכיר אדם כמו שאני הכרתי את מושון, אתה לומד להכיר גם את הבעות הפנים שלו, ויכולתי לראות על פניו שהוא מוטרד אך גם שלם עם ההחלטה שלו. מאז שקיבל את ההחלטה לחזור לישראל ירד ממנו עול כבד, ואין סיכוי שהיה מקבל החלטה אחרת. על זה הערכתי אותו עוד יותר.

"נתתי לו את הזמן והמרחב. חשבתי שבעוד כמה דקות נרד לבר, נזמין קוקטייל נוסף, ניהנה מהנוף של בחורות עם ביקיני ונלך קצת לג'קוזי, ליהנות מהזרמים החמים והחזקים שמשחררים את הגוף. אחר כך קראתי לו מרחוק, ואמרתי שאני עושה סיבוב סביב הארובה, כדי לראות מה עוד יש על הסיפון הזה. התחלתי לטייל סביב הארובה החמה, וכשהסתיים הסיבוב הראשון, ראיתי את מושון בודק משהו על מעקה הסיפון.

"'מה אתה בודק שם על המעקה?' קראתי אליו.

"'אני מנסה לבדוק איפה הכי כדאי לחרוט את השם שלי,' הוא השיב בצעקה. 'אין לי בכיס מפתח או אולר, רק הכרטיס המגנטי של החדר והוא לא חורט טוב.'

"'אתה רציני?' השבתי בשאלה. 'גם על הספינה אתה רוצה לחרוט את השם שלך? עזוב, לא צריך. מה הסיכויים שתחזור לספינה הזו כדי לראות את השם שלך חרוט? וחוץ מזה, אתה יודע שאנשי האחזקה של הספינה לא יהיו מרוצים אם יראו חריטה על המעקה שעוד תגרום לקורוזיה מהמלח על המתכת והם יצטרכו לצבוע אותו שוב. יאללה, עזוב, בוא נרד.'

"'תן לרשום את השם לפחות,' רטן מושון. 'אתה יודע שזו טביעת
האצבע שלי בכל מקום שבו אני מבקר, שתי דקות, בחייך.'
"מושון ניסה שוב ושוב לחרוט עם הכרטיס המגנטי של החדר ללא
הצלחה, ואז נראה שעלה במוחו רעיון. הוא התכופף כדי לבדוק את
הצד השני של מעקה המתכת הלבן, הצד שפונה אל הים. לא בדיוק
הבנתי למה הצד השני עבד לו יותר טוב לחריטה – ואז כופף את גופו
עוד יותר כדי שיוכל לראות את מה שניסה לחרוט. נראה שהחריטה
לא הייתה חזקה מספיק עבורו והוא ניסה שוב ושוב לצייר כל קו
כמה פעמים. כשלא הצליח, הוא טיפס פתאום על המעקה, הסתובב
והתיישב כשפניו מופנים אל הספינה ורגליו מוחזקות בין המעקה
התחתון לעליון, בתנוחה כזו שידו השמאלית והרגליים שלו החזיקו
את המעקה התחתון, ובידו הימנית יכול לחרוט על המעקה. מן הסתם
הייתה לו עוד סיבה לעשות את התרגיל הלוליייני המסוכן הזה. הוא לא
רצה שאנשי האחזקה של הספינה יראו את החריטה בצד הפנימי של
המעקה, וכך לא יצבעו וימחקו אותו אף פעם."
פניו של ריי היו מתוחים. הוא לא הוציא הגה, רק סימן לרמי
בראשו להמשיך.
"לפתע שמענו קול צרחה קטנה וצחוק מתגלגל של אישה צעירה.
הפניתי את ראשי לכיוון הקול וראיתי צעיר וצעירה שהחליטו לעלות
ולראות איך הנוף נראה מהסיפון הכי גבוה. הבחורה לא הפסיקה
לצחוק, והבחור רדף אחריה ודגדג אותה במותניים והיא השמיעה מדי
פעם צרחות קטנות כאלה של הנאה. לפתע היא צרחה מרוב הפתעה
כשראתה את מושון תלוי על הצד השני של המעקה ונתמך רק ביד
אחת במעקה התחתון. ואז..." קולו של רמי נחלש, "ואז נשמעה
הקריאה של מושון לעזרה.
"כל מה שיכולתי לדמיין לעצמי זה שמושון נבהל מהצעקה של
הבחורה הצעירה וידו השמאלית החליקה וכבר לא הייתה לו תמיכה
במעקה. הכול קרה כל כך מהר... הוא לא הספיק להחזיר את ידו
השמאלית לאחוז שוב במעקה, החליק ונפל לים.

181

"שמעתי משהו כמו, 'אוי, אוי, לעזאזל, רמי,' וכשהגעתי לצד השני
של המעקה מושון כבר לא היה שם. בשניות הראשונות הסתכלתי
על הסיפון, אינסטינקט מיידי שהיה בו רק לוודא שהוא עבר לרצפה
הבטוחה והמוצקה של הסיפון, אבל כל מה שראיתי היה הזוג הצעיר
צועק לעזרה ומביט למטה אל הים. הפניתי מבט לשם וראיתי את
מושון במים. הכובד של הגוף שלו ועוצמת הנפילה גרמו לכך שהוא
צלל עמוק, הוא שקע לעומק של עשרה מטרים לפחות לפני שעלה
בחזרה על פני המים. טסתי לקרוא לעזרה, בעוד זוג הצעירים מנסים
להירגע מהבהלה מה שראו. שניהם עמדו שם חסרי ישע וצעקו למושון
להשתדל להחזיק מעמד ולצוף עד שתגיע עזרה."
"צריך לזכור שבכל זמן הספינה הייתה בהפלגה, במהירות
של בערך חמישה עשר קשר..." מלמל ריי.
"בדיוק," הנהן רמי בעצב. "הספינה התחילה להתרחק יותר ויותר
ממושון. אני לא יודע איך קפצתי את כל המדרגות האלה בדרך לסיפון
14 ומשם ל־13, ומשם למסדרון הראשון שראיתי. תפסתי חדרן שעבד
בקומת הסוויטות ובהיסטריה ביקשתי ממנו להזעיק עזרה. החדרן לחץ
מייד על איזה כפתור שהיה על הטלפון האלחוטי שנשא עימו בכיס
הז'קט שלבש, וזה השמיע צפירה דקה וארוכה. והוא החל לצעוק לתוך
הטלפון: 'אדם במים, אדם נפל מסיפון 15, מהר, כן, סיפון 15. חירום־
חירום...'
"השארתי אותו שם, ממשיך לצעוק לתוך מכשיר הקשר, והתחלתי
לרוץ בחזרה למעלה," המשיך רמי בסיפורו, "דילגתי על ארבע מדרגות
בבת אחת, בלי נשימה כמעט, כשאני נתמך בכל מעקה אפשרי כדי
למנוע פגיעה בעצמי, ממשיך לקפוץ, לרוץ ולדהור בחזרה לסיפון 15.
"כשהגעתי לשם חסר נשימה כבר הגיעו לשם בטיסה – כי לא
הייתה לי דרך אחרת להסביר איך הם הגיעו לשם מהר כל כך –
כמה אנשי ביטחון וחובלים שמתמחים בהצלה. אחד הקצינים כבר
נתן הוראות טלפוניות לתוך אינטרקום, כמה סיפונים מתחתינו ראיתי
שלושה גברים לובשים חליפות גומי ומתכוננים לכניסה מיידית למים.

נשמע גם רעש מנועים מוזר שלא שמעתי עד אותו רגע, ומצידה של הספינה ראיתי מנופים לבנים שהתחילו להוריד את אחת מסירות ההצלה הצהובות, וכן 'ספידבוט' קטנה שזיהיתי מייד משירותי בחיל הים. זו כבר הגיעה כמעט לקומה הראשונה של הספינה ונחתה על המים."

רמי נשם נשימה עמוקה. פניו היו מתוחים ודמעות עמדו בעיניו.

"הצוללים זינקו למים והתחילו לשחות במהירות לעברו של מושון, אבל הוא היה כבר די רחוק, לפחות קילומטר לדעתי. רק באותו רגע התחלתי לקלוט את גודל האירוע והמציאות טפחה על פניי. מושון, חברי הטוב ביותר, היה בסכנת חיים ממשית. באותם רגעים עברו בי מחשבות נוראות, אימות, שייתכן שתכף יטרוף אותו כריש, או שהוא יטבע שם בעומק הזה של האוקיינוס הענק."

"מה עשו שאר הנוסעים?" שאל ריי, "אני מניח שהייתה בהלה על הסיפון."

"השמועה על אודות הנפילה נפוצה במהירות והגיעה לרבים מהנוסעים," רמי הניד בראשו. "אחרים גם ראו כל מיני דברים לא הגיוניים קורים מסביבם: אנשיי צוות שרצים במהירות מצד אחד לצד השני של הספינה, ברמנים שקיבלו הוראות לא להשתמש בבלנדרים — אחר כך הבנתי שכל החשמל של הספינה הוקדש במאה אחוז לאנרגיה שהמנופים החשמליים צרכו ולעוד פעילויות שונות ולא שגרתיות. בתוך דקות החלה נהירה של אנשים לסיפון 15. כולם רצו לראות, להשתתף, לתת עצות. אנשי הביטחון של הספינה הקימו גדר אנושית כדי שאנשים לא יגיעו לכאן, וניסו להרגיע את 4,500 הנוסעים ההמומים שהבינו שקרה אסון גדול."

"אני רק יכול לנסות לתאר לעצמי מה עבר עליך," אמר ריי באמפתיה.

"אני רק עמדתי שם, ליד הקצינים, ובקול שבור ובהיסטריה ניסיתי להסביר להם שמדובר בחבר שלי שרק רצה לחרוט את שמו על דופן הספינה," המשיך רמי בסיפורו. "תחילה לא הבינו מה יוצא לי מהפה.

בכיתי ודיברתי, בכיתי וצעקתי, תפסתי את פניי בידיים, משכתי בשערות – נתקפתי בחרדה כשגופי רועד ופי ממלמל מלמולים לא ברורים. ואז מישהו משך אותי והצידה והצמיד לי מסכת חמצן לאף ולפה. מאוחר יותר הבנתי שזה היה פרמדיק שנקרא כדי להרגיע אותי.

"רופא במדים של הספינה הזריק לי זריקת הרגעה ואחר כך כבר לא ראיתי ולא שמעתי כלום."

רמי השתתק לרגע, מחשבותיו נודדות. הוא חיבק את עצמו בשתי ידיו כאילו היה לו קר לפתע. "יומיים שכבתי במרפאה של הספינה," אמר בשקט. "מדי פעם התעוררתי וחזרתי לישון. לא יודע אילו תרופות נתנו לי שגרמו לי לישון כל הזמן. עד שבבוקר אחד נכנסה אחות לחדר שלי וראתה שאני ער. היא בדקה אותי ואז כבר לא יכולתי יותר לעמוד בחוסר הידיעה. תפסתי את היד שלה הכי חזק שיכולתי ובבכי קורע לב ביקשתי ממנה שתגיד לי מה קרה לחבר שלי... 'תגידי לי שהצליחו להציל אותו,' התחננתי. 'תגידי לי, אני חייב לדעת, בבקשה.'"

"האחות הסתכלה עליי והעיניים שלה התמלאו בדמעות. מישהו קרא בשמה והיא יצאה מהחדר. ניסיתי לקום מהמיטה, אך חזרתי מייד לשכב כי הרגשתי סחרחורת איומה. כמה דקות אחר כך נכנסו לחדר רופא ושתי אחיות בלווויית אחד הקצינים של הספינה. הבטתי בהם וניסיתי להבין מהבעת הפנים שלהם מה קורה.

"התחננתי בפניהם, 'תגידו לי שהחבר שלי בסדר! תגידו לי שהצלחתם להציל אותו.'

"הארבעה רק הביטו בי בחמלה ולא דיברו. ואז ניגש אליי הרופא של הספינה ובקול שקט אמר, 'אני כל כך מצטער להגיד לך שהחבר שלך לא ניצל. הספינה הייתה במהלך הפלגה אם אתה זוכר, ולוקח זמן לעצור ספינה כזו גדולה. החבר שלך כנראה גם בלע הרבה מים כשנפל, הוא לא צף הרבה זמן על המים. סירות ההצלה הגיעו לאזור שבו הוא נפל וצלל בתוך מספר דקות, אבל בזמן הקצר הזה אנחנו משערים שקרה אחד משניים: או שהוא טבע כי בלע הרבה מים

שנכנסו לו מים לריאות או שהוא נטרף על ידי כרישים שנמצאים כאן בלהקות גדולות.'

"הבטתי בו ולא יכולתי להוציא הגה מפי.

"'אני באמת מצטער,' המשיך הרופא. 'כולנו משתתפים בצערך. אני רוצה שתישאר להתחזק כאן במרפאה עוד יום או יומיים, ואז נוכל לנסות לעזור לך בכל מה שכרוך בהודעות ובטלפונים למשפחה שלו ולמי שצריך. אבל בבקשה, עברת טראומה קשה, ואני מבקש שתישאר כאן לעוד יום של התאוששות והתחזקות. ושוב," הוא טפח רכות על כתפי. 'אל תדאג. הצוות כולו יהיה איתך עד לחזרת הספינה לנמל במיאמי ונוודא שאתה בסדר עד שתחזור הביתה.'

"הרופא רשם לי מרשם לתרופות הרגעה. לא התווכחתי. ניסיתי להישאר חזק בשביל מושון, בשביל החבר הכי מיוחד והמדהים שהיה לי אי פעם."

רמי השתתק. רייי הביט בו וראה שעיניו לחות.

"מאז עברו שלוש שנים," אמר רמי. "וכמו שאתה רואה, למושון אין קבר. בשנה הראשונה למותו טסתי לארץ והייתי עם המשפחה שלו. אני חושב שהכי קשה להורים שלו העובדה שאין לו קבר ומצבה ואין להם מקום לבוא אליו ולהדליק נרות בשבילו, ולקרוא קדיש ולהביא פרחים טריים, או למלא בקבוקי מים מהברז שיש בפינת כל בית עלמין ולעשות את השטיפה המסורתית שבארץ ישראל עושים בכל קבר – שוטפים את הקבר מהאבק שהצטבר, מרעננים את שם הנפטר במים טריים ומוודאים שהרוח לא כיבתה את הנרות שמדליקים בקופסה שצמודה למצבה, שם גם משאירים גפרורים ונרות למי שיגיע לכבד את זכרו.

"התלבטתי הרבה מה תהיה הדרך הכי טובה להנציח את זיכרונו של מושון, ועלה בי הרעיון לאזכרה הכי משמעותית שאפשר בנסיבות שבהן הוא מת. מאז, זו השנה השלישית ברציפות שאני מזמין לעצמי שיט על הספינה שממנה נפל מושון, וביום השנה שלו אני עומד כאן, מדבר אליו ובודק שהשם שהוא חרט עדיין נמצא על הצד של מעקה

המתכת שפונה לים. אני מספר לו איך החיים נמשכים בלעדיו, מעדכן אותו במה שקורה עם אבא שלו ומספר לו שתמיד כשאני מגיע לארץ אני מקפיד לבקר את המשפחה שלו ולשתף אותם במה שקורה גם בחיים שלי."

וכך הם עמדו על הסיפון בקומה 15, ריי ורמי, ומחשבותיהם הפליגו הלאה לאי שם, אל עומקו של האופק הכחול, נותנים לרוח החמה של הקריביים לנשוב בעוצמה ולטפוח בחוזקה על פניהם, כמו מזכירה להם שעם כל היופי והקסם שיש בנוף המדהים זה לא הכי סימפטי לעמוד שם. ריי שתק לדקה אחת, ואז הושיט לרמי את ידו שוב והם לחצו ידיים.

"אני מעריך מאוד את זה ששיתפת אותי בחוויה הקשה," אמר בקולו הנעים. "תרשה לי להזמין אותך לבירה בפרומנדה?"

14.

קבר

כולם חיבקו את כולם ופה ושם נראו עיניים לחות. באולם הקטן
"פלדמן מורטוארי", הממוקם צפונה לרחוב קולפקס הסואן, ברחוב
יורק 1673 בדנוור קולורדו, שררה אווירת כאב ועצב, וכמו כולם, גם
אנחנו כאבנו בשקט. קשה היה לעכל שאייציק איננו איתנו עוד. הגבר
החייכן, האוהב והמתחשב, שהיה נחמד לכולם, ממציא הפטנטים
הגאון, האדם הצנוע שלא עשה עניין מההישגים המקצועיים שלו.
אייציק, האיש עם הגיטרה, זה שהרים את המורל בכל מסיבת חנוכה
ומימונה, שהזכיר לנו את השירים שגדלנו עליהם והתגעגענו אליהם
כמו "העיר באפור""בשנה הבאה" ואיך אפשר לשכוח את "ארץ
ישראל יפה, ארץ ישראל פורחת..." הלך לעולמו.

עמדתי שם בשקט וסקרתי את האנשים שבאו לחלוק כבוד
אחרון לחבר אהוב. קיוויתי שאייציק ראה והבין עד כמה הוא הרטיט
את הלבבות של כולם בכל מפגש שירה ואיך דרך מיתרי הגיטרה
והמוזיקה, החיוך האינסופי והאנרגיה החיובית שהפיץ סביבו, הרים
לכולנו, החיים בגולה, את המורל, ועזר לנו להרגיש קצת ממה שעזבנו
מאחורינו, קצת ממה שחסר לנו בזהות האישית של כל אחד ואחת
מאיתנו שלעת עתה בחר בגולה כבית. כמה נזקקנו לתזכורות האלו,
כמו אוויר לנשימה.

אט אט החלו המוזמנים להתיישב בכיסאות המרופדים בכחול כהה שהיו מסודרים בשורות. מולנו עמדה במה קטנה, ומאחוריה הציבו עוד כמה כיסאות, כנראה לאנשים שביקשו לספר על הנפטר או למנהיגי הקהילה.

כעת היה אולם הלוויות הקטן מלא עד אפס מקום. כל מי שהכיר את איציק בא להיפרד ממנו, וכל מי שהכיר את נטע, אשתו, הגיע כדי לתת לה חיבוק חם ולהזכיר בנוכחותו שהיא לא לבד, שאנחנו פה, איתה, לטוב ולרע, כי אנחנו המשפחה שיצרנו לעצמנו מכורח המציאות, בגולה.

ישבתי שם עם כולם וחשבתי על איציק ועל הדרך שבה מצא את מותו בטרם עת. אומנם לא ידעתי את כל הפרטים, ובכל זאת, למות בעקבות החלקה על "קרח שחור" ממש ליד הבית?

החלקה על קרח שחור היא הסיוט של כל מי שגר בדנוור. הוא נוצר בימי חורף שמשיים. לאחר שהשמש המיסה את השלג הגדול ונשאר מעט שלג שנמס והופך למים במשך היום, קופאים המים שוב בערב ובמשך הלילה, והם הופכים לקרח שקוף שדרכו אפשר לראות את הבטון או האספלט של הכביש. כך זכו המים הקפואים על הכבישים ועל המדרכות בכינוי "קרח שחור". הוא מסוכן מאוד משום שלא תמיד מבחינים בו בגלל שקיפותו, וכך אפשר בקלות להחליק עליו ולהיפגע.

אירוע הפרידה מאיציק התחיל בנגינת גיטרה שקטה, וכמו באירועים עצובים דומים קודמים, כולם חלקו עם כולם מתי ראו את איציק בפעם האחרונה, מה ניגן במפגש האחרון ועוד דברים שמעכשיו יהפכו לזיכרונות וייתנו לכולנו חומר למחשבה על איציק ועל העובדה שלא הספיק להיפרד מהיקרים לו בישראל.

בין דובר לדובר שררו באולם עצב ושקט מתוח. פה ושם ראיתי מישהו שלא החזיק מעמד ומחה דמעה, אחד אחר השתעל כדי להסוות בכי שעמד להתפרץ. כל מי שרצה לדבר בפני הקהל העצוב קם מכיסאו וחלק משהו על איציק, או שיתף באנקדוטות שניסו להעלות חיוך קטן בקהל. היו כמה שחייכו, גם אם רק מתוך נימוס.

גם אני שיתפתי את הקהל בהיכרות שלנו עם איציק, ובסוף הנאום הקצר שנתתי היה לי חשוב להזכיר לכולם את האמרה מהשיר הידוע: "זה לא מה שלקחת איתך כשעזבת, אלה מה שהשארת מאחוריך", ו"כמה שהמשפט הזה נכון לגבי איציק, המתחשב, החברי."

עם תום הטקס המשתתפים התעטפו היטב במעיליהם ויצאו החוצה לאוויר הקפוא. בחוץ כבר ירד הערב וקור של 28 מעלות פרנהייט, שהן מינוס שתי מעלות צלסיוס, הזכיר לנו שעונת החורף עדיין בעיצומה בקולורדו. צעדנו במהירות לכיוון המכונית שחנתה רחוק ממגרש החניה המלא עד אפס מקום, וביקשתי מגבי, בן זוגי, גם את הז'קט שלו, כדי להתחמם עד שנגיע לאוטו. הקפנו את "פלדמן מורטוארי" וצעדנו לכיוון המכונית שלנו. הרעש היחיד שנשמע ברחוב החשוך היה נקישות נעלי העקבים שנעלתי על המדרכה. שילבתי את ידי בידו של גבי כדי להתחמם קצת.

כאשר ישבנו סוף-סוף באוטו הרגשתי שאני לא מחזיקה מעמד. כיסיתי את פניי בידיי ופרצתי בבכי מר. גבי לקח את ידי השמאלית וליטף אותה בעדינות, כשהוא מנסה להרגיע את התפרקות הבכי הספונטנית שלי.

"זה בסדר, היום כולנו עצובים," אמר, "קיבלנו עוד הוכחה לכמה שהחיים שלנו שבירים. היום אנחנו פה ומחר? מי יודע," הוסיף בעצב.

"קר לי," רעדתי מקור ומעצב, שפשפתי את כפות ידיי זו בזו וקירבתי אותן לפתחי החימום, כדי להרגיש את החום החלש שיצא מפתחי האוורור של האוטו. התחלנו לנסוע ועד מהרה נעצרנו בפקק שנוצר ביציאה ממגרש החניה כדי לאפשר לכל המנחמים האחרים לצאת.

"כאב לי בכל פעם שהסתכלתי על נטע," עניתי וניגבתי שוב את עיניי. "ראית כמה היא חזקה?"

"היא חייבת להיות חזקה," השיב גבי. "היא עוברת משבר רציני וגם הילדים שלה, אף על פי שהם כבר בוגרים. זה לא קל להיות חזק מול הקהל שבא לנחם. נטע ניסתה להראות לכולנו שהיא עומדת

באומץ מול האסון הנורא. חשבי אילו כוחות נפשיים עצומים היא צריכה עכשיו לקראת הלוויה בארץ. שמעתי אותה אומרת לציפי שהטיסה שלהם לישראל יוצאת בארבע בבוקר, כי הם לא מצאו טיסה אחרת שבה יוכלו לטוס עם הארון של איציק."

ניגבתי את פניי וקינחתי את האף בפעם העשירית. שקט השתרר בינינו לכמה דקות, אבל אני דווקא רציתי לדבר, לפרוק עוד מתוכי.

"יש לך מושג כמה עולה להטיס גופה מפה לישראל?" שאלתי.

"אני מתארת לעצמי שזה עסק יקר."

"אני לא בטוח," השיב לי גבי בעודו מנווט את המכונית אל הכביש הראשי בדרכנו הביתה. "פעם, לפני המון שנים, באחד המפגשים הישראליים בחנוכה שמעתי מישהי שדיברה על משפחה מבוסטון שהייתה צריכה להטיס לארץ גופה של מישהו, ולא היה להם כסף לזה כי העלות הייתה משהו כמו עשרים אלף דולר, ותחשבי, זה היה לפני כעשרים שנה. מי יודע כמה זה עולה היום."

"וואו, זה הון תעופות," נחרדתי מהסכום.

שנינו שתקנו לרגע ארוך, גבי מתמקד בנהיגה ואני שקועה במחשבותיי.

"תגיד," פתחתי שוב, "כבר רשמנו בצוואה שלנו שאנחנו רוצים להיקבר בישראל? אתה מתאר לעצמך כמה זה יעלה לילדים?"

"לא מעניין אותי כמה זה יעלה," אמר גבי בתוקף. "אני עומד על זה שאיקבר בארץ. נולדתי בארץ ישראל ואני רוצה להיקבר בארץ ישראל, תזכרי את זה אם אמות לפנייך. גם את כך, לא? אם את משנה את דעתך תגידי לי, כדי שאעדכן את הצוואה שלנו."

"כדאי להזכיר את זה גם לנורית שלנו," אמרתי בשקט. "היא שמחה לשמוע שתקבל את הירושה שאנחנו משאירים לה, עד שאמרתי לה שהיא תצטרך להטיס את הגופות שלנו בארונות לארץ. זה בכלל לא מצא חן בעיניה."

"או, אבל הכסף שאנחנו כן משאירים לה זה בסדר," רטן גבי כשהוא מניע את ראשו מצד לצד.

"אבל רגע, אני ואתה צריכים לדבר על איפה בישראל ניקבר. אני רוצה להיקבר במגדל העמק, ליד ההורים שלי," אמרתי ברצינות.

"לא, לא," צחק גבי. "גם אני רוצה להיקבר עם המשפחה שלי, והם, כידוע לך, קבורים בדימונה." הוא האט את מהירות המכונית לפני רמזור כתום וזכה לצפירה צורמת מהנהג שנסע מאחורינו.

"אוף, יכולת לעבור את הרמזור הזה," רטנתי.

"למה שאני אשתגע," הוא ענה בזעף, "ועוד היום עם כל המצלמות שיש בכל מקום? את יודעת שהיו מצלמים אותי עובר באדום ואז מי היה משלם את הקנס של מאתים ושישים דולר?"

יכולתי לשמוע את הכעס בקולו. תמיד כשנושא הקבורה עלה, גבי נעשה קצר רוח ועצבני, אבל אני רציתי למצות את השיחה.

"למה שאני גם איקבר בדימונה?" שאלתי בשקט.

"די, תפסיקי," הוא היה קרוב להתעצבן ממש. "אני יודע שאת לא מתה על דימונה, אבל גדלתי שם ואבא שלי קבור שם וגם סבתא שלי..."

"נו, נכון," אישרתי, "אבל אימא שלך קבורה בירושלים."

"אני רוצה להיקבר בדימונה," הוא ניסה לסיים את הוויכוח. "את יודעת שעדיין יש לי שם חברים."

"איזה מוזר אתה," העוויתי פנים בזלזול. "מה זה משנה או מוסיף שעכשיו יש לך חברים בדימונה? אתה מאמין שהחברים שלך עדיין יהיו בדימונה אחרי שתלך לעולם הבא?"

"מי יודע, ואם אני אלך לפניהם, יהיה מי שיבוא לבקר את הקבר שלי. את לא חושבת?"

"אוי, גבי, אתה מדבר שטויות," מחיתי. "מי יודע מי ימות קודם. אולי נפתור את הבעיה בזה שנבקש להיקבר כאן בקולורדו וזהו?" הצעתי.

גבי החמיץ פנים. "מה קרה לך? שכחת איך נראים פה בתי הקברות היהודיים? הם על הפנים. זוכרת שסבא של דון נפטר והלכנו להלוויה בבית העלמין 'מאונט נבו'? אין שם אפילו מגרש חניה נורמלי. חניתי

על הכביש הצדדי לפני הכניסה לבית הקברות והלכנו מייל שלם ברגל ואיחרנו. וההזנחה שם צעקה מכל מקום. הכביש הסואן מצד אחד ועשבים שוטים שגדלו אפילו על שביל ההליכה שלא היה סלול, והמקום המיניאטורי שמקצים למצבה עומדת... שכחת שהלכנו על דשא שבעצם הוא הקבר של המצבה שלפניו? העור שלי הצטמרר. לא מכובד בכלל!"

"נכון, נכון," כעת היה תורי להצטמרר. "וזה שהם לא מרשים להדליק שם נרות נשמה? בכל בית עלמין בארץ יש קופסה קטנה ממתכת או מאבן שאפשר להדליק בתוכה נר נשמה ונרות רגילים. אני תמיד משאירה בקופסה נרות וגפרורים למקרה שמישהו שכח להביא. ואני תמיד מדליקה נרות לעוד שני קברים ליד. אני בוחרת את שני אלה שנראים לי הכי מוזנחים, כאלה שאני יודעת שמזמן לא באו לבקר אותם. זה משהו שלמדתי מאימא שלי, עוד כשהייתי ילדה קטנה. ראיתי אותה עושה את זה אחרי כל ביקור בקבר של אבא שלי במגדל העמק."

"באמת, איזה מין דבר זה שאי אפשר להדליק נרות נשמה לזכר הנפטרים?" תהה גבי. "תצביעי לי על בית עלמין אחד בארץ שנשרף בגלל נרות נשמה. את יודעת מה? עכשיו שאנחנו מדברים על זה, אני באמת מרגיש שחסר לי משהו כשאנחנו עוזבים את העלמין כאן. עכשיו אני יודע שזה משום שלא הדלקנו נר נשמה לזכר הנפטר, כמו שרגילים בארץ."

המשכנו לנסוע, והשיחה התגלגלה אל בתי קברות נוספים בדנוור. גבי הזכיר את "רוז היל סמטרי" והסביר שהוא ישן יותר מבית העלמין "מאונט נבו", משום שעד לפני חמישים או שישים שנה רוב הקהילה היהודית גרה בצד המערבי של העיר, קרוב להרים. גם הם, כמו כולם בתקופה של הבהלה לזהב לפני מאה חמישים שנה בערך, רצו להיות קרובים לאזור המכרות.

"נו, כן, הרי בגלל זה קיימת שם עדיין ישיבת 'אור חיים' של הרב וסרמן," צחקתי. "הם לא מתכוונים לעבור לצד המזרחי של העיר."

"את זוכרת שלפני ארבע שנים התנדבנו להצטרף למשלחת מהקהילה היהודית שנסעה לנכש עשבים ולנקות את בית העלמין היהודי של העיירה לדוויל?" גבי הזכיר לי נשכחות.

"זוכרת," חייכתי, "איך אפשר לשכוח? נסיעה ארוכה, כמעט שלוש שעות בכבישים צרים ומסוכנים, כדי לתחזק בית קברות יהודי בשום מקום..."

"אבל איזו דרך יפהפייה זו, 'גוואנלה פס'?" אמר גבי בגעגוע. "ההרים הגבוהים, העצים הירוקים ששידרו לנו את המסתוריות של העיירות מסיפורי הקלברי פין של מרק טווין. אזור מטריף ביופיו."

"ואתה זוכר את הדרך חזרה?" שאלתי, "את המסעדה המקסיקנית שכל מה שאכלנו בה היה חריף?"

גבי זכר וצחק והמשכנו להפליג בזיכרונות מהנסיעה ההיא ומאחרות, עד שחזרנו לשיחה שבה פתחנו.

"תגיד, מה אתה אומר על השטות הזאת שכאן באמריקה, כל אדם שנפטר חייב להיקבר בארון, כולל יהודים? בישראל לא קוברים בארון! אז למה שלא יכבדו גם באמריקה את המשפט הידוע 'כי עפר אתה ולעפר תשוב'?"

"משום שהחוק בקולורדו מחייב קבורה בארון, אבל היהודים מצאו דרך מקורית גם לכבד את החוק וגם להישמע לחוקי ההלכה," הסביר גבי. "הם קונים את ארון העץ הכי פשוט, קודחים כמה חורים בתחתית שלו וככה מאפשרים לאדמה, למי הגשמים ולתולעים לחדור לתוך הארון ולהיות במגע עם הגופה. בכך הם מקיימים את מצוות ההלכה 'כי מעפר באת ואל עפר תשוב'."

"וואלה, מבריק," אמרתי, "אין כמונו היהודים. פלפלים מפולפלים שכמונו, מוצאים פתרון לכל מצב. אבל בוא נחזור רגע לוויכוח שלנו. אתה באמת לא רוצה להיקבר לידי במגדל העמק?"

"לא אמרתי לך שאני לא רוצה להיקבר לידך," נאנח גבי. "אני רוצה להיקבר במקום שגדלתי בו. אני רוצה בדימונה. למה את לא מוכנה לקבל את זה?"

”אבל גם אני רוצה להיקבר ליד ההורים שלי,” מחיתי. ”אתה לא הוגן.”

גבי שתק ואני המשכתי באותו קו. ”מעניין אם נטע תקבור את איציק איפה שהוא היה רוצה או איפה שהיא בחרה. אולי בכלל הם סיכמו מראש איפה הם רוצים להיקבר?”

”אני חושב שאם איציק לא נקבר בעיר שבה הוא רשום במרשם האוכלוסין בארץ, נטע תצטרך לשלם סכום מסוים עבור קבורה במקום אחר.”

”לא שמעת מה שציפי אמרה שם הערב?” שאלתי אותו, ”מישהו אמר לה שישראלים שלא גרים בארץ לא מקבלים חלקת קבר בחינם. זו פעם ראשונה שאני שומעת דבר כזה.”

”ציפי אמרה לך את זה?” גבי התפלא. ”גם אני לא שמעתי על חוק כזה. מעניין אם זה נכון. כי אם זה נכון ואין לנו זכות לקבורה חינם בישראל, כל הוויכוח שלנו מיותר. אנחנו צריכים לבדוק את העניין ברצינות.”

”כן, הבנתי מדבריה שזה בדוק – כל מי שלא רשום שהוא גר בארץ לפחות שישה חודשים בשנה, לא מקבל את הזכות לחלקת קבורה בארץ. זאת אומרת שנצטרך בכל מקרה לקנות חלקת קבר וזה לא משנה איפה בארץ. מי חשב על כל זה כשעזבנו את ישראל?”

”לא דיברנו גם על זה,” אמר גבי ברצינות. ”זה מסוג הנושאים שאנשים בדרך כלל לא רוצים לדבר עליהם. את לא מכירה את אלה שאומרים 'זה רחוק ממני' או את אלה שבששיא התמימות חושבים 'לי זה לא יקרה מהר, אני מתכוון לחיות עוד הרבה זמן'? אנשים דוחקים שיחות כאלה הצידה, לא רוצים להתעסק במחשבות על מוות ועל קבורה, מעדיפים להתעלם...”

”אבל במקרה שלנו אנחנו חייבים לדבר על קבר ועל בית קברות, וכמה שיותר מהר לסדר את הדבר הזה,” הודעתי. ”אנחנו לא חיים בישראל, וחיים פה בנחת, משחקים בתופסת עם הזמן ובינתיים הזמן רץ קדימה ומנצח. אנחנו לא יודעים מתי נמות, כמו שאיציק לא ציפה

להחליק על שלג ליד הבית, לחטוף מכה חזקה בראש ולמות בתוך שבוע והנה מחר הם כבר מטיסים את הגופה שלו לקבורה בארץ. אני לא יודעת אם זה משהו שנטע ואיציק דיברו עליו אי פעם."

"אני מקווה שיש אנשים שעוזרים לנטע ולילדים לטפל בכל עניין הקבורה," אמר גבי, "אבל מה עושים אנשים שכבר אין להם משפחה בארץ? מי עוזר להם במצב כזה? הרי רוב האנשים שיורדים מהארץ לא חושבים על הדברים האלה, עד שמגיע מצב כזה ואז מתחילים לשבור את הראש ולחפש עזרה וייעוץ בעניין כזה חשוב.

"תראי," הוא הוסיף כשהתקרבנו אל השכונה הירוקה שלנו, "ברגעים כאלה זה מעורר את כולנו, אבל בואי נהיה אמיתיים עם עצמנו – האם נמשיך לדבר על זה גם מחר וגם שבוע הבא עד שתהיה לנו החלטה בעניין?"

"אז בוא ננסה להחליט עכשיו," לא הרפיתי.

"מה דעתך שנכתוב בצוואה שלנו שיקברו אותנו בנתניה?" חייך גבי. "ככה נהיה יחד, והמשפחות והחברים משני הצדדים יגיעו למרכז הארץ כדי לבקר את הקברים שלנו."

"דווקא בנתניה?" החמצתי פנים.

"נו, מה את רוצה? נתניה זה במרכז הארץ. אם לא בדימונה ולא במגדל העמק, הנה מצאנו מקום ניטרלי באמצע."

הבטתי בו מהצד. החיוך הקטן שלו הסגיר שהוא מתלוצץ.

"גבי," שבתי ונעשיתי רצינית, "אתה זוכר את סיפור ההלוויה של אחי ויקטור? לא טסנו להלוויה שלו כי זה קרה בזמן המגיפה, אבל שמעתי מאחותי שהחתן שלו לא הסכים לחכות עד שיארגנו לו קבר במגדל העמק, ליד ההורים שלי, והתעקש לקבור אותו באותו יום. משום שמצאו לו מקום קבורה מוכן בקרית מוצקין, הוא נקבר שם, ואני כעסתי משום שזכרתי שכל חייו ויקטור דיבר על זה שהוא רוצה להיקבר ליד ההורים שלנו. אני עדיין לא סולחת לחתן הזה שהחליט שיותר חשוב לקבור את המת מייד ביום הפטירה. זה לא מה שאח שלי רצה. אוף, למה לעזאזל לא הייתי שם כשזה קרה?" העיניים שלי כבר

היו לחות. "זה עוד מחיר שאנחנו משלמים על זה שאנחנו לא גרים בישראל, ליד המשפחה. הייתי מוודאת ומתעקשת שהוא ייקבר איפה שהוא רצה..."

גבי החזיק את ההגה בידו השמאלית וליטף את ידי בידו הימנית. היה שקט בינינו לכמה רגעים, ותמונות מה"שבעה" שערכנו לויקטור כאן בביתנו בדנוור שוב עלו בעיניי, כל החברים ואפילו אנשים שאני לא מכירה הגיעו לתפילת מנחה ולהשתתף עם גבי באמירת ה"קדיש". גבי היה עד להלם ולכאב שחוויתי אז. לא יכולתי להסתיר את גודל האבידה שחשתי.

נעצרנו שוב ליד רמזור אדום, וגבי פנה אליי בשקט. "השבוע אתקשר לעורך הדין גלזמן שיערכן את הצוואה שלנו," אמר, "שיהיה רשום שם במפורש שאנחנו מצווים שיטיסו את הגופות שלנו לארץ, וגם נרשום בבירור איפה אנחנו מבקשים להיקבר."

"בסדר גמור," הסכמתי, "בוא ניתן לעצמנו עוד שלושה ימים לגבש החלטה סופית ולא נשנה אותה. אוקיי?"

גבי הנהן.

"אני כבר שומעת את נורית שלנו רוטנת," חייכתי מתוך הזיכרון הכואב. "היא לא תאהב את המטלות האלה שאנחנו משאירים לה."

"סליחה, אבל באמת לא מעניין אותי איך נורית תגיב לזה," אמר גבי. "היא צריכה לכבד את הרצון שלנו ולעשות בדיוק מה שכתוב בצוואה שלנו. ואני אגיד לך יותר מזה, נורית בעצמה נולדה בארץ והייתי שמח שגם היא והילדים שלה יחליטו להיקבר בארץ אחרי מאה עשרים שלהם, למה לא?"

"אל תטפח הרבה תקוות," היה צר לי לאכזב אותו. "נורית הגיעה לכאן בגיל שלוש, יש לה בעל אמריקאי וילדים אמריקאים והם יגבשו לעצמם החלטה איפה ירצו להיקבר. אני לא אתפלא בכלל אם היא ובעלה יחליטו החלטה שונה לגמרי משלנו," הוספתי באכזבה. "אנחנו ישראלים בלב ובנפש, ואנחנו יודעים שאנחנו רוצים להיקבר בישראל, אבל רגש כלפי ארץ זה דבר מאוד אינדיבידואלי. נורית

גדלה באמריקה ומזדהה כאמריקאית-יהודייה. אומנם היא מקיימת בית יהודי, אבל המנטליות שלה אמריקאית לכל דבר. יש דברים שהם לא בשליטתנו וזה אחד מהם. תזכור, אנחנו הבאנו את נורית לחיות פה. אם היא תחליט לחיות בארץ? בוא נשאיר את זה לאופציה של ניסים ונפלאות."

שקט מטריד שרר בחלל המחומם במכונית. אני חשבתי על כל הדברים שהזכרנו בשיחה הזו, שנאמרו בפעם הראשונה בעשרות השנים שאנחנו חיים בקולורדו. חשבתי על האנשים שבאו להיפרד היום מאיציק היקר, חשבתי על נטע ועל הכוחות שעליה לאזור לקראת הלוויה בארץ. חשבתי על האנשים שהגיעו היום לנחם אותה ואת הילדים שלאט לאט יחזרו לשגרה היומית, ועליה שנותרה לבדה להתמודד עם ההלם הפתאומי, הצער, הקשיים החדשים, הבדידות והזיכרונות.

הגענו הביתה. חלצתי את נעלי העקב שנעלתי והחלפתי אותן בנעלי בית רכות. פשטתי את החליפה ועברתי לפיג'מה נוחה וחמימה. כוס תה תוכל לחמם אותי עכשיו, חשבתי. מילאתי את הקומקום החשמלי במים כשצלצול צורמני קטע את השקט. זה היה סרטון וידאו מחברתי דניאלה, שהגיעה גם היא להלוויה של איציק. היא שיתפה סרטון שצילמה במפגש האחרון שארגנה בחנוכה אצלה בבית. ישבתי שם ובעיניים דומעות ויד רועדת צפיתי בסרטון בן הדקה שבו נראה איציק, האיש עם הגיטרה האהובה שלו, מחייך לקהל ומיישר את דפי השירונים הלבנים שהביא איתו, והוא מנגן במרץ כשגופו נע לפי הקצב ימינה ושמאלה וכולנו מקיפים אותו בצפיפות, העיקר להיות חלק מההווי, חלק מהיחד, חלק ממשהו שמחבר אותנו כאן בעולם החצוויים, במוות ובחיים, כשישרנו בקולות צורמים: "ארץ ישראל יפה, ארץ ישראל פורחת..."

15.

בכלוב זהב

רונלד התעקש לשלם על הארוחה הטעימה והמפנקת שאכלנו. הרגשתי נבוכה והצעתי שנשלם לפחות את הטיפ, אבל רונלד התעקש לשלם הכול.

חשבתי שטוב שאת החדר במלון הזמנו ושילמנו מראש, אחרת, כמו שאני מכירה את רונלד, הוא גם לא היה מחייב אותנו על החדר, כי גם המלון שבו התארחנו היה חלק מרשת המלונות בבעלותו.

"תנו לנו לפנק אתכם," אמר לנו רונלד בחיוך כשהגענו. "לא בכל יום אתם מתארחים אצלנו בהרים. כשאנחנו יורדים לדנוור, לסידורים, אתם מפנקים אותנו באירוח מקסים ובבישולים הביתיים הטעימים שלך, אז בבקשה, היום תרשו לי לפנק אתכם."

רונלד ודבי, חברינו הקרובים, הזמינו אותנו לארוחת צוהריים מאוחרת במסעדה ידועה, "גרנד רפידס" (מפלים גדולים), שבעיירת הבוקרים "גרנד לייק" שבהרי הרוקי. העיירה "אגם גדול" קיבלה את שמה מהאינדיאנים שהיו החלוצים הראשונים במקום לפני מעל מאה שנה, והיא נמצאת במרחק של בערך חצי שעת נסיעה מאתר הסקי המפורסם של "ווינטר פארק" (פארק החורף).

המסעדה יוצאת הדופן ממוקמת במקום מדהים ביופיו, על צלע של אחד ההרים המחבקים את האגם הגדול בגרנד לייק. מחלונותיה

הענקיים יכולנו לצפות בשצף המים האדירים של הנהר שזרם מתחתינו. גלים־גלים התנפצו ברעש אל הסלעים הקטנים שניצבו במרכז הנהר ובגדותיו וחסמו את המים, ובכך גרמו למערבולות שוצפות שרקדו בקצב מסחרר למוזיקת המים המהפנטת.

המחזה היה יפה, מפחיד ומדהים באותה מידה, והיופי הפראי של איתני הטבע העצומים היה עוצר נשימה. מבעד לחלונות הענקיים יכולנו ליהנות גם מהיופי הקסום של ההרים שהקיפו את האגם הגדול ודמו לענקים קשוחים שהגנו עליו בעמידתם האיתנה והבלתי מתפשרת, ולרגע יכולתי לדמות כאילו הם מחבקים אותו בחום. השמש נטתה לשקוע במערב, מעבר לרכס, וקרניה דמו לכנפיים זהובות של אור שעוטפות את ההרים ואת האגם בהילה מסתורית של ניצוצות ואור זהבי ויוצרות פסי צל וזהב אחרונים על המים.

ישבנו בשולחן הכי קרוב לחלונות, והשיחה קלחה. היה לנו הרבה על מה לדבר, וברקע ליוו אותנו שאון זרמי המים של הנהר והמוזיקה הנעימה במסעדה.

"אנחנו יורדים לדנוור השבוע," אמר רונלד. "דבי צריכה לחדש את הדרכון הישראלי שלה וקבענו פגישה עם הקונסול שמגיע לעיר."

"כן," חייכה דבי וחשפה שיניים מושלמות ובוהקות. "הגיע הזמן לקבל את ה׳פיקס׳ שלי. אני מתגעגעת כל כך לארץ. עברו כמעט שלושה חודשים מאז הנסיעה האחרונה שלי, וחוץ מזה, את יודעת," היא המשיכה, "אני לא משוגעת על התבלינים פה בקולורדו. אני תמיד קונה בישראל אספקה לשלושה חודשים, וזה מסדר אותי עד לנסיעה הבאה."

"דבי, באמת, עד כדי כך?" התפלאתי, "נכון, התבלינים פה פחות איכותיים מאשר בישראל, אבל לא קשה לך לנסוע בכל שלושה חודשים? אנחנו לא היינו יכולים לנסוע כל כך הרבה. אצלנו כל נסיעה כרוכה גם בהפסד ימי עבודה."

דבי לגמה מהיין הלבן שלה ולא אמרה מילה.

"אנחנו נוסעים רק פעם בשנתיים בערך," הוספתי. "וכן, בלית
ברירה אני מתפשרת על התבלינים שאני מוצאת כאן," הוספתי בשקט.

דבי השתעלה קלות. "בארץ יש לתבלינים ארומה משגעת והטעם
מזכיר לי את טעם הילדות שלנו והבישולים הארומטיים של הארץ..."
היא לגמה שוב מהיין ואמרה באומץ, "תאמיני לי, אם רונלד היה יכול
להעביר את העסקים שלו לישראל, היינו עוברים לחיות שם תכף
ומייד."

קצת התפלאתי על דבריה. בסך הכול לדבי לא חסר כלום. היא
חיה מצוין בקולורדו. אפשר לומר שהחיים של דבי הם החלום הגלוי
או הנסתר של הרבה אנשים שאני מכירה, שקיוו שהמעבר לחוץ לארץ
יעניק להם חיים ללא דאגות כלכליות, אם לומר זאת בלשון המעטה.
האמרה "דבי זכתה בעץ שמגדל כסף" הייתה נכונה בהחלט עבורה,
אבל הזכייה הזו הביאה איתה משהו נוסף שאף אחד מאיתנו לא היה
רוצה "לזכות בו".

דבי היא ישראלית שהייתה בארץ כתבת מצליחה באחד העיתונים
בצפון. היא הכירה את רונלד כשנשלחה מטעם העיתון לאילת לראיין
אותו ומשקיעים נוספים בכנס משקיעים פוטנציאליים להקמת עיר
הייטק גדולה בנגב. בסיום הריאיון רונלד ביקש מדבי להצטרף אליו
לארוחת ערב במלון שבו היה הכנס, היא ענתה בחיוב והם בילו את
הערב בארוחה נהדרת ולאחר מכן ישבו בלובי המלון, שתו יין ודיברו
עד השעות הקטנות של הלילה.

רונלד הוקסם מחברתה של דבי. היא הייתה בעלת יופי ישראלי
טיפוסי, שערה כהה, עיניה בצבע הדבש ונמשים שובבים פזורים לה
על הפנים, וכבר למוחרת ביקש ממנה להישאר איתו עוד כמה ימים
באילת. דבי היססה אבל רונלד לא הפסיק לבקש, ולבסוף, כשדבי
ראתה כמה שהוא מעוניין בחברתה ולמען האמת גם מצידה התחילה
קצת התעניינות, היא הסכימה לשנות תוכניות. רונלד המאושר הזמין
לה סוויטה במלון שבו הוא שהה, והשאר כבר היסטוריה. יהיה נכון
להגיד שמצידו של רונלד זו הייתה אהבה כמעט ממבט ראשון. גם

היום, אחרי שלושים וחמש שנות נישואים, בכל פעם שאני נפגשת איתם אני רואה את האהבה ואת הכבוד ההדדי שהם רוחשים זה לזה והלב מתרחב בהנאה.

שני ילדיהם של דבי ורונלד למדו באוניברסיטאות "הרווארד" ו"דיוק", שהן בין הטובות היקרות ביותר באמריקה. ואיך אגדיר את הבית שלהם בדנוור? ארמון קטן! ועכשיו שהם עברו לגור בסוויטה של אחד מהמלונות שבבעלותם בהרים, סוכנת הבית שלהם, הגנן ואיש האחזקה הם היחידים שגרים בארמון היפה והמפואר, שיש בו מדרגות סינדרלה עגולות, שבעה עשר חדרים, חמישה סלונים גדולים לאירוח ושנים עשר חדרי שירותים.

מסיפורים קודמים שדבי שיתפה אותי בהם, זכרתי שהם יוצאים הרבה לשיט ביאכטה הפרטית שלהם שעוגנת במיאמי שבפלורידה, וגם לאס וגאס תמיד נמצאת אצלם ב"חיוג ישיר", שם הם נהנים לצפות בהופעות הגרנדיוזיות הידועות ולפגוש אומני-על כמו סלין דיון, קארי אנדרווד או ג'ניפר לופז העינקיות.

אבל עכשיו, כשדבי הכריזה שהגיע הזמן לקבל את ה"פיקס" הקבוע שלה בנסיעה לארץ, זה הדליק אצלי נורה אדומה. שאלתי את עצמי למה בדיוק היא מתכוונת, אבל לא הייתי בטוחה שדבי תרצה לדבר על זה בזמן הארוחה כשארבעתנו יושבים יחד וחיכיתי לרגע שבו נהיה לבד.

הרגע הגיע הרבה יותר מהר משחשבתי. בעל המסעדה ניגש אלינו ולחש לדבי משהו באוזן, היא קמה ממקומה ואמרה לי, "סליחה, יפה'לה. מנהל הקבלה של המלון מחפש אותי," ופנתה לאזור הקופה. הקופאי הגיש לה את הטלפון העסקי ודבי חייכה כשענתה לשיחה.

רונלד ורפי בן זוגי היו עסוקים כרגיל בשיחה ערה לגבי השיפוצים של המלון השכן, ואפילו לא הפסיקו את שיחתם כשקמתי להביט בנוף המגנגנט. דבי תפסה את עיניי וסימנה לי להתקרב אליה. ניגשתי לאיטי לדלפק ונעמדתי לידה.

"וואו, את לא מאמינה מי הגיע פגישה בלובי של המלון שלנו,"

היא חייכה אליי בהתרגשות כשסיימה את שיחת הטלפון. "זה היה מנהל הקבלה שלנו. השארתי להם הודעה שאנחנו אוכלים פה ארוחת צוהריים, אז הוא ידע איפה למצוא אותי."

"נו? אז מי הגיע למלון שלכם?" האצתי בה בסקרנות.

"אנדרו טיילור!" העיניים שלה נצצו מהתרגשות. "הסולן של להקת 'לוגיקה'. הוא גר בוויל, שעתיים נסיעה מכאן, וקבע פגישת עסקים עם מישהו שמתארח במלון שלנו. מנהל הקבלה יודע כמה שאני אוהבת את אחד השירים שלהם ולכן הוא הודיע לי. אני יודעת שגם את מעריצה גדולה של הלהקה הזו," היא חייכה אליי. "את רוצה לפגוש אותו? בואו אלינו למלון לקפה וקינוח ואכיר לך אותו."

פקחתי עיניים גדולות. "וואו, בטח שנבוא," אמרתי.

"יופי!" שמחה דבי ופנתה לחזור לשולחן. ניצלתי את ההזדמנות ששתינו לבד ושאלתי בשקט, "דבי'לה, מה בכל זאת מטריד אותך? ומה הכוונה שלך ב'פיקס'? הכול בסדר עם המשפחה בארץ?"

דבי נעצרה במקומה. פניה העדינים הרצינו ומבטה הורכן לפני שדיברה. היא נשמה נשימה עמוקה ואמרה, "יפה'לה, את החברה הכי קרובה שיש לי פה בקולורדו, ואני יודעת שבאמת אכפת לך ממני. אני אחלוק איתך דברים שבדרך כלל אני לא משתפת עם החברים שלנו. אבל בואי נשב רגע."

היא החוותה בידה לעבר שתי כורסאות עמוקות שעמדו בפינת העישון של המסעדה, שעתה הייתה ריקה מאדם.

התיישבנו והיא פתחה, "יפה, את ישראלית כמוני ואני יודעת ובטוחה שלפחות חלק ממה שאני מרגישה גם את מרגישה. עם יד על הלב, תביני בדיוק מה אני עומדת להגיד לך. תודה לאל, הזוגיות שיש לי עם רונלד היא יפה וטובה ומלאת אהבה. הקמנו בית חם ואוהב ושני הילדים שלנו בגרו פה ועכשיו בונים את עצמם כל אחד במקום אחר באמריקה. כשהכרתי את רונלד היה לי ברור שאני זו שתצטרך להתפשר ולעזוב את הארץ. רונלד היה כן איתי מההתחלה והסביר לי שהוא לוקח בשיא הרצינות את ניהול החברה שאביו הוריש לו.

ידעתי כמה הוא מעריך את אביו שעבד קשה כדי להקים את החברה המצליחה של המשפחה, והיה לי ברור שרונלד לא ירצה לאכזב את ההורים שלו. כשהוא הציע לי נישואים, ידעתי שאם אסכים, אצטרך גם להסכים לעבור לגור בקולורדו, רק שבחלום הכי גרוע שלי לא הבנתי מה זה לחיות חיים חצוויים. להתגעגע כל כך ולהרגיש שחסר לך משהו, ולא משנה כמה טוב לך במקום שאת גרה בו, ולא משנה כל העושר שמקיף אותך מכל כיוון. יש דברים שלא קונים בכסף וחומריות לא מפצה על הכול. אני מוצאת את עצמי שנים ארוכות מנסה להתרגל לחיות עם געגועים לדברים שאין לי כאן."

"מה חסר לך כל כך?" שאלתי. "למה את הכי מתגעגעת בישראל?"

דבי נאנחה קלות, היססה לרגע ואז ענתה בקול חנוק קמעה. "את שואלת מה חסר לי? ההורים שלי כמובן, חברות הנפש, המשפחה המורחבת והמנטליות החמה של האנשים בארץ שלנו. אולי תחשבי שזה מצחיק, אבל הרבה פעמים אני עדיין חולמת על הבית שגדלתי בו ושההורים שלי עדיין גרים בו. יש חלום אחד מיוחד שאני חולמת הרבה, ובחלום הזה אני רואה את עצמי כילדה קטנה, בת שבע או שמונה, מטפסת על העצים בגינה האחורית של הבית וקוטפת תפוחים כדי להביא אותם לאימא שלי, שתכין לנו מטעמים מהם: בלינצ'ס תפוחים, פאי תפוחים ואיך אפשר לשכוח את העוף המרוקאי עם תפוחים ותבלינים ארומטיים? ובחלום אני נזהרת שלא לדרוך על האדמה שליד עץ התפוחים הימני שבגינה, כי שם קברנו ציפור מתה שמצאנו. את מאמינה שאפילו הפרט הזה מופיע לי בחלומות? אני זוכרת שלא הייתה לי סבלנות לחכות שהשזיפים על עץ השזיפים היחיד שהיה לנו יבשילו, וכמה התרגשתי כשזה קרה וטיפסתי מהר על העץ כדי שאוכל לקטוף אותם כשהם סגולים ועסיסיים עם מתיקות שגובלת בקצת חמיצות... ואיך הם נמרחו לי על הפנים וצבעו לי את הידיים באדום־סגול דביק... ואני נחרדת גם בחלום לראות שהכתמתי את החולצה שלבשתי בכתמים סגולים־אדומים מהשזיפים העסיסיים שאכלתי... תגידי לי אם זה לא נראה לך משונה שאני עדיין חושבת

וחולמת על הדברים האלה שהיו חלק מהעולם הישראלי שלי לפני שלושים וחמש שנים. עד היום, ברגע שאני מגיעה לביקור בבית של הוריי, אני הולכת לבדוק את הגינה, נוגעת בעלים הירוקים של עצי התפוחים, ומשם הולכת לבדוק אם עץ השזיפים נראה טוב ואם זו עונת ההבשלה של השזיפים. זה מעין ריטואל, תקראי לזה מסורת, שאני עושה באופן קבוע. אימא שלי קצת צוחקת עליי כשהיא רואה אותי הולכת לבדוק את הגינה, אבל לכי תסבירי לה כמה זה חסר לי. היא לא מבינה את הרצון שלי לחיות את הימים שחייתי בארץ, ואני מנסה להסביר לה שאני מנסה לפצות את עצמי, שאני מתגעגעת לדברים שהם חלק ממני, מהזיכרונות שלי וממה שהגדיר אותי כישראלית, וזה חלק ממה שלקחתי איתי כשעברתי לגור בצד השני של העולם.

"תחשבי מה את אורזת במזוודה," המשיכה דבי במונולוג קורע הלב שלה. "בגדים, ספרים, תעודות ותכשיטים וכל דבר אחר שיש לו משמעות בעינייך. אצלי הזיכרונות האלה הם חלק ממני ותמיד ילכו איתי לכל מקום, לא משנה איפה אחיה או אגור. זה חלק מההווי הישראלי שלי, זה חלק מנשמתי. אני ישראלית וזה תמיד יהיה חלק ממני.

"אני מרגישה שבכאב קרעתי את עצמי במובן מסוים מחברים, ולא סתם חברים ושכנים – הרי בתקופה שבה אני גדלתי בארץ, שכנים טובים היו חלק מהמשפחה, וכשהאבא של השכנה היה במילואים, השכנה והילדים ישבו איתנו לשולחן בכל ערב שבת ואכלו איתנו עד שהאבא חזר ממילואים. להשאיר את השכנים לבד? מה פתאום? תגיד אימא שלי, זו אפילו לא הייתה אופציה. איפה אני אמצא קשרים חמים כאלה כאן?"

העיניים שלה התחילו להיות לחות והיא ניגבה אותן בעדינות בממחטת נייר ששלפה מכיס הז'קט שלה. אחר כך המשיכה לדבר בשקט.

"אני מתגעגעת לחברות כמו זו שהייתה לי עם החברות מהתיכון," אמרה. "ואיך אפשר למחוק את הקשרים הכיפיים שנשארו עם החבר'ה

מהצבא? אני מרגישה שזה כל כך חסר לי, הסוג הזה, המסוים, של חברות. זה לא שאין לי פה חברות וחברים. את יודעת איך זה כשאת גרה בארמון וכל הקהילה רוצה להיות חברה שלך ולהיות מוזמנת לכל אירוע שאת עושה – כי מי לא רוצה להצטלם בלובי של הבית עם המזרקה שיש לי בסלון ומדרגות הסינדרלה העגולות ולהגיד שהוא חבר של דבי ורונלד המיליונרים? אבל את יודעת איך זה לגור בקולורדו. המנטליות פה אחרת, קרירה, ואנשים לא פתוחים כמו בארץ...

"תגידי לי את," היא הביטה בי נוכחה. "הרי לא בהכרח תתחברי בדנוור עם אנשים שבארץ לא היית מתחברת איתם, נכון? אנשים זה עניין של כימיה. את מתחברת עם אלה שיש לך איתם דברים משותפים, שכיף לך איתם, שנעים לך בחברתם, שאת מסכימה לפחות עם חלק ממה שהם עושים וחושבים, וכבר היו לי כמה מקרים שבהם אמרתי לעצמי שמישהו מסוים לא מתאים לי מאותה סיבה שגם בארץ לא הייתי מתחברת עם האדם הזה."

הנהנתי קלות ושתקתי.

"אז מכל הסיבות שמניתי כאן, אני פשוט נוסעת הרבה לארץ," אמרה דבי. "אני לא רוצה לאבד את הקשרים שבניתי וטיפחתי משך שנים. כשבן ומילי שלי היו קטנים נסעתי פחות, כי היה יותר קשה. עכשיו שהם בנו לעצמם חיים משלהם, אני מרשה לעצמי לנסוע יותר. נכון, רונלד לא אוהב שאני נוסעת ומשאירה אותו לבד, אבל ממילא הוא לא יכול להיעדר הרבה מהעסקים שלו."

היא שוב השתתקה ואז סימנה לי לבוא איתה. נעמדנו ליד אחד החלונות הענקיים שמשקיפים אל הנוף המופלא בחוץ ובהינו בו כמה רגעים בדממה. ואז דבי דיברה שוב.

"יפה, תראי איפה אנחנו גרים, מול הנוף המשוגע של הרי הרוקי. אבל איפה הים שגדלתי לידו? כל חיי כילדה וכנערה הייתי ליד הים, ואני כל כך מתגעגעת אליו, הים של הארץ. את זוכרת שגם שִׁיַּרַתִּי בחיל הים? ולא היה דבר כזה שהבילויים בשבתות וחגים לא כללו את

הים הכיפי שלנו שם. כשאני מגיעה לביקורים בארץ אני נפגשת בים עם חברות בשעת בוקר, לפני שמתחיל להגיע ההמון הגדול ונהיה צפוף. ואנחנו מזמינות ארוחות בוקר בבתי הקפה הטובים בקריית חיים או בקריית ים או בחוף הכרמל. ואו...״ היא נאנחה בעונג. ״רק לחשוב על הלחם הפריך והחם שאופים לך במקום, הלחם שמשמיע פצפוצים כשקורעים ממנו חתיכה טרייה וחמה ומורחים עליה גבינת לבנה קרה וזיתי קלמטה שחורים וסגולים עם המון שמן זית ירוק אורגינלי. תגידי לי, איפה אני אמצא ארוחת בוקר כזו פה בקולורדו? אני אפילו לא מדברת על הקפה הטוב של הארץ,״ היא המשיכה בהתלהבות. ״אני מוכנה לשלם כפול כדי ליהנות מכוס קפה הפוך ישראלי. פה אני יכולה רק לחלום על הקפוצ׳ינו שמגישים לי בארץ. תחשבי מה הסיבה ש׳סטארבקס׳ ניסו לפתוח סניפים בישראל ולא הצליחו. הקפה שלהם באיכות ירודה לעומת הקפה האיכותי שיש בישראל!

״ואיפה המוזיקה הים תיכונית שמקפיצה את מצב הרוח? מוזיקה שסוחפת אותך בן רגע לזוז ולרקוד לפי הקצב? המוזיקה שגדלתי איתה, שהיא כל כך חסרה לי אף שיש לי אותה פה באוטו, בבית ובטלפון... זה לא אותו דבר כמו ללכת להופעות בארץ ולרקוד לקצב הים תיכוני. הרי זה חלק מהאווירה וחלק מההנאות של כולנו בישראל.

״כשאני נוהגת באוטו שלי כאן בקולורדו ומשמיעה לעצמי מוזיקה ישראלית, אני פותחת חלון וכולם מסתכלים עליי במבטים מוזרים, ואני מרגישה שאין לי שום דבר משותף עם כל האנשים האלה ואז זה טופח לי על הפנים. אני בעצם נטע זר ותמיד אהיה שונה כאן, במקום שאני חיה בו, שאומנם אני גרה בו ושייכת אליו, אבל במובן מסוים לא. חלק ממני תמיד יהיה שייך למקום שממנו באה המוזיקה הזו, מהצד השני של העולם. שם נמצא החלק השני שבי, שאני כל כך מזדהה איתו. ומשום שנעצתי כאן שורשים של בית, בעל, ילדים וחיים שכבר מצטברים לכמעט ארבעים שנה, תמיד אישאר חצויה. כי בעצם, באמת־באמת, אני חיה בכלוב. אומנם כלוב של זהב ויהלומים ומה לא, אבל בסופו של דבר, אני לכודה.״

הבטתי בה וליבי נחמץ. תמיד ידעתי שדבי אוהבת לנסוע לבקר בארץ, אבל היום היה משהו נוסף. היום דבי שיתפה יותר בכאב ובגעגועים שהיא חווה בחיי היום-יום שלה. היום היא חשפה בפניי את מה שהיא מגדירה כ"מחיר" לבחירה שלה לעומת הגעגועים שיש בה, וההוויתורים שהפכו להיות כואבים ומטרידים כחלק מהבחירה שלה. וזו הסיבה, חשבתי, שרונלד אינו מתנגד לנסיעות הרבות שלה לישראל. רונלד בחוכמתו יודע ומבין שההקרבה של דבי לא הייתה קלה עבורה, ואולי עם השנים וככל שהקרע גדל בין החיים שלה כאן לבין מה שהיא מתגעגעת אליו בארץ, הוא מנסה לפצות אותה באמצעות ביקורים תכופים בישראל.

קינחנו את הארוחה הטובה בריין מוסקטו מתוק והודינו לצוות המסעדה הנחמד. ירדנו בזהירות במדרגות העץ של המסעדה המקסימה, ורונלד הזמין אותנו לקפה ועוגה במלון שבו הם לנו. נכנסו ללובי החמים של מלון "גרנד לייק לודג". מנהל הקבלה קיבל אותנו בכניסה ועדכן את רונלד ודבי לגבי ההמולה הגדולה בלובי. אנשי הביטחון של המלון הכוווינו את כל האורחים לצד אחד של הלובי כדי שלא יטרידו את האורח המיוחד ואת הפמליה שבאה איתו. צעדנו בעקבות המנהל עד לפינת הלובי, שם הוא הציג את רונלד ודבי בפני הסולן המוכשר. אנדרו טיילור לחץ ידיים לכולנו ושיתף פעולה בשמחה כשביקשתי תמונה משותפת. ידענו שהוא הגיע לפגישה עסקית והחלטנו שלא להפריע יותר מדי. הודינו לו ופנינו לצידו השני של הלובי כדי לשתות קפה.

התיישבנו על ספות עור שחורות עם כריות צבעוניות בכתום, תכלת ושחור, שהיו פזורות לאורך הלובי, עיצוב בהשראת הקישוטים האינדיאניים משמרת האינדיאנים השכנה, שאומצו על ידי המתיישבים במערב הפרוע. סקרנו את התפאורה המיוחדת של המלון-בקתה המפואר — כמו הקירות המצופים בלוחות עץ בצבע חום כהה וצבועים רק בלכה שקופה, שנראו כאילו יצאו הרגע מהמנסרה

השכונתית ושידרו את החספוס והאותנטיות האופייניים לבקתות הקטנות של הרי הרוקי. התקרה כולה כוסתה בלוחות עץ כהה ובתומכי עץ מצולבים שחיברו בין כל הלוחות ושיוו לה מראה של בקתה אחת ענקית, שהייתה מוארת בעשרות נברשות שעוצבו, בהשראת בעלי החיים של הרי הרוקי, מקרניים ענקיות של צבאים, שלכל אחת מהן חוברה נורה קטנה. אלה שיוו מראה חצי חשוך ומסתורי ללובי הענק. על קירות העץ היו תלויות עשרות חיות מפוחלצות שיובשו בתהליך טבעי ונראו כאילו הן עומדות לקום ולנוע בכל רגע. בכניסה ללובי קיבל אותנו שור חום ענק ומפוחלץ, ועל הקירות הגבוהים היו תלויים צבאים קטנים וראשי צבאים גדולים, אריה הרים מדהים ביופיו ושני שועלים, אחד כמעט שחור והשני שועל אדום. נחש הרים לא גדול במיוחד שימש מסגרת לאחת התמונות שהיו על הקיר לידינו, והמראה הזה קצת הרתיע אותי. הכי הכי הדהים אותי היה ראש הצבי המפוחלץ שהיה מעל כספת המתכת העתיקה של המלון ושהביט ישר לתוך עיניי. ולרגע הצטמררתי מהמבט הישיר והעמוק ורעד קל עבר בי.

חשבתי על כך שהרבה בתים, מלונות או בקתות הרים מעוצבים פה בסטייל דומה, עיצוב ברוח הטבע שלצידו הם חיים בשלום או לא בשלום, אז לא פלא שגם את המלון המיוחד הזה רונלד ודבי החליטו לעצב ברוח הטבע היפה והפראי שחי ונושם בהרי הרוקי.

"היי, יפה," דבי ניערה אותי בעדינות ממחשבותיי, "אני רואה שסיימת את הקפה. רוצה לראות את העיצוב החדש של גינת המלון? בואי, אראה לך אילו רעיונות היו לי ואיך בחרתי הפעם לעצב אותה."

"בשמחה," קמתי במהירות על רגליי, שמחה לצאת מהלובי המלא חיות מפוחלצות. "אני גם רואה שרונלד ורפי כל כך עסוקים בשיחה שלהם שלא נראה לי שהם יתגעגעו אלינו במיוחד."

יצאנו דרך הדלתות הרחבות של הלובי לכיוון הגינה שפנתה לצד המערבי של המלון. בחוץ נשבה רוח ספטמבר נעימה והסתיו ניכר בכל פינה. בגינה הגדולה התעופפו עלים יבשים בצבעי חום, כתום, אדום וצהוב דהוי. דרכנו על עלים ירוקים וחומים ועל מחטים שנשרו

מעצי האורן הגבוהים שגידרו את הגינה מבחוץ ושיוו לה מראה של יער בשלכת.

התהלכנו בגינה הענקית, שהזכירה לי יותר יער קטן. הפניתי את ראשי לפינת הגינה וחייכתי, עכשיו הבנתי למה שמעתי רשרושים רבים וציוץ ציפורים קולני. בפינת הגינה עמד "גזיבו", שהוא מעין סוכה עגולה בנויה מעץ ומרושתת כולה, ובכל פתח שלא היה מרושת היה בית ציפורים קטן עשוי מזכוכית או פלסטיק שקוף. בתוכו ומחוצה לו התעופפו להן ציפורים קטנות ואכלו מהזרעים ומהאוכל שפוזרו שם. היו שם ציפורים מסוגים שונים שאת חלקן הכרתי, כי ראיתי אותן גם אצלנו בגינת הבית, וחלקן היו לי חדשות והנחתי שהיו אלה ציפורי הרים או ציפורים עונתיות.

בתוך הגזיבו ראיתי שני "במבי", תינוקות של צבאים, קטנים וחמודים, שכרסמו משהו שנראה כמו עלים של תרד. מדי פעם הם יצאו מהגזיבו, בדקו מה קורה בחוץ וחזרו לאכול. דבי ביקשה שלא נתקרב אליהם כדי שלא נפחיד אותם.

קרוב לגדר הייתה ערוגה גדולה עם סוגים שונים של עשבי תיבול. ראיתי רוזמרין ותימין והמון המון נענע! מי היה מאמין, חשבתי, נענע בהרי הרוקי, ולפחות שני סוגים של נענע! דבי הסבירה לי שנענע יכולה להצליח יפה בהרים ואפילו להתפשט לאזור גדול, אבל רק בעונות האביב והקיץ.

המשכנו לסייר והוקסמתי לראות כמה איים מוגבהים באזורים שונים של הגינה שבהם צמחו שושני קיץ יפהפיות בצבעי צהוב, ורוד ולבן.

דבי הפנתה את תשומת ליבי לבר שעמד בפינה הימנית של הגינה. הבר היה מעוצב כולו מעץ ישן, והיה מוקף בכיסאות עץ גבוהים במיוחד, שהיו מגולפים בצורת קרניים של צבאים. הידיות של הכיסאות היו רחבות, ולכל משענת כיסא הייתה מחוברת קערית קטנה מעץ. באחת מהקעריות קיפצה ציפור קטנטנה וניסתה לנקר את הפירורים האחרונים של פרוסת לחם שמישהו הניח שם.

ידעתי שבשל מזג האוויר והחורף הארוך והמושלג של קולורדו אי אפשר לגדל הרבה סוגים של צמחים ועצים, לכן סקרן אותי לדעת אילו עצים בחרה דבי לשתול בגינת המלון. התקרבתי לשני העצים שעמדו בצידה השמאלי של הגינה – היו אלה שני עצים קטנים ורעננים שנשתלו לא מזמן והצמיחו עלים קטנים וירוקים – והתקרבתי עוד כדי לקרוא מה כתוב על התג שהוצמד אליהם: "עצי תפוחים אלו יצמחו ויגדלו טוב ויניבו פרי בעונת הקיץ בקולורדו".

"זו הפינה שלי כשצריך לברוח במחשבות," לחשה דבי.

חשבתי לעצמי שהשנים הראשונות שלנו, אנחנו שחיים בעולם החדש, הן מה שמוגדר בשפה הציונית "ירח דבש". אלה השנים שבהן אנחנו עסוקים בלהתרגש מכל דבר בעולם החדש שלנו, להתרגל לכל מה שיותר טוב מהמקום שעזבנו, ברצון ללמוד את השפה החדשה, לבסס בית ועבודה, או המטרה שנראית לחלק מאיתנו מקודשת מכול – להקים עסק ולעבוד כדי לבסס אותו, לצאת מגדרנו כדי להוכיח לעצמנו ולכל העולם כל מה שחיובי בהחלטה שהייתה לנו לעזוב לארץ אחרת. באותן שנים, כיוון שאנחנו עסוקים בשלב ההתייצבות, אנחנו דוחקים לצד את השלילי והעצוב, מבחירה או שלא מבחירה, ומעדיפים שלא להתמקד בקשיים שכרוכים במעבר ובכל האתגרים שאנחנו חווים ומתמודדים איתם.

רק שהזמן לא מחכה. הזמן עושה את שלו, החיים חולפים, וברגע של געגועים, כשמגיעות המחשבות ועוטפות אותנו, אנחנו מתחילים לעכל ולהבין את המשמעות האמיתית של המושג "לחיות בעולם החצויים".

.16

סוֹפַֿיְיה

עבורי, הליכת בוקר יומית דרך "פארק יוטה" היא מרעננת ושומרת
על כושר גופני גבוה, ואם נוסיף לזה את הסוד הקטן שלי שממתיק את
ההליכה שלי עוד יותר, תכף תבינו למה קשה לי לוותר עליה.

הפארק ממוקם במרחק מייל בערך מהבית שלנו, ועבר שיפוץ
רציני בשנה האחרונה. בין היתר, העירייה הואילה בטובה (אחרי
שנמאס לנו להתלונן) להרחיב את מסלול ההליכה, כדי שהצועדים
לא יתנגשו זה בזה, בעיקר אלה שקשה להם להחליט אם לעבור
לצד ימין או שמאל כשמישהו הולך מולם ואז, בוווום – התנגשות.
בזכות חבר עירייה "נודניק" אחד אפילו ניטעו עוד שלושים עצים
בפארק, והם מוסיפים יופי לכרי הדשא הירוקים. עוד טרחה העירייה
והגדילה את האגם הקטן, לשמחתם של הברווזים הקנדיים שמקשטים
אותו בכחול, אפור וירוק בעונת הקיץ (אבל גם "מקשטים" את
שביל ההליכה החדש בגללים שלהם). גינת השעשועים המתכתית
שהתיישנה עד שכבר הפכה למלכודת מסוכנת לילדים, הוחלפה
בגינת שעשועים צבעונית ומאירת עיניים, ונדנדות המתכת
החלודות ששרפו טוסיקים קטנטנים בימי הקיץ החמים הוחלפו
בנדנדות מפלסטיק קשיח ומעוגל, שמשכו את העין בברק אדום,
צהוב ותכלת.

חלפו שלוש שנים מאז שהפארק נפתח מחדש, וכמה שמחתי
לכלול אותו בהליכה היומית שלי. עם זאת, כאמור, לא אסתיר מכם
שיש לי עוד סיבה מתוקה מדבש להגיע אליו בכל בוקר.

אז הנה היא במילה אחת – סופפייה.

איך אני יכול לוותר על הסופפייה של סניור לופז?

אם לא טעמתם סופפייה עד היום, לא טעמתם מעדן דובשני מטוגן
ופריך, שמתפצח בפה בצרחה רעשנית שמתחרה בקלות בתרנגול
ההודו שגדל בחצר של גברת מיסי, השכנה האתיופית שלי, מרקיד את
השיניים הטוחנות וקורא לכל החושים – הטעם, הריח, המגע, הראייה
והשמיעה – להתעורר ולרקוד לצלילי מוזיקת טעמים רוקנרולית
שמרגשת אותי בכל פעם מחדש.

אבל רגע, בכלל שכחתי, אולי אתם בכלל לא יודעים מה זה
סופפייה?

סופפייה זה מעדן שהגיע לקולורדו מארץ הטאקו השכנה שלנו,
מקסיקו, יצרנית הקסדייה והטורטייה (שאני מכנה אותה בצחוק
טורטיללה). הסופפייה עשויה מבצק דליל עד נוזלי שנמזג בצורת
ספירלה לשמן רותח. בשעה שהוא מיטגן, הוא מתמלא בבועות
אוויר, שעליהן אני מטיל את האחריות העיקרית לפצפוצים ששרים
לי בפה את שירת ה"מקרנה" עם כל נגיסה. סניור לופז "מרקיד"
את הספירלה בשמן החם שתי דקות בכל צד, עד שהיא מקבלת גוון
דבש חום עמוק, ואחר כך שולף אותה משם וטובל אותו ברוטב
חלומי. אין שום דרך אחרת לתאר לכם את הטעמים האלה מלבד
"חלומיים".

רוצים עוד המחשה? בבקשה:

דמיינו לעצמכם מאכל שלו טעם של דבש עם טיפות חמצמצות
של לימון טרי, זה כבר מדגדג לכם את הפה, נכון?

כל זה מעורבב ברוטב אלכוהול וסירוף אגבה, מדולל במיץ תפוזים
ובמי תפוז ריחניים – אצלנו, הספרדים, משתמשים בו לתבל את
עוגיות המימונה הריחניות שלנו – וזה מוסיף עומק לימוני לחגיגת

הטעמים. הנגיסה הראשונה בבצק הפריך־המתוק־חמצמץ־חלומי מפרקת אותו בין השיניים (וכמעט מפרקת לי כמה מהשיניים) ובכל נגיסה נוספת הקול של ההתפצחות שרוקעת בקצב "הורה" מביאה לאופוריה, לא פחות.

אחרי כל התיאורים האלה, לא תרוצו לנסות את המעדן שיעורר בכם את כל ליצני החצר במסיבת טעמים ודיר שיתזז אתכם בכל בוקר מחדש?

בשעה שש בבוקר כבר יצאתי מהבית. סגרתי את הדלת בשקט כדי לא להעיר את רחל, אשתי, וצעדתי מהר כדי להגביר את חום הגוף כנגד הקרירות שבחוץ, אבל גם כדי להגיע מהר לפארק. כן, הסופפייה, מה לעשות?

עשר דקות של הליכה מהירה, כמעט ריצה, והנה הגעתי אל הפארק. מרחוק כבר הרחתי את ניחוח המאפים של סניור לופז, שאותם מכר בכל יום בעגלת המתכת הישנה והמקרטעת שלו. סניור לופז עמד שם, מנפנף בידו ימינה ושמאלה ללא הפסק, כדי לגרש את החרקים והזבובים שרצו גם הם לטעום ולהידבק למעדן הדובשני.

סניור לופז הקירח, הקשיש והחמוד הוא איש חייכן, ומחנה באופן קבוע את העגלה שלו ליד גינת השעשועים הצבעונית בפארק. טוב, אפשר להבין למה, קשה להגיד "לא" לילדים כשהם מבקשים להרגיש את המתוק־שבמתוק שאפשר, נכון?

מודה ומסכים, כשזה מגיע לסופפייה של סניור לופז, תקראו לי "ילד מגודל", אבל איך אפשר לוותר?

זהו, קדימה. צריך להתקדם במהירות אל העגלה של סניור לופז. ננהל את השיחה הרגילה וכבר תחלוף לה הדקה הזו של שיחת הנימוסין, שנמשכת לפעמים כמו נצח, והנה אקבל לידיי את הסופפייה ואשקע בעולם של "מי־אמר־שהחיים־לא־טובים?" מתוק לכמה דקות.

הקשיש החייכן קלט אותי כבר מרחוק, וכיאה ללקוח קבוע, הוא

נופף לעברי בידו לשלום ובהתלהבות. נופפתי לו בידי בחזרה, איך לא?

ואז, אם רציתי או לא, ועם חיוך מרוח מאוזן לאוזן ועיניים נוצצות מהתרגשות, הפכתי בבת אחת למגנט־מהופנט וצעדתי עוד יותר מהר בעקבות הארומה של הסופפייה שהורתה לאף שלי את "שביל הזהב", וכולי אפוף התרגשות של ילד שעומד לקבל את הבונבון הכי טעים.

"היי, סניור לופז, מה שלומך?" שאלתי. "איך הביזנס היום?"

"היי, אמיגו," ענה לי הרוכל כשהוא מכפתר את מעיל הגשם הארוך שהגיע לו עד לברכיים, "אתה יודע, צריך למכור הכול, אבל היום עוד ארוך."

בדרך כלל סניור לופז מוכר לפחות שליש מהמטעמים שלו כבר בשעות הבוקר המוקדמות, כי כל הרצים הקבועים בפארק יודעים שצריך לעזור לסניור לופז – הרי זו הפרנסה היחידה שלו, וכדי לתמוך ברוכל הקשיש והחמוד כולנו קונים ממנו לפחות סופפייה מתוקה אחת בדרך חזרה הביתה (ועוד אחת כדי לפנק את הילדים לפני שהם יוצאים ליום לימודים ארוך).

"הברונקוס משחקים היום," המשיך סניור לופז, "מה אתה אומר? אתה חושב שהם יזרקו לנו כל סוף עצם טובה עם איזה ניצחון לא צפוי?"

"או," עניתי, "נראה אם החלוץ החדש שלהם, מת׳יוס, יזיז את עצמו ויעזור להם."

"תשמע," סניור לופז שם את ידו על כתפי בעידוד, "אם החלוץ החדש מת׳יוס לא יתרום את היכולות שלו, הם בצרה צרורה, הא?"

"כן, אני מסכים איתך," עניתי, "אבל עכשיו, סניור לופז, תן לי סופפייה טרייה. אני צריך את אנרגיית הבוקר שלי."

הוצאתי שטר של חמישה דולר והושטתי לו אותו.

"תודה אדון רלף, תודה, באמת," הוא הושיט לי סופפייה עטופה בנייר לבן. "הבוקר העסק חלש. שיהיה כריסמס שמח, טוב?"

"סניור לופז," חייכתי אליו, "כבר אמרתי לך כמה פעמים. אני לא
חוגג כריסמס, אני חוגג חנוכה, אתה זוכר?"

"הו, מה זה משנה," ענה סניור לופז בביטול, "הנוכה־בנוכה.
העיקר כריסמס שמח."

"נו, טוב, בסדר," סיימתי את השיחה ופניתי להתמקד בטעם
המקודש. הסרתי את עטיפת הנייר של הסופפייה הדביקה שכבר
התחילה לנזול, והמשכתי בדרכי כשאני מנופף לסניור לופז לשלום.
לא יעזור, חשבתי לעצמי כשהלכתי משם, כשאין לסניור לופז טיפת
מושג על חגים יהודיים, אף הסבר לא יעזור.

באחד הבקרים, כשהתעכבתי לקשקש איתו קצת יותר, סיפר לי
סניור לופז שהוא גדל בכפר קטנטן באזור הררי אי שם במקסיקו ואף
פעם לא יצא משם. עכשיו הוא כאן כי הבן שלו עבר לקולורדו והחליט
להביא אותו אליו, כדי שלא יהיה לבד בכפר הרחוק, וגם משום שקשה
לבן לנסוע לבקר אותו במקסיקו, הרי כל ביקור עולה לבן שבועיים
של עבודה.

אז עכשיו הוא גר בדנוור, מתפרנס למחייתו ממכירת סופפייה
וחושב שכל העולם חוגג כריסמס. לא אשכח כמה צחקתי כשניסיתי
להסביר לו שאני מישראל, והוא שאל אותי באיזו עיר בקולורדו
נמצאת ישראל...

המשכתי בהליכה שלי בעודי נוגס לאיטי מהסופפייה המתוקה.
מה לעזאזל הוא שם בבצק הזה שאני נמשך אליו כמו מגנט? מה הסוד
שטמון בסופפייה עד כדי כך שאני כמעט סוגד לעוגה הזו? חזרתי
לעצמי על השאלה בעודי מנגב את סנטרי הדביק.

ואז, לפתע, נזכרתי! אני מכיר את הסופפייה הזו מאז ומעולם! הרי
היא מחזירה אותי בכל פעם מחדש אל אותו ממתק שאהבתי בילדות
בישראל. הזיכרונות הציפו אותי והנה אני שוב ילד בן שש, תלמיד
בכיתה א', אז התוודעתי לראשונה לרוכל שהיה מתהלך ברחובות
עירי, באר שבע, דוחף לפניו עגלה דומה לזו של סניור לופז, אפילו

215

ישנה ומקרטעת באותו קצב, ובקול גדול מעיר בצעקות את כל הרחוב:
"יופי יופי, מתוק וטרי, רק היום, יופי, יופי!"

ראיתי את עצמי מחכה שאימא תוציא עשר אגורות מהארנק
השחור המשופשף שלה, ואני סופר איתה עשר אגורות, אחת לאחת,
ומהדק סביבן חזק את ידי הקטנה, שחס וחלילה לא ייפול לי אף גרוש,
ואני יורד מהר שתי קומות למטה, עובר את דלת הכניסה של גברת
ניטי היהודית, זו שתמיד ריח של קארי יוצא מהבית שלה, וממשיך
לרדת לקומה הראשונה, ועובר ליד הדלת של משפחת מנשה, אלה עם
העשבים נגד עין הרע שמונחים בעציץ חרס כתום ליד הדלת השרוטה
(למה הם לא מתקנים את הדלת המכוערת הזו?) והנה הגעתי לכניסה
שלנו ואני רואה את הרוכל של היופי־יופי עם הסינר הלבן שלו שכבר
הספיק להתלכלך הבוקר בשמן ובדבש עוטף יופי־יופי לרומי, הבן של
גברת ניטי השכנה היהודית, ובשבריר של רגע עוברת בי מחשבה, אולי
זה היופי־יופי האחרון שלו להיום? אולי בשבילי לא נשאר? אבל! יש!
בזווית העין הימנית שלי אני רואה עוד שני יופי־יופי במגש המכוסה.

"תן לי יופי־יופי אחד," אני מתנשף ומושיט לו את ידי הקמוצה
בחוזקה. "הנה עשרה גרוש."

"בסדר, חמוד, הנה, קח יופי־יופי, הכי טרי," הוא מושיט לי
את המעדן הדביק בנייר פרגמנט לבן, וכבר הוא דוחף את העגלה
עם הגלגלים הענקיים לכניסה הבאה של הבלוק, ואני מקפץ ועולה
בהתרגשות בחזרה במדרגות ושוב עובר ליד הדלת של משפחת מנשה,
אלה עם העשבים בעציץ ליד הדלת השרוטה, ועדיין שומע מרחוק את
הרוכל מכריז בצעקות לשכנים שבכניסה הבאה, "יופי־יופי, רק היום,
טרי טרי."

המשכתי ללכת ותמונות נוספות מהילדות עלו בי. אומנם הייתה
לנו דירה קטנה ודי דלה, אבל האימא המיוחדת שלי הצליחה ליצור
לנו שם בית חם ואוהב. בהתחשב בזה שהיא התאלמנה בגיל ארבעים
וחמש ונותרה עם עשרה ילדים, כשאני הצעיר מכל העשרה, אין ספק
שזה לא היה לה קל, אף על פי ששתי האחיות הכי מבוגרות שלי כבר

216

היו נשואות כשאיבדנו את אבי. אימא שלנו דאגה תמיד שיהיו לנו בגדים נקיים ללבוש ושהמקרר יהיה מלא באוכל טעים. בעיקר, היא ידעה לתת לנו חום ואהבה ומילה טובה, וכמה שהמצפון ייסר אותי שנים אחר כך, שלא חייתי בארץ בזמן שאימא שלי נלחמה בגבורה במחלה בחודשים האחרונים לחייה, וטסתי חמש פעמים לישראל כדי לראות אותה, ואני זוכר איך התהלכתי בכל יום עם לב שבור ונקיפות מצפון שגרמו לי נדודי שינה, ודמעות שלא הפסיקו לזלוג מעיניי עד שעיניי הפכו להיות אדומות וצרבו כל כך שאפילו טיפות העיניים הרגילות לא עזרו עוד.

עצרתי לרגע את הליכתי המהירה בפארק כדי לנסות להוציא חתיכת בצק מרגיזה שנדבקה לשן הטוחנת האחורית מהסופפייה שאכלתי לפני כמה דקות.

בעוד אני חופר בשיניים בציפורן הכי חדה שלי, כשכמעט פצעתי את אזור החניכיים ליד השן המרגיזה, עצר לידי מיסטר טיילור עם "הדני הענק" שלו להגיד שלום.

"בוקר טוב, רלף," בירך אותי מיסטר טיילור, "כבר נהנית מהסופפייה הבוקר?"

"או, סליחה מיסטר טיילור, נתקע לי משהו בשן. אני חושב שזה חתיכת בצק דביק," עניתי קצת במבוכה. "מה שלומך ומה שלום בקסי?" שאלתי כשאני מלטף את הכלב הענק שתמיד נוזל לו ריד לבן מהפה, והוא הדבר האחרון שאני רוצה לראות אחרי ההנאה היומית מהסופפייה המפנקת שלי.

"הוא כרגיל, כמו שאתה רואה," השיב מיסטר טיילור. "הכלב מכתיב לנו בבית את החיים. הוא הבוס, והבוקר הוא פשוט לא היה יכול להתאפק לצאת לטיול היומי שלו. אתה מאמין שאפילו לא סיימתי לשתות את הקפה הראשון שלי? הוא כבר היה ליד הדלת מחכה שנצא. מה אתה אומר, בקסי? ספר למר רלף," אמר וליטף את הכלב הענק ברוך באזור שהוא הכי אוהב, בדיוק בין שתי האוזניים הענקיות שלו.

"כן," הנדתי בראשי. "לנו אף פעם לא היה כלב, אבל אני חושב שכלב זה כמו עוד ילד בבית, נכון?"

"לא יכול להסכים איתך יותר," ענה לי מיסטר טיילור, נופף בידו להתראות ונשרך אחרי בקסי, שמשך חזק בחגורה השחורה כדי להמשיך ללכת.

עכשיו סיימתי סופית לאכול את הסופפייה של סניור לופז וניגבתי את פניי עד כמה שאפשר עם נייר העטיפה, שהיה בעצמו דביק. וכך, עם "שיר ופזמון" שנמשך כל עוד הרגשתי את המתיקות שבפה, המשכתי לצעוד במסלול ההליכה, כדי להגיע לבניין הבריכה הציבורית, בצד הצפוני של הפארק, שם אוכל לשטוף את הפנים ואת הידיים בברזייה הציבורית שליד מגרשי הטניס.

המים בברזיית הבטון המחוספסת היו קרים כקרח, אבל לא הייתה לי ברירה. רציתי להיפטר מהדביקות של רוטב הסופפייה. אם יש דבר אחד שלילי בחגיגת הזלילה היומית שלי, הרי זו הדביקות של הדבש שנמרח עליי ומשתלט על הסנטר, הלחיים, ותתפלאו – לפעמים אפילו על הריסים. ילד מגודל כבר אמרתי, נכון?

עם ידיים נקיות אבל קפואות מהמים הקרים כקרח, ופנים קרים אבל יבשים, המשכתי בהליכה על השביל בפארק. הרוח הקרה הצליפה בפניי ותחבתי את ידיי לכיסים של סווטשרט הפלנל החם שלבשתי, כדי לחמם את אצבעותיי הקפואות.

פארק יוטה הוא פארק גדול, וכדי להקיף את כולו נדרשתי לצעוד כמעט מייל וחצי. לא פשוט, אבל מה לא עושים בשביל הריטואל היומי שלי בכל בוקר. ארבעה מייל זה בערך המסלול שלי, אם להחשיב את ההליכה עד הפארק, סיבוב של כמעט מייל ורבע בפארק עצמו והליכה חזרה הביתה, ואז, כשאני מגיע הביתה, מכונת האספרסו שהדלקתי לפני שיצאתי להליכה כבר חמה ומוכנה להעניק לי את כוס הקפה הראשון לאותו יום, ואל תטעו. קפה הוא מנטרה השני שלי בכל בוקר.

השמש האירה הרבה יותר כשהגעתי הביתה. ידיי התחילו להתחמם

והסווטשרט העבה שלבשתי חימם לי היטב את הגוף. אחרי הליכה של בערך חמישה קילומטרים הרגשתי משוחרר ומלא מרץ.

כבר בכניסה לבית הרחתי את הארומה שבקעה ממכונת האספרסו. רחל אשתי הייתה עסוקה בפינוי הכלים הנקיים מהמדיח, כשהטלפון שלה, על רמקול, מונח לפניה על השיש. היא הייתה באמצע שיחה חשובה.

"נכון, מיכלי, רעיון טוב," היא אמרה ושלחה אליי חיוך קטן של בוקר טוב, "הנה רלף חזר מהצעידה שלו. היה שווה לי לחכות לו עם הקפה. את יודעת שהוא אלוף בהכנת אספרסו?"

"רחלי, ברור, אין כמו קפה על רמה. איך נהנינו לשתות את הקפה המצויין של הארץ," אמרה מיכל.

"מה אגיד לך, אנחנו תמיד אומרות את זה, נכון? כשזה מגיע לאוכל ואופנה אין מה להשוות בין אמריקה לישראל," רחל נאנחה קלות, "אני נותנת את הקרדיט לארץ. בכל מקרה, נשמע לי שהיה לכם אחלה ביקור בארץ הקודש, אבל טוב שחזרתם. אין מה לעשות, כרגע קולורדו איז הום סוויט הום."

לרגע היה שקט ואז מיכל אמרה, "אבל רחלי, קשה לי..."

ופתאום שמענו קול בכי. אף פעם לא שמעתי את מיכל בוכה, ובקול, ועוד לשמוע את זה דרך הטלפון... זה היה רגע כואב, והאמת, זה רגע מוכר וכואב לכולנו, אלה שחיים בחו"ל.

רחל הביטה לעברי ואז משכה מגבת מטבח ממגירת המגבות לצד המדיח וניגבה את עיניה שדמעו גם הן. בתנועות יד סימנתי לה לסיים את השיחה, רציתי לנחם אותה, אבל זה דווקא הרגיז אותה, ובתגובה היא עשתה לי תנועה עצבנית של לשבת בשקט ושוב מחתה את הדמעות במגבת המטבח וחיפשה טישיו לקנח את האף.

"מיכלי, תראי, נכון, זה לא פשוט," אמרה רחל ברוך, "אל תבכי, אני מבינה אותך, אין כמו משפחה קרובה אוהבת ומפנקת. אבל הגעגועים הם חלק מהמחיר שאנחנו משלמים על החיים פה. את יודעת, אני תמיד אומרת שקשה ללכת ועוד יותר קשה לחזור. די, אל

תבכי, את עושה מה שאת יכולה. אולי בסוף בכל זאת תחזרו לארץ כשלידור יסיים אוניברסיטה, מה את חושבת?"

"אני מקווה... ואני מקווה עוד יותר שהוא יסכים לחזור איתנו," מיכל משכה באפה. "אני יכולה רק להתפלל. הוא יוכל לחפש עבודה באנגלית, אולי בהייטק, שם ממילא זו השפה השלטת. אבל רחלי, זו לא הבעיה, השפה. מה נעשה אם נרצה לחזור אבל הוא ירצה להישאר כאן ולהתחתן עם סטייסי?" הקול שלה נעשה צרוד והיה ברור שהיא עומדת לבכות שוב.

"בואי נתחיל לדאוג לזה אם וכאשר," רחל קטעה את השיחה העצובה.

"כן," מיכל משכה שוב באפה, "בינתיים תיהנו מהמאפים שקנינו לכם בארץ. לא תאמיני כמה הייתי צריכה לחייך לקציני המכס ולהישבע להם שהעוגיות נאפו בבית חרושת, כדי שייתנו לנו להעביר אותם במכס. אז יאללה, תגידי לשכנות שלך מיס לואיז ומיס פט שיבואו לקפה ותיהנו יחד מהמאפים כל עוד הם טריים."

"מה איתך," רחל חייכה, "אנחנו תכף מחסלים מה שיש בקופסה. אין סיכוי שרלף לא יאכל מזה הבוקר עם כוס האספרסו שלו..."

סוף כל סוף רחל ניתקה את הטלפון. היא הביטה בי במבט של אף־מילה־על־הבכי, ואז אמרה, "היי רלפי, מיכל ואורי חזרו אתמול בלילה מביקור בארץ, ואורי עצר אצלנו בדרך לעבודה והביא לנו את קופסת הפינוק הזו מקונדיטורית 'סבבה'. זוכר כמה אהבנו את המאפים שלהם? בעיקר הסופגניות המטוגננות עם הרוטב הדביק... איך קוראים להן בישראל?"

הסתכלתי על קופסת הקרטון הלבנה שעמדה על השולחן, קופסה לבנה עם פרחים בוורוד ובצהוב והמילה "סבבה" מודפסת בגדול על כל צד שלה. פינות הקופסה היו מקומטות וכל ארבעת הצדדים היו מוכתמים בכתמים שמנוניים, זכר למסע המפרך והארוך שהיא עשתה כל הדרך מבאר שבע החמה לדנוור הקרה. תלשתי את הפתק הצהוב שהיה מודבק על החלק העליון של המכסה וקראתי:

"היי דלף,
חזרנו מהארץ אתמול בלילה, עצרתי הבוקר לשתי דקות בדרך
לעבודה כדי להביא לך משהו מתוק מארץ הקודש, שתרגיש
קצת את הארץ,
ביי, נדבר בערב,
אורי"

פתחתי את המכסה. הניחוח המתוק שהכה בפניי החזיר אותי הרבה
שנים לאחור, לכיתה א', לילדות שמחה בשכונה א' בבאר שבע של
שנות השישים. אם הרוכל של ה"יופי־יופי" רק היה יודע כמה עמוק
הוא חרוט אצלי בפינה הכי מתוקה בלב, בספר הזיכרונות של ארץ
ישראל היקרה שלי, שיש לה מקום מקודש אצלי בלב. אם הוא רק
היה יודע...

.17

לפעמים "ג'יג'י" זה
כל מה שיש לאדם

בשבוע שבו חל יום השואה הבינלאומי ביקרנו בבוסטון, מסצ'וסטס, אצל בתנו ענבר. למוחרת הגיענו יצאנו בשעת בוקר מוקדמת אל שוק האיכרים התוסס "היי מרקט" ("שוק הקש"), שקיבל את הכינוי בעקבות כובעי הקש הענקים שהרוכלים חובשים כדי להגן על פניהם משמש הקיץ החזקה. השוק, לא רחוק מהרובע האיטלקי, גבל בפארק קטן שהוא, לא תאמינו, אתר הנצחה וזיכרון לזכר הנספים בשואה. במרכז הפארק הקטן ניצבים שני קירות זכוכית ענקיים בגובה של ארבעה מטרים לפחות, שנמתחים לאורך כעשרה מטרים. הקירות העבים שקופים לגמרי ועליהם חרוטים באותיות גדולות, באנגלית ובעברית, מאות אלפי שמות של אנשים שנספו בשואה. על רצפת הבטון המשתרעת על שביל צר בין קירות הזכוכית, חרוטה המילה "זכור" בעברית, ובמרחק של כמטר זה מזה חרוטים שמות של מחנות השמדה וגטאות.

צעדתי לאורך השביל הצר וקראתי בעצב את שמות מחנות ההשמדה, כשכל שם נוסף מכה בי עוד זיכרון כואב של סיפורים ושל זיכרונות שסופרו בערבי "לזכור ולא לשכוח" שבהם השתתפנו בעבר.

"אתר זיכרון כזה מדהים ליד שוק איכרים הומה?" תמה רפי, בן זוגי, שצעד לידי.

"זה הדבר האחרון שציפיתי לראות כאן," הנדתי בראשי.

"נראה לי שמישהו לקה בתכנון," הוספתי בעצב מעורב ברוגז. איפה ההיגיון לבנות אתר הנצחה מיוחד ועם משמעות כזו עמוקה למיליוני אנשים בעולם בדיוק ליד שוק הומה אנשים, רועש מקריאות רוכלים ומנהמת טנדרים ומשאיות, מקום שכולו אפוף ריחות של מאכלים, פירות וירקות, שלא לדבר על הריחות הלא נעימים של ארגזי ירקות שנרקבו בשמש החמה והיו מוטלים בכל עבר בצידי הכביש.

התהלכנו בשקט מסביב לאתר המיוחד. אנשים רבים התגודדו סביב קירות הזכוכית, דיברו ביניהם והצביעו על שמות מסוימים, ואחרים צילמו את האתר מכל הכיוונים. התקדמנו כדי לראות, לצלם וגם להתייחד לרגע עם השמות שעל הקירות. כשנעצרנו כדי לסקור מקרוב יותר חלק מהשמות שעל הקיר, נתקלנו בקשיש יושב בקלנועית ישנה. דגל ישראל ענקי היה קשור למשענת הקלנועית ועליו כתוב "לזכור ולא לשכוח". על ברכיו של האיש ישב חתול מנומר בשחור-לבן עם העיניים הכי כחולות והכי יפות שראיתי אי פעם, וסקר בשעמום את האנשים הרבים.

לפתע קפץ החתול מעל ברכיו של הקשיש והחל מתרחק מאיתנו במהירות.

"היי, ג'יג'י," רטן הקשיש בקול צרוד, "חזור מייד או..." והוא הניע בתסכול את הקלנועית לכיוון שאליו רץ החתול.

הבנתי שמן הסתם הוא לא יכול לקום על רגליו ולרדוף אחרי החיה הזריזה ופניתי לרפי לעזרה. רפי החל לרדוף אחרי החתול, אבל לג'יג'י היו תוכניות אחרות. הוא קפץ וניתר בקלילות בין האנשים הרבים שעמדו ליד קירות הזכוכית, השתחל בין רגליהם וברח מאחד לאחד, עד שנתקל בגברת אחת שנפלה על התיק שנשאה, ונעלם.

רפי לא ויתר והמשיך לרדוף בנחישות אחרי החתול הסורר, כשהתיירים

עוקבים אחריהם בעיניהם כדי לא לאבד את עקבותיו של החתול. ג'יג'י החל להתרחק מהאתר ומדי פעם נתקל באנשים נוספים. שני נערים צעירים נרתמו גם הם למשימה והחלו לרדוף אחריו מכיוונים שונים של הפארק הקטן, עד שלאחר כמה דקות הצליחו לעזור לרפי לסגור מעגל סביב ג'יג'י השובב. רפי רכן, תפס אותו בידיו והחזיר אותו לבעליו. התיירים סביבנו הריעו בשמחה ומחאו כפיים להצלחת ה"מבצע".

הקשיש הודה לנו בחיוך ופנה לג'יג'י כשהוא מוכיח אותו, "איך אתה יכול לעשות לי את זה שוב, ג'יג'י? חשבתי שסיכמנו שאתה לא בורח לי שוב. עכשיו תגיד תודה לאדם הנחמד הזה!"

"זה היה חתיכת מבצע," צחק תייר נחמד שפנה לרפי בחיוך, "אם החתולים שלנו היו מבינים עד כמה הם חלק חשוב מהחיים שלנו, הם לא היו מתנהגים ככה. נכון?"

רפי המשיך לפטפט עם התייר, ואני הבטתי בחיוך מסופק בחתול שחזר להתפנק על ברכיו של האיש המבוגר.

"אני מצטער," פנה אליי הקשיש משהבחין במבטי, "הוא יודע שאסור לו לברוח, אבל הוא שובב. הוא חושב שזה משחק. הוא רוצה שארדוף אחריו, כמו שהיינו משחקים בעבר, אבל לצערי, תמו הימים שיכולתי לרדוף אחריו ולדגדג אותו כשסוף סוף תפסתי אותו. אני כבר בן תשעים. אין לי כוחות כמו שהיו לי פעם."

הנהנתי בהבנה וחייכתי והקשיש הוסיף, "הנה, תראי מה ג'יג'י עשה לי בפעם שעברה שברח. אבל אני עדיין אוהב אותו, הוא עדיין ג'יג'י שלי."

הקשיש הפשיל את שרוול חולצתו במעלה זרועו והראה לי שריטה עמוקה שהותירה צלקת ארוכה ודקה לאורך המרפק השמאלי, בדיוק על המספר המקועקע בעורו בדיו כחולה דהויה: 27145.

הרגשתי כאילו מישהו טלטל אותי והרעיד לי את גופי ואת נשמתי. לא בשל השריטה, כמו בשל המיקום שלה!

הקשיש הבחין בזעזוע שלי ואני מיהרתי להתעשת. "אל דאגה,

אנחנו שמחים לעזור," חייכתי אליו כשאני מנסה להסתיר את הסערה שהתחוללה בתוכי, כמה נחרדתי ונרעדתי לראות איפה בחר החתול לשרוט אותו.

הוא הנהן ואני המשכתי, "אפשר לשאול אותך על הדגל?"

"כן, כמובן," השיב בשמחה, "אני גאה בדגל היהודי שלי," הוא חייך חיוך נעים ועיניו הכחולות הבהירות כעיני החתול חייכו גם הן.

"זה הדגל של המדינה שלי, אף על פי שגרתי בישראל רק שנתיים."

"הו, אני שמחה לשמוע, אנחנו ישראלים, אגב," הוספתי בחיוך, "ואני שמחה להכיר אותך. שמי יפה," אמרתי והושטתי לו את ידי.

"איזה יופי," קרא הקשיש וחיוך גדול נמתח על פניו, "הפתעה יפה יש לי הבוקר. שמי אלברכט וזה ג'יג'י שלי."

הנדתי בראשי להבנה. בתוך תוכי קיוויתי שימשיך לדבר ולספר עוד, ולשמחתי, הוא דיבר.

"הייתי צעיר אז," אמר, "וכשהסתיימה המלחמה הארורה הצטרפתי לקבוצת צעירים וביחד עלינו לארץ. שם, במחנה הקליטה, הכרתי את מי שהפכה להיות אשתי האהובה, התחתנו ונולד לנו בן, תינוק חמוד. לצערנו, כבר כילד קטן הוא חלה במחלה קשה, אוטואימונית. הרופאים אז בישראל לא יכלו לטפל בו, לא היה ידוע ולא היו תרופות מתאימות, והציעו לנו לטוס לבוסטון. כאן כבר אז נערכו הרבה מחקרים מתקדמים בנושא המחלות האוטואימוניות והיו בתי חולים מתקדמים ורופאים בין הטובים בעולם. היה לנו ברור שנעשה הכול בשביל הילד שלנו. עברנו לגור כאן, אף שזו הייתה ההחלטה קשה וכואבת ומלווה באכזבה עמוקה בשבילנו – הרי החלום של כל מי שהיה איתנו בגטו או ניצל מהמחנות היה לבוא לארץ ישראל, לארץ המובטחת, שנוכל לחיות בה בשקט ובביטחון, במדינה של היהודים, מה שכולם קוראים 'ארץ אבותינו ואימותינו', נכון?"

הנהנתי, ואלברכט המשיך בדבריו. "ברגשות מעורבים ובלב כבד הגענו לבוסטון. ואני זוכר שאשתי, ורדה, בכתה במהלך רוב הטיסה. גם

מפחד ומדאגה לבננו וגם משום שהרופאים הכינו אותנו לכך שמדובר
בתקופה לא קצרה ושלא ידוע מתי נוכל לחזור לישראל."

הוא השתתק לרגע, כמו נזכר בעבר, והמשיך בסיפורו. "זמן
קצר אחרי שהשתגענו הנה קיבלנו מעמד של פליטי מלחמה והממשלה
עזרה לנו להתאקלם. חיפשתי עבודה וקיבלתי הצעה לעזור לממשלה
האמריקאית בכל מה שקשור לפליטי מלחמה שסבלו ממחלות קשות
והגיעו לבוסטון לטיפולים. תפקידי היה לעזור בתרגום לאנגלית –
ידעתי פולנית וגרמנית וגם מספיק אנגלית, כדי ללוות את החולים
לטיפולים שלהם ולפגישות במשרדים המתאימים. עזרתי גם במרכז
הקהילתי שהקימו במיוחד בשביל הניצולים, שם סייעו להם לנסות
לאתר בני משפחות.

"וירה לא עבדה, כמובן. היא נשארה בבית עם הילד שלנו, כי הוא
היה צריך טיפול צמוד וגם היה צורך לאשפז אותו מדי פעם לטיפול
כזה או אחר."

"והטיפולים עזרו?" שאלתי בחיוך קל, מקווה לחדשות טובות.
"קצת," אלברכט נעץ את מבטו בקיר ההנצחה. "בהתחלה. היה
שלב שאחד הטיפולים הניסיוניים נראה מבטיח, אבל לצערי זה היה
רק לזמן קצר. אחרי כמה שבועות כל התופעות חזרו, ונתנאל, הילד
שלנו התקשה לנשום, היינו חייבים לחזור לאשפוז."

שתקתי ורק הנהנתי בהשתתפות.

"השנים חלפו," המשיך אלברכט, "ונתנאל שלנו סבל הרבה ונפטר
קצת אחרי גיל חמש עשרה. אבל נותן החיים של מעלה בירך אותנו
במתנה," הוא הביט בי וניסה לחייך, "גם חמש עשרה שנים עם הבן
הן מתנה, נכון?"

רגשות חמים הציפו אותי. כל מה שרציתי באותו רגע היה לחבק
בחום את האיש העדין, לעודד אותו ולהגיד לו מילים טובות. סקרתי
את הקלנועית הישנה שלו שראתה ימים טובים יותר – היא היה
שרוטה במקומות רבים, וגם המלח שהורס כל מתכת טובה בבוסטון,
העיר הימית, כרסם בכמה מקומות בתחתיתה. אלברכט היה לבוש

בגדים דקים וקלים שהקלו עליו בחום הלח של בוסטון, ואכן היה
חם באותו יום. השעה הייתה רק עשר בבוקר, אבל כבר הרגשנו
איך האוויר עומד במקומו, והלחות מהים הקרוב כבר הרטיבה את
צווארון החולצה של אלברכט ואת הכובע הגדול האפור, עשוי
הרשת, שחבש. מדי פעם הוא שלח את ידו ויישר אותו על ראשו
כיוון שהיה גדול מדי.

לא רציתי לשאול ישירות אם כל בני משפחתו נספו בשואה,
חששתי לדרוך על יבלת כואבת, ולכן בחרתי בדרך יותר זהירה.

"אלברכט, יש לך משפחה או קרובים בישראל? או כאן בבוסטון?"
שאלתי בעדינות.

"לא..." הוא נדנד את ראשו בעצב ולרגע השפיל את פניו. "הם
נספו. מכל המשפחה הקרובה רק אני שרדתי. במשך תקופה ארוכה
ניסיתי בדרכים שונות לאתר מישהו... כל קרוב משפחה – בפולין
היו לי שתי אחיות, אח, הורים, דודים – אך ללא הצלחה. הבנתי
שכולם נרצחו באושוויץ. אבל קצת אחרי שהגענו לבוסטון קיבלנו
הודעה ממשרד העלייה והקליטה בישראל שאחות של וירה, לנה,
הגיעה באונייה לחיפה. וירה התרגשה כל כך ורצתה שנחזור לישראל,
אבל איך אפשר עם הילד החולה? הרגשנו כל כך חצויים – הגוף פה
והלב שם, והתעננו מהמחשבה שהחלום שלנו לגדל משפחה בארץ
ישראל מתרסק לנו מול העיניים. ושוב, כמו שבגטו היא התפללה ליום
שתוכל להיות בארץ ישראל, וירה חיה עם התקווה הזאת שיבוא יום
והיא תוכל לממש את החלום הנכסף, שאיתו היא הלכה לישון בכל
לילה ואיתו התעוררה בכל בוקר. הבנתי אותה והזדהיתי עם הרצון
שלה, אבל הייתי הפחות רגשן משנינו, ובכל יום הזכרתי לה שאנחנו
פה בשביל נתנאל ומי יודע, אולי עוד ירפאו אותו והסיפור שלנו יהיה
עוד סוף סיפור שמח בארץ ישראל."

לא מצאתי בי מילים לנחם אותו, אבל כמו שקורה פעמים רבות,
הוא, עם כל הקושי, היה זה שאמר לי מילים מעודדות.

"את יודעת," המשיך אלברכט, "קראתי איפשהו שנתינה יותר

מבורכת מקבלה, ודווקא כשאנחנו עוברים משבר ונמצאים במצבים קשים הנתינה עוזרת להרגיש יותר טוב. רופא אחד שטיפל בנתנאל אמר לי כשאנחנו תורמים או נותנים או עוזרים למישהו המוח שלנו משחרר הורמון שנקרא דופמין וזה גורם לנו להרגשה טובה, נעימה ומספקת. אז נכון שכשנתנאל נפטר הרגשנו שהעולם שלנו התרסק, אבל עם זה, הנתינה שלנו והעזרה שלנו לאחרים עזרו לנו להרגיש יותר טוב, וגם שיככו קצת את הגעגועים לתקופה הקצרה שחיינו בארץ ישראל."

"אחרי שנתנאל נפטר," אמרתי בעדינות, "בעצם יכולתם לחזור לארץ, לא?" ניסיתי להבין את הסיפור.

"כשלנה שמעה שנתנאל נפטר, היא באה לבוסטון כדי לעודד אותנו וכדי לעזור לווירה להתגבר על האבידה הגדולה. עד מהרה היא הצטרפה למאמץ שלנו לעזור ולשקם את קהילת ניצולי השואה של בוסטון, וכיוון שהיא כל כך התלהבה מהרעיון והרגישה שהיא עושה עבודת קודש, היא דחתה את החזרה שלה לישראל בכל פעם שהנושא עלה. גם לווירה היה קשה לחשוב על עזיבה משום שנתנאל שלנו קבור פה בבוסטון, והיא לא יכלה להיפרד ממנו. היא נהגה ללכת לקבר שלו בכל יום שישי בבוקר, ועם אחותה הן הקימו גינת פרחים קטנה מסביב לקבר. וירה הרגישה כל כך קרועה וחצויה שאפילו דיברנו על הרעיון של הבאת עצמותיו של נתנאל לארץ ישראל, אבל לא יכולנו להרשות לעצמנו עלות של דבר כזה."

איזה סיפור טרגי, חשבתי.

"אף פעם לא הראיתי לווירה עד כמה קשה לי כאן," אלברכט נאנח קלות. "אף פעם לא התלוננתי ולא אמרתי עד כמה אני מקווה למש את החלום הישן ולחזור לישראל, ללמוד היטב את השפה העברית, לדבר בשפת הקודש – עברית! רציתי שיהיו לנו חברים ישראלים, שנחגוג ביחד חגים, שנכיר את הארץ היפה שלנו דרך הרגליים, בטיולים, שננשום את האוויר הצלול של ירושלים, כמו בשיר היפה, שנהיה חופשיים וגאים בארץ שלנו, ארץ ישראל. מעל לכול רציתי

לחיות במקום שבו איש לא יוכל להגיד לי 'לך מפה, אתה לא נראה כמונו, אתה לא משלנו.'"

"כן..." הסכמתי איתו. "זה משהו חשוב מאוד לאדם, תחושת השייכות."

"אני לא אשכח לעולם מה אמרה לי ילדה אחת בבית הספר בפולין," המשיך אלברכט. "כשרק התחילו הפרעות ביהודים. הייתי בכיתה ט' אני חושב. ישבנו בהפסקת צוהריים וכל תלמיד הוציא את הארוחה שלו שהביא מהבית. לידי ישבה ילדה יהודייה בשם גילדה, וכשגילדה פתחה את תיק ארוחת הצוהריים שלה היא גילתה שאימא שלה שכחה לצרף כף. היא שאלה אם יש לי כף מיותרת לתת לה, והשבתי לה שיש לי רק כף אחת ושאני צריך אותה למרק שלי. ילדה פולנייה שישבה מאחורינו פנתה לגילדה, צחקה ואמרה, 'זה בסדר, מותר לך להשתמש בכף של אלברכט, הרי שניכם יהודים ויש לכם את אותם חיידקים יהודיים. אין לכם חיידקים כמו שלנו, הנוצרים. את הכף שלי את בטח לא תקבלי.'

"וזו הייתה רק ההתחלה. אוי," הוא נאנח מעומק ליבו. "קשה להיזכר בדברים האלה, אבל זה חרוט לי בלב וצריך לספר לדורות הבאים, שידעו ושיבינו מה עברנו רק משום שאנחנו יהודים. שידעו ושלא ישכחו, לעולם."

אלברכט הפסיק לדבר לרגע. הרגשתי דחף להחזיק לו את היד, להגיד לו שהכול בסדר, לספר לו עד כמה ישראל התפתחה וגדלה ונחשבת למעצמה קטנה, עם מפעלי הייטק מהטובים בעולם, רציתי לשאול עוד הרבה שאלות, אבל חששתי שהשאלות שלי מובילות אותו לזכור דברים שיכאיבו לו עוד יותר, שיחרטו לו עוד כאב חד, נוסף על הר הכאבים שהלך ונערם על ליבו וחנק את גרונו כשדיבר.

אבל הוא צדק מאוד במה שאמר – חובה עלינו לזכור ולא לשכוח, ושיהיו הזיכרונות הללו עבורנו פתיל האור שילווה כל יהודי באשר הוא ויכריז לעולם שיש לנו מדינה שלנו, מדינת היהודים. בין אם אנו גרים בה או לא, וכל אחד מסיבותיו הוא, עלינו לזכור את ההיסטוריה,

את הפרעות, את התלאות ואת הרדיפות שעברו היהודים רק בגלל שהם יהודים ובזיכרון עלינו לעשות כל מה שאפשר לוודא שתלאות אלו לא יחזרו.

המחשבות האלו הזכירו לי מה שאמר יגאל אלון בנאום לפני הרבה שנים ועדיין חקוק בי: "עם שאינו יודע את עברו, ההווה שלו דל ועתידו לוט בערפל."

קולו הצרוד של אלברכט קטע את מחשבותיי.

"אז כפי שאת רואה, נשארתי בבוסטון. לא הבאנו עוד ילדים לעולם, אלא שמנו לעצמנו מטרה לעזור לכל מי שאפשר: לפליטים, לחולים שהגיעו לפה מגרמניה, מפולין, מהונגריה ועוד. הרגשנו שזו מטרה חשובה ושגם אנחנו לוקחים חלק במאמץ הכלל העולמי לרפא את גופם ואת נפשם ולנחם את הלבבות השבורים שלהם וכן, גם את שלנו בכך שהעסקנו את עצמנו במרכז הקהילתי לניצולי שואה וכל חיינו סבבו סביב הקהילה הקטנה שלנו. לפני חמש שנים ורה שלי נפטרה ושנה אחריה נפטרה לנה אחותה. היא כבר הייתה חולה מאוד."

היה לו עדיין מבטא פולני לאלברכט, הקשיש הנחמד, אבל אחרי כשבעים שנה בערך של דיבור בשפה האנגלית היה ברור שזו השפה שהוא חי ומדבר בה. הוא לפת בידיו את ג'יג'י החתול חזק כל כך, שחששתי שזה ירגיז את החתול והוא שוב יתקומם וישרוט.

"אתה גר קרוב לכאן?" שאלתי בניסיון להחליף את נושא השיחה המעיק.

"לא רחוק," הוא שב וחייך את חיוכו הנעים, "במרחק של רבע שעה הליכה בערך. אבל אל תדאגי, אני מתנייד טוב עם הקלנועית שלי. אני מתעייף מהר בהליכה, לכן אני כבר לא לוקח סיכון להגיע לפה ברגל."

"ואתה מגיע לכאן הרבה?" מצאתי את עצמי מחפשת עוד שאלות.

"תלוי במזג האוויר. כמו שאת יודעת, בבוסטון החום מכה בנו ללא רחמים בעונת הקיץ הקצרה ומזיעים כל היום, והחורף קשה, הקור הלח והרוחות הקפואות שמגיעים מהים ומקנדה הקרובה חודרים לעצמות,

לפעמים מקפיא עד כדי כך שאפילו כשאני עוטה כפפות אצבעות
הידיים שלי קופאות לגמרי. אז כן, אני משתדל לצאת כשאפשר, בבית
זה רק אני וג׳יג׳י, וכשאני יוצא החוצה אני רואה עולם, מברך אנשים
שאני מכיר לשלום רואה דברים שקורים מסביבי ואני יודע שאני לא
לבד. את מבינה למה אני מתכוון?"

"מבינה לגמרי," חייכתי.
"שלא תביני אותי לא נכון," הוא ליטף את החתול שעל ברכיו,
"ג׳יג׳י הוא חתול טוב וחבר נאמן. הוא אוכל איתי ארוחת ערב בכל יום
ואנחנו מסתדרים עם מה שיש. גם בימים שאין הרבה."
אלברכט הניע מעט את הקלנועית כדי לאפשר לגברת עם כלב
לעבור ושאל אותי, "אתם גרים פה? או רק מבקרים?"
סיפרתי לו שהגענו לבוסטון להיפגש גם עם בתנו אביב, שתגיע
לכאן מניו יורק, ויחד נבקר את בתנו ענבר, שעושה מחקר בהרווארד.
לשם הביקור שכרנו דירה לשבוע לא רחוק מכאן. "אלברכט," המשכתי
לשאול, "אתה מדבר קצת עברית?"
אלברכט חייך וענה לי בצחוק, "גרתי בארץ בקושי שנתיים, שם
חייתי במרכז קליטה לניצולי שואה. כולנו דיברנו יידיש, פולנית או
גרמנית, כך שלא היה לי די זמן ללמוד עברית כראוי. אומנם למדתי
לקרוא ולכתוב, אבל משום שכמעט שלא השתמשתי במה שלמדתי, די
מהר שכחתי מעט. חייתי את כל חיי פה, באמריקה, ולצערי אפילו לא
ביקרתי בישראל, אף לא פעם אחת, את מאמינה? לא יכולנו להרשות
לעצמנו לנסוע לביקורים בישראל והשנים חלפו. לפחות אני פוגש
לא מעט ישראלים כאן. הרבה יהודים ולא יהודים באים לאתר הזה
לזכור את השואה הנוראה, יש כאלה שבאים ללחוץ לי יד, וחלק דווקא
רוצים לדבר איתי כי הם קוראים מה שכתבתי על הדגל שלי, אבל
אני מעדיף שלא לדבר איתם." הוא הניף את ידו בתנועת ביטול ופניו
נעצבו. "יותר מדי זיכרונות, יותר מדי כואב, יותר מדי חורט לי בבשר.
יותר מדי."

השמש הכתה בפניו והוא הוציא מכיסו ממחטת נייר מקומטת
וניגב את הזיעה ממצחו. הבטתי בו ובג׳יג׳י שישב בפינוק על ברכיו
ונמנם וליבי נכמר על שניהם.

"אלברכט, תהיה מוכן לבוא אלינו לקבלת שבת ביום שישי
הקרוב?" הצעתי. "נשמח אם תצטרף אלינו לארוחת ערב שבת, גם
הבת שלנו ובעלה יבואו. בבקשה, תצטרף אלינו?"

אלברכט הרים אליי את עיניו הכחולות. "באמת? זה כל כך יפה
מצידך. את בטוחה? גם ג׳יג׳י יכול לבא איתי?" שאל בהתלהבות.

"כן, בוודאי," עניתי בחיוך. "גם ג׳יג׳י מוזמן בשמחה."

החלפנו פרטים וקבענו ליום שישי בשש בערב.

נפרדתי ממנו בחום, מצאתי את רפי שעמד במרחק קצר מאיתנו
ודיבר עם זוג תיירים אנגלים, ופנינו לשוק הקש, לקנות מה שנצטרך
לשהות שלנו לשבוע בוסטוני. שעה אחר כך החל גשם קל לטפטף,
והתחלנו ללכת בחזרה לדירה המושכרת. חשבתי שוב על אלברכט,
הקשיש הנחמד ופניתי אל רפי.

"אני שואלת את עצמי, אם לקשיש הנחמד הזה אין הרבה מקורות
הכנסה, למה הוא מחזיק חתול? הרי זה לא זול להחזיק חיית מחמד, יש
הוצאות רבות, כמו וטרינר, האוכל המיוחד שהוא קונה לחתול כשהוא
עצמו אדם נכה שזקוק לעזרה..."

"כן," הסכים רפי, "זה נכון, אבל אני לא מתפלא. יש אנשים שמשהו
כמו ג׳יג׳י זה כל מה שיש להם והם מוצאים בזה נחמה שמעודדת
ומחזקת אותם."

"נכון," השבתי, "ואתה היית כל כך עסוק בשיחה עם התייר ההוא,
שלא רציתי להפריע לכם ולהראות לך כמה הרעיד אותי לראות את
המיקום של השריטה."

"למה את מתכוונת? איזו שריטה?" רפי האט את קצב הליכתו
והביט בי.

"החתול שרט אותו בדיוק על הספרות, על הקעקוע שחרטו לו על
האמה במחנה ההשמדה!"

"וואו," אמר בן זוגי, "כמה סמלי, וכמה חזק."

"אני מפרשת את זה כאילו ג'יג'י החתול כואב את כאבו של אלברכט וכאילו רצה למחוק את המספר המקועקע. הוא כמו ניסה למחוק כל דבר ויזואלי שמזכיר לאלברכט את העבר הנורא שחווה כנער צעיר, לעזור לו לטשטש את העבר ולעמעם את הזיכרונות. על ידי שריטת קו בדיוק על המספרים המקועקעים הוא כאילו אמר לו 'לעולם לא עוד'."

המשכנו ללכת בשתיקה. שמחתי על כך שאלברכט הסכים לבוא אלינו לארוחת ערב שבת וכבר התחלתי לתכנן מה אבשל ואיך נפנק אותו. חשבתי לעצמי שאם הוא היה גר לידינו, הייתי מאמצת אותו, כמו שאני מכירה את עצמי ואת החולשות שלי. בליבי הודיתי לו על מה שלמדתי ממנו היום, שלמרות כל מה שעבר, גיהינום השואה, הכאב של הורה שאיבד את בנו יחידו ואחר כך גם את אשתו שהייתה אהבת חייו, שהתייסר בכאב ובגעגועים לחזור לגור בישראל, בחוכמתו הפשוטה מצא את הטוב המעט שיש לו בגילו המאוחר ומכיר בטוב המעט שיש לו עם ג'יג'י שלו.

.18

לכל אחד יש חלום

נירית חברתי פרסה בגאווה את עוגת הדגל שלה, עוגת שוקולד, שבתוכה שכבות של קרם גבינת מסקרפונה עדין ופטל טרי שמציץ בשובבות מכל שכבה, והניחה פרוסות דשנות בצלחות חרסינה לבנה דקיקה. אחר כך עברה בין כל האורחים וחילקה לכל אחד פרוסה מפנקת מהקינוח הטעים.

ישבתי על הספה הנוחה בסלון הגדול והבטתי באורחים הנוספים שעמדו בצד המרוחק של החדר רחב הידיים ושוחחו. את רובם הכרתי עוד קודם לכן, ואחרים הכרתי כעת, בארוחת הערב החגיגית שערכה נירית.

לפתע פנתה אליי לבנת, צעירה ישראלית שהגיעה לדנוור לחתונה משפחתית והתארחה אצל דודתה, נילי, חברה קרובה שלי.

"תגידי, את מתכוונת להישאר ולהזדקן פה או לחזור מתישהו לישראל?"

הפניתי באיטיות את מבטי אליה.

"החלום שלנו, שלי, ליתר דיוק, הוא לחיות בחוץ לארץ," המשיכה לבנת בלי להמתין לתשובה שלי. "אני חולמת להיות מאפרת שחקנים מצליחה בלוס אנג'לס ושתהיה לי בריכת שחייה ענקית בבית. מה היה החלום שלך? למה אתם פה? את אוהבת את החיים מחוץ לישראל?"

היא ישבה קרוב אליי על הספה, וכעת יכולתי לסקור אותה
ביתר תשומת לב: שיער חום־דבש ארוך וגלי, עיניים גדולות חומות
מאופרות בטוב טעם, ריסים ענקיים וארוכים, אולי מלאכותיים, לא
יכולתי להחליט, ושפתון הכי אדום שאפשר. המראה שלה הזכיר לי
יופי של בובה. על הרצפה לרגליה שיחקו שני ילדים מתולתלים בני
שלוש וארבע, שמדי פעם פנו אליה לעזרה עם המגנטים הצבעוניים
שניסו להרכיב.

שתקתי כמה רגעים. בזמן שאכלנו, שמתי לב שלבנת עקבה אחרי
השיחה והבינה שמכל המוזמנים שהגיעו לארוחת השבת, אנחנו
מייצגים את "השכבה הבוגרת", או כמו שיש המכנים אותנו, "השכבה
הוותיקה", אלה שגרים מחוץ לישראל כבר שנים רבות. הנחתי שזו
הסיבה לכך שבחרה דווקא בי לענות על שאלותיה.

האם אני אוהבת את החיים בחוץ לארץ? חזרתי לעצמי בשקט על
השאלה. איך עונים על שאלה מורכבת כזו? האם התשובה שלי יכולה
להטות את הכף לכאן או לכאן בהחלטה של לבנת ועידו, בעלה? האם
דבריי ישפיעו על החלטתם לעשות צעד שישנה את החיים שלהם
מקצה לקצה? אם כן, עליי לחשוב טוב לפני שאענה.

מבחינה מצפונית, הרגשתי שחשוב לי לתת לה את התשובה הכי
כנה והכי אמיתית שאוכל.

בעוד אני מנסה להחליט איך להשיב לה, היא המשיכה לדבר.

"הגענו לכאן לעשרה ימים, לחתונה של בת דודה שלי," סיפרה,
"היה לי חשוב שניקח לעצמנו שבועיים נוספים לטייל באזור
ולהתרשם ובעצם, אני אהיה כנה איתך, כבר שנה לפחות אנחנו
שוקלים לעזוב את ישראל ולנסות לגור באמריקה, והיום דחינו
את תאריך החזרה לארץ בשבועיים. בזמן הזה חשוב לי לשמוע
מאנשים כמוך שעשו את המעבר ולדעת אם אתם שמחים בהחלטה
שלכם."

זכרתי מהשיחה לפני הארוחה שהיא סיפרה שלמדה איפור
מקצועי, שהיא עובדת מהבית, בקריית אונו, ושיש לה לקוחות קבועים

ומרוצים. העסק שלה מתפתח והחיים שלהם בישראל טובים, אבל יש לה חלום ארוך שנים.

"מאז שאני ילדה אני חולמת לעבור ללוס אנג'לס," המשיכה לבנת. "אני רוצה לגור שם, להתפתח, לעשות קריירה וכמובן, כסף. המטרה שלי היא לאפר אנשים מפורסמים, שחקני קולנוע, סלבריטאים. אני רוצה להתפרסם ושיזכירו את השם שלי יחד עם שמות של מפורסמים אחרים..."

הנהנתי בראשי. היא רכנה וליטפה את ראשו של הבן הצעיר.

"כמו שאת רואה, הבנים שלנו קטנים, ואני יודעת שזה הזמן הכי מתאים לעבור, כל עוד הם לא התחילו בית ספר. אז מה את אומרת? תוכלי לחלוק איתי מהניסיון שלך על המעבר שלכם? מה הכי אהבתם כשעברתם הנה..."

פניי הקשיחו כשהבטתי בה שוב. היא רצינית? "מה אהבתם?" זה מה שחשוב לה לדעת? מה אהבנו? ומה עם כל הדברים שלא אהבנו? מה עם הדברים המאתגרים שכלולים בעזיבת ארץ המולדת והגירה למקום זר?

תחילה חשבתי באמת לספר לה על הדברים ש"אהבנו", הדברים הקורצים, המפתים, המסנוורים, זה ממש התבקש: העסקים שהקמנו, ההצלחות הגדולות, הטיולים המדהימים שעשינו באמריקה ובעולם, הבית הענקי שלנו שיכולתי רק לחלום עליו בארץ, עם בריכת שחייה ומזרקה ושתי מכוניות חדשות בחנייה. יכולתי לתאר בפניה את רמת החיים הגבוהה שלנו, את העובדה שיש בבעלותנו שמונה עשר בתי קרקע מושכרים ושההכנסות מאירות לנו פנים כמו השמש שזורחת בכל בוקר, שהילדים הלכו לקייטנות שעולות 4,000 דולר לשבוע, זו לא בעיה כשהכסף נשפך מכל הכיוונים.

אבל אם זה מה ש"אמכור" לה היא תרצה לעבור מחר, עברה המחשבה בראשי, בהנחה שזה מה שמצפה לה. כל מי שאני מכירה מתאר לעצמו חלום דומה לפנטזיה שתיארתי הרגע. אך מה לגבי השאר? מה עם כל מה שלא אהבנו? הדמעות שהזלנו, הקשרים

הטובים והחמים שהיו לנו עם בני משפחה ועם חברים, ושדי מהר
אחרי שעזבנו גוועו עד שהלקם התנתקו לחלוטין? האם לספר לה
איך אכלנו את הלב כשיקרים לנו נפטרו בישראל ולא יכולנו להגיע
ללוויות או לשבעה, ולהבדיל – כמה אירועים חשובים כמו חתונות
ובר מצוות ולידות פספסנו כי היינו רחוקים ולא יכולנו להגיע בגלל
התחייבויות שהיו לנו כאן? ומה לגבי חברים ישראלים שהכרנו כאן
ובגדו בנו (וכן, יש גם כאלה, קנאים) או מה שגרם לנו להצטער על
עזיבת הארץ? למה היא לא שואלת אותי, "מה לא אהבתם במעבר
לאמריקה?"

לא מעניין אותה לדעת על הקשיים שיש במעבר הגירה? ואם
לדייק יותר, הקשיים של עזיבת הארץ והמשפחה, החברים, המנטליות
שרגילים אליה, האוכל הטוב, הרגשת השייכות, ולא משנה אם עוברים
בגלל עבודה, איחוד משפחות או פשוט כי רוצים להגשים חלום. מדוע
היא לא שואלת על התסכול שיש בשינויים באורח החיים, בשפה
חדשה ובדרך התבטאות, במנטליות השונה והזרה? האנשים שבאים
מרקע שונה? סדרי העדיפויות השונים של אנשים באמריקה? למה
היא לא שואלת אותי על האנטישמיות? על סכנות שבחיים ב"מדינה
מארחת"? ומה לגבי ההתפתחות האישית שבמקרים שונים עלולה
להיעצר? ובחירת מערכת החינוך לילדים? האם היא תוכל לשלם הון
תועפות לבית ספר יהודי-פרטי (25–45 אלף דולר לשנה), או שיהיה
עליהם להתפשר על בית ספר שכונתי, שבו ילמדו את הילדים שלה
גם על חג המולד ועל ישו ואת ההיסטוריה של אמריקה, ששונה כל
כך מההיסטוריה היהודית-ישראלית שלהם? ומה לגבי ההשפעה של
הסביבה על הילדים שלה? היא תצטרך להתמודד עם לחץ חברתי
וחשיפת הילדים שלה לדברים שבארץ הם לא היו נחשפים להם,
וללחץ חברתי שגורם לילדים להתנהג ולחשוב שונה ממה שהיה אם
הם היו גרים בארץ.

השאלה התמימה שלה הזכירה לי אפיזודה שלקוחה מסרט:
לקוח בקונדיטוריה מתענג על קרואסון השוקולד שלו, ולפתע נכנס

מישהו ושואל אותו בשיא התמימות, "מה אתה אוהב במאפה?" ומקווה שהתשובה תהיה, "טעים, גן עדן," ומשום שהלקוח אישר לו שהקרואסון טעים, השואל מזמין לעצמו את אותו דבר. אבל אולי מה שאותו לקוח לא מספר לאורח הוא שהקרואסון גם קצת יבשושי, ולא כל כך מתוק ויש בו כמות מזערית של שוקולד?

לגביי, השאלה שלה הייתה שאלה שחובקת עולם ומלואו. סערתי בתוכי, הרי גם אם אדבר על נושא עזיבת הארץ בלי סוף, עדיין לא אצליח להזכיר כל מה שצריך לדבר עליו כשאדם מחליט לשנות בבת אחת את עולמו מקצה לקצה.

ניסיתי לגייס את כל הכנות שבי כדי להיות הכי ישירה שאפשר. היה לי חשוב שהיא תבין לעומק את משמעות ההחלטה שלהם כמשפחה ולא כיחיד – הרי היא לא חושבת להגר לבדה, היא נשואה ואם לשני ילדים קטנים שצריך לגדל ולעשות זאת תוך כדי המעבר לעולם אחר.

רציתי להגיד לה שההחלטה הזו תשפיע על כל תחום בחייה ובחיי בעלה וילדיה, הן כיחידים והן כמשפחה. יהיו דברים שישתנו לטובה ואחרים – לא לטובה, אולי אף לרעה. יהיו רגעי התנסות רבים יותר ממה שאפשר לציין – רגעים של הנאה ושל קושי, אושר וחרטה, פחד וחששות, רגעי סיפוק ורגעי אכזבה ועוד רבים. כמובן, אני לא פוסלת את האפשרות שהיא תצליח ותגיע להישגים שהיא מקווה להגיע אליהם, בתחום הקריירה, בתחום הכלכלי וכדומה, אבל האם היא תחיה בשלום עם המחיר שזה עלול לגבות ממנה? האם היא תעמוד במשברים כשיגיעו? והם יגיעו, מי כמוני יודעת. האם היא תתפשר כשיהיה צורך בכך? ועל מה? ובאיזה מחיר?

האם היא תצליח לבנות לעצמה חברה מחדש? מהר מאוד לומדים שהלבד זה דבר אמיתי בחו"ל, וצריך לעבוד קשה ולהתאמץ כדי לא להיות לבד.

ואיך היא תתמודד עם הגעגועים למשפחה? בעיקר אם בני המשפחה לא יגיעו לבקר אצלה בתדירות גבוהה ויתחיל להיווצר נתק.

האם היא תוכל להרשות לעצמה לנסוע לביקורים תכופים בישראל?
הטיסות היקרות, אובדן ימי העבודה... ואם אין כסף, לא פוגשים את
בני משפחה במשך שנים? ואיך היא תרגיש בחגים, כשהמשפחה שהיא
רגילה אליה אינה חוגגת איתה, וכל שנותר הוא לחגוג עם חברים שלא
בהכרח היתה מתחברת איתם בארץ?
ישנם כל כך הרבה נושאים שצריך לתת עליהם את הדעת לפני
שמקבלים החלטה כה מרחיקת לכת, תרתי משמע.
חשבתי על כך שמטבעי אני אופטימית ולא צופה רעות, ושבהחלט
יכולים לקרות הרבה דברים טובים בהגירה למקום חדש, אבל זה
לא מונע מאיתנו את כל מה שהחיים מזמנים לנו, כמו בכל מקום
אחר בעולם. עדיין נצטרך לעמוד באתגרים שונים, רק שאלה יהיו
התמודדויות בצד השני של העולם ושאולי בארץ היינו מקבלים קצת
יותר תמיכה, כי שם ההרגשה של לבד "מרופדת" בכל מי שסובב
אותנו בחיי היום־יום שלנו – משפחה, חברים, מכרים וסביבה שאנחנו
רגילים אליה. גם אם זו רק הרגשת ביטחון פסיכולוגית, אנחנו יודעים
שלא רחוק מאיתנו יש מישהו שנוכל לפנות אליו ולקבל חיבוק ומילה
טובה ועצה ידידותית. לעומת זאת, כשאנחנו בצד השני של העולם,
הרחק מכל מה ומי שהיינו קשורים אליו בארץ, הלבד הוא הרבה יותר
חזק, יותר לבד.
גל של זיכרונות ותמונות מהשנתיים הראשונות שלנו בקולורדו
הציף אותי כשנזכרתי באתגרים, בקשיי ההסתגלות ובמבחנים
העצמיים והמאתגרים שלא עלה על דעתי שאצטרך לעבור. דברים
כמו הניתוח שבתי היתה צריכה לעבור בגיל ארבע, איך ישבתי שם
לבדי בחדר ההמתנה של בית החולים, בלי אף בן משפחה לצידי,
והמתנתי לשמוע מהמנתח. הרגשתי כל כך לבד, הכי לבד שאפשר, וזה
היה כואב וקשה. עם זאת נזכרתי גם בהתרגשות שחווינו בביקורים
במקומות חדשים ובהרגשת השמחה שהיתה בנו בכל פעם שהצלחנו
ושאימצנו לעצמנו משהו שאהבנו בחיים החדשים שבחרנו.
"כשהחלטנו לעזוב את ישראל הלכנו ישר, קדימה, כמו הסוסים

ששמים להם כיסוי בצידי העיניים כדי שלא יביטו לצדדים ויתרכזו רק במה שרואים מולם. לא חשבנו על כלום, מלבד זה שאנחנו עוברים לחיות באמריקה," התוודה באוזניי חבר בשעת משבר קשה, ואני חשבתי שעליי להגיד ללבנת שדווקא להפך. בבקשה, דווקא תביטו לצדדים, כי שם מחכים לכם כל הדברים שאולי לא חשבתם שתצטרכו להתמודד איתם כשתהיו בצד השני של העולם, ולבד.

כאן עשיתי הפסקה קצרה מהזיכרונות ונשמתי עמוק. הרגשתי שאני מוצפת בסרט נע של תמונות שמחה ועצב, ימים של חוסר שינה ורגשות מעורבים, של הצלחות וכישלונות.

"בזמנו," פתחתי ועניתי לה, "לא היה מישהו שיאמר לי את כל הדברים שאני עומדת להגיד לך כאן ועכשיו. חשוב לי לפרט באוזנייך לא רק את היתרונות, את 'מה שאהבנו', אלא בעיקר את החסרונות. ויכול להיות שאחרי שתדעי מהם החסרונות שיש בעזיבת ישראל ומעבר לארץ אחרת, תחשבי אחרת."

"ברור שיש חסרונות, אני מבינה לגמרי," לבנת הנידה בראשה בחוסר סבלנות, "אבל תראי, כולנו מסתכלים על אתגרים בדרך שונה ומתמודדים איתם אחרת. יש אנשים יותר חזקים ויש חלשים שיגיבו קשה למשברים."

"בדיוק," השבתי, "והמבחן האמיתי קורה כשהמשבר מגיע. משום שלא תמיד אתה מוכן ומצליח להתמודד כמו שחשבת שתעשה. יכול להיות שכבר בשמיעת הדברים שאומר לך תרגישי שאם זה משבר שאת יכולה להימנע ממנו, את תעשי הכול כדי למנוע אותו, נכון?"

"כן, אני מסכימה איתך, אבל בכל זאת," התעקשה ליבנת, "מי אומר שיהיה לי קשה? ואולי אני מאלה שיודעים להסתדר טוב בכל מקום?"

"אם את בעלת כוח רצון חזק ויש בך הרבה מוטיבציה, זה יעזור לך בהחלט," עניתי.

"תראי, הכי קל זה לדבר על 'אם', אבל נסי לדמיין איך תרגישי כשהמשבר יגיע ואת תגלי שאת לא מסוגלת להתמודד עימו כמו

שחשבת אבל גם שאת רחוקה מכל מי שיכול לעזור לך ואת לגמרי לבד מולו? זו השאלה, ואני אתן לך אותי לדוגמה.

"רצה הגורל," המשכתי, "ועברתי משברים קשים שלא דמיינתי בחלום הכי גרוע שאעבור. אומנם התגברתי עליהם ואני יכולה להעיד שיצאתי מהם חזקה, במקומות שנשברו — הזמן עשה את שלו והם התאחו, הפצעים הגלידו. אבל היום אני יודעת ומבינה בבירור שאם היו שואלים אותי לפני שנים רבות אם אני מוכנה להביא בחשבון משברים מהסוג שעברתי, והיו מפרטים בפניי כמה מהם, יכול להיות שהייתי מחליטה אחרת."

"עד כדי לא להגר?" שאלה לבנת בתמיהה.

"עד כדי כך," השבתי בכנות.

יכולתי לחוש שההתלהבות של ליבנת מהשיחה איתי פוחתת, והעיניים שנצצו לקראתי קודם היו קצת עמומות עכשיו. לא סיפקתי לה את התשובות שהיא ציפתה להן, אבל הייתי נחושה בדעתי שאם אצטרך אי פעם לחלוק את הטוב והפחות טוב שקשורים במעבר הגירה, תמיד אראה לשואל את שני הצדדים. ואם יצא שעזרתי למישהו לחשוב פעמיים לפני הצעד המשמעותי הזה, הרי כבר באתי על שכרי.

"ליבנת, אומרים שכל התחלה קשה, נכון? ואני מאחלת לך את המעבר הכי חלק אם זה מה שתחליטי לעשות," אמרתי בטון רך, "אבל מה שאני אומרת זה שמעבר הגירה מזמן לנו גם אתגרים שהם ספציפית משברים שקשורים למעבר הגירה עצמו. לא די לחשוב שאת חזקה במקומות שבהם את כבר מכירה את עצמך. השאלה היא אם ואיך תעמדי בסוג אחר לגמרי של משברים, לכשיהיו."

לבנת הישירה אליי מבט רציני בעיניה הגדולות. אחר כך אמרה, "אני מעריכה מאוד את כל מה שאת אומרת לי, ותודה שאת בוחרת להיות כנה איתי, אבל את בכלל לא מכירה אותי. אני חזקה, ובעלי הוא אדם שלוקח הכול בקלות, כך שאני לא רואה אותנו מתרסקים ונשברים מול אתגרים. מה כבר יכול להיות נורא כל כך בלעבור ללוס אנג׳לס? מקסימום, אם זה יהיה כל כך נורא, נחזור לארץ."

"כמובן, כמובן," הנחתי יד קלילה על זרועה. "אני האדם האחרון שירצה לנפץ לך את בועת החלום היפה שלך ואני בטוחה שאת אישה נחושה ורצינית. הכרתי פעם מישהי כמוך," חייכתי, "כשהיה לי גן ילדים גדול עם עשרים ואחד אנשי צוות, קרה פעם שראיינתי מישהי לעבודה וידעתי שאין לה סיכויים להתקבל לעבודה בגן אחר בגלל הרקע שלה בעבר, אבל ראיתי פוטנציאל ורצון ונחישות וזה הספיק לי כדי להגיד לה, 'אני אעזור לך לממש את החלום שלך להיות גננת מוסמכת. הדרך לא קלה אבל אני מבינה שזה החלום שלך.' במשך שעה ארוכה המשכתי ותיארתי בפני אותה אישה את האתגרים שיעמדו בפניה, והיא לא נבהלה ועבדה קשה והצליחה לעמוד באתגרים לא פשוטים כדי לממש החלום שהיה לה — לקבל תעודת גננת מוסמכת. היום, תשע שנים אחרי שמכרנו את הגן הגדול, שמעתי שהיא הפכה להיות מנהלת הגן!"

לבנת חייכה, ואני המשכתי, "לכל אחד יש חלום, ואני שמחה בשבילך שיש לך חלום נהדר ושאפתני ומאחלת לך שתגשימי את החלום שלך. אבל חשוב לי לא פחות לציין גם חלק מאבני הנגף שיעמדו בדרכך. אני מציעה לך — קחי איתך מה שאגיד לך ותני לעצמך זמן לחשוב על הכול. הרבה אנשים היגרו לאמריקה והצליחו לממש את חלומם ולעומתם הרבה נכשלו. ונכון וחשוב להגיד שאי אפשר לשפוט אדם שיש לו חלום ועושה צעד כדי לממש אותו. בזה את לא שונה מכולנו. ואני מסכימה איתך לחלוטין שזה אינדיבידואלי ושכל אחד מסתכל על אתגר בדרך אחרת ומתמודד אחרת ושיש דברים שאת יכולה להגיד על עצמך רק כשאת חווה אותם, אבל לפחות אוכל לתת לך עוד נקודת מבט מהניסיון שלנו."

ראיתי שההתנגדות שלה פוחתת ושהיא מוכנה להקשיב, אך עדיין התלבטתי בתוכי איך להציג בפניה את התמונה באופן הברור ביותר שאפשר. ואז נזכרתי במאמר שכתבתי למגזין ישראלי "החיים הטובים", ובו תיארתי את החיים בעולם של חצויים — כי זה בעצם מה שאנחנו, אלה שעזבו את ישראל. אנחנו חצויים בתוכנו.

לגמתי מהקפה שכבר החל להתקרר ואמרתי, "בעולם החצויים,
כפי שאני מכנה אותו, מצד אחד תמיד יהיה בליבנו מקום חם ואוהב
לארץ ישראל, למשפחה, לחברים, לזיכרונות ילדות, לשירות הצבאי
וכדומה. מצד אחר יצרנו לעצמנו עולם שני, חיים חדשים, אחרים
ומרגשים. אני חיה בין שני העולמות האלה בתחומים רבים כל כך
של חיי.

"כך, כשאני הולכת בכל בוקר בשבילים הירוקים שליד הבית שלי
אלה אינם שבילי הילדות שלי, אלה שבילי הילדות של הילדים שלי.

"אני צועדת ומברכת לשלום או בבוקר טוב את כל מי שנקרה
בדרכי, אבל לא בשפה העברית, שפת העולם הראשון שלי, אלא
בשפה השנייה שאימצתי לי כשעברתי לכאן ובה אני מתקשרת ואיתה
אני מתחברת לחברים ולשכנים חדשים, שעם השנים הפכו להיות חלק
מההיסטוריה שלי. אבל בעולם החצויים הם רק חצי מההיסטוריה
שלי, כי השכנים הטובים הקודמים והחברים מהילדות ומהצבא ובני
המשפחה הם חלק בלתי נפרד ממנה.

"בעולם החצויים, אימצתי לי את הסלנג המקומי כדי שיבינו אותי
טוב יותר וכי זה מתסכל כשמתקנים אותי בשפה החדשה. אני לא
רוצה להישמע זרה, שונה מדי. אדם מטבעו רוצה להרגיש חלק מהכלל
ומהסביבה שהוא חי בה. כיום, גם כשאני מדברת עם ישראלים אחרים,
כל משפט מורכב ממילים בשתי השפות כדי שארגיש בטוחה שהבינו
אותי או משום שלדבר בשתי השפות הפך להיות הרגל ויותר נוח.

"כתוצאה מזה שבמשך שנים רבות אני משתמשת קצת בשפה
הראשונה וקצת בשפה שאימצתי לעצמי, שכחתי הרבה מאוצר המילים
שהיה לי ואפשר להגיד שכיום יש לי 75% מהשפה העברית ועוד 75%
מהשפה האנגלית.

"בעולם החצויים אני נזכרת לא מעט בנופים ובאנשים שעזבתי
ושלא אוכל למצוא פה, בעולם השני שלי, ומתגעגעת אליהם עד
מאוד. וברגעים שאני מתגעגעת, חלק ממני חושב על החצי שאני לא
נמצאת בו כרגע, החצי שכל כך חסר לי. בשל כך לימדתי את עצמי

לחיות עם הגעגועים –הרי אי אפשר לנסוע לצד השני של העולם
בכל יומיים לביקור, ואני מקדישה את רוב הכסף שהקצבתי לעצמי
לחופשות לקניית כרטיסי טיסה לישראל כדי לבקר את כל מה ומי
שחשוב לי בארץ שעזבתי.

"בעולם החצוויים בכל שנה בחודש נובמבר אנחנו חוגגים את חג
ההודיה, ואימצתי לי את המנהג להכין תרנגול הודו בסגנון המסורתי
הנהוג כאן, ובארוחה שבה משתתפים החברים האמריקאים שלנו אני
מסבירה לחברים ישראלים חדשים שזה לא חג דתי, ושאני זורמת עם
המסורת המקומית בעולם החדש שלי.

"כשחוגגים בישראל את החגים היהודיים שעליהם גדלתי, גם
אני עורכת שולחן חג, מזמינה חברים לארוחה טובה וליין משובח
ומסבירה לכל הילדים בשולחן את המנהגים ואת הטקסים – התפוח
בדבש או ראש הדג בראש השנה, האפיקומן והמצה בפסח, ומשתדלת
לא להתעצב ולא להתאכזב מדי כשהילדה שלי קוראת קטע מההגדה
באנגלית ולא בעברית.

"ב־31 באוקטובר, חג המכשפות, כשאני הולכת בשכונה עם
הבת שלי כשהיא מחופשת, כי כך על פי המסורת באמריקה, צריך
לעבור מדלת לדלת, להראות תחפושת ולקבל ממתקים, אני רואה
כמה הילדה שלי נרגשת ואני מתרגשת בעצמי כי זה מזכיר לי איך
התרגשתי להתחפש בפורים. ההבדל הוא שידעתי למה אני מתחפשת
ולמה אני חוגגת את החג הזה, אבל בתי לא ידעה למה היא חוגגת
ומתחפשת, היא התחפשה כי הלחץ החברתי עשה את זה וכי היא
שמחה לקבל ממתקים. לא מצא חן בעיניה שסיפרתי לה ש׳האלווין׳
הוא בעצם חג המכשפות...

"כשאני מרימה כוסית ׳לחיים׳ בארוחה, אני תמיד מזכירה את
שמות האנשים שאנחנו מתגעגעים אליהם, אימא עם לב שבור ואבא
שקשה לו כי הוא לא רואה מספיק את הנכדים שנולדו וגרים הרחק
ממנו, בחצי השני של העולם.

"בעולם החצוויים, כשנטעתי עצי פרי בגינה שלנו, רציתי שהם

יעניקו לי יופי ופרי אבל גם ימלאו את החסר שבגעגועים ליופי ולפרי
שהשארתי מאחור בגינת בית ילדותי. תירצתי זאת בסיבה הידועה
שיהיו יופי ופרי גם לילדים בדורות הבאים, אך מהם הסיכויים
שילדיי יגדלו בחצי הראשון שבו גדלתי אני וייהנו ממה שנטעתי שם?
ההיסטוריה מראה – סיכויים קלושים ביותר.

"אז כן, אני חיה בעולם שבו לספינה שלי יש שני עוגנים, עוגן
אחד בארץ ישראל והשני בארץ שאליה היגרתי. בחצי הנוכחי אני
מוצאת את עצמי מחפשת קרבה לכל מה שקשור לחצי הקודם שלי, כי
מטבע הדברים אני רוצה לחיות את השפה הראשונה שלי, וקצת חסרה
לי התרבות, אני כבר לא מעודכנת בהצגות חדשות, בזמרים חדשים,
בסרטים ישראליים, בסדרות טלוויזיה מצליחות, בספרים מעניינים.

"אני קוראת ספרות באנגלית ויש לי מנוי ל'קאנטרי דינר פלייהאוס'
להצגות באנגלית, ואני צופה בסרטים באנגלית ובהופעות של אומנים
אמריקאים, פשוט כי זה לידי והגישה יותר קלה וזו השפה כאן.

"בעולם החצוויים אנחנו שרים את ההמנון האמריקאי ומצדיעים
לדגל הכוכבים והפסים, כי לא רוצים לפגוע בשכנים ובחברים או
בקהל שעומד לידינו, וכשהילד או הילדה שלנו בוחרים להתגייס
לצבא הם מצדיעים לדגל אחר ולא לדגל שאנחנו הצדענו לו, הדגל
הכחול לבן עם מגן הדוד.

"בארץ קוראים לנו 'יורדים' ואכן, זו האמת וזו המציאות שבחרנו
לחיות בה כשהחלטנו להגר, 'לרדת' לארץ אחרת. כמוני, גם את
תרגישי בתוכך שאכן 'ירדת'. מהשלם שהיית פעם ירדת לחצי."

פניה של ליבנת קפאו, עיניה בהו אי שם באופק המחשבות, ויכולתי
להרגיש בהיסוסים ובלבטים שהחדירו בה המילים שלי.

הבטתי בה ברוך. "לבנת, את עדיין שוקלת לעבור לחיות בעולם
החצוויים?"